DER TEUFEL VON MALLORCA

Christina Gruber ist freie Autorin, Journalistin und Medien-
beraterin sowie Dozentin für Digitaljournalismus, Content
Marketing und Storytelling. Sie ist mit einem Polizisten verheiratet. Wenn sie nicht gerade mit ihrem Mann die Welt bereist,
schreibt und arbeitet sie in Köln und auf Mallorca.

CHRISTINA GRUBER

DER TEUFEL VON MALLORCA

Kriminalroman

emons:

Lust auf mehr? Laden Sie sich die »LChoice«-App runter, scannen Sie den QR-Code und bestellen Sie weitere Bücher direkt in Ihrer Buchhandlung.

Bibliografische Information der Deutschen Nationalbibliothek
Die Deutsche Nationalbibliothek verzeichnet diese Publikation in der Deutschen Nationalbibliografie; detaillierte bibliografische Daten sind im Internet über http://dnb.d-nb.de abrufbar.

© Emons Verlag GmbH
Alle Rechte vorbehalten
Umschlagmotiv: mauritius images/Daniel Schoenen/imageBROKER
Umschlaggestaltung: Nina Schäfer
Gestaltung Innenteil: César Satz & Grafik GmbH, Köln
Lektorat: Susann Säuberlich, Neubiberg
Druck und Bindung: CPI – Clausen & Bosse, Leck
Printed in Germany 2020
ISBN 978-3-7408-0785-6
Originalausgabe

Unser Newsletter informiert Sie
regelmäßig über Neues von emons:
Kostenlos bestellen unter
www.emons-verlag.de

Dieser Roman wurde vermittelt durch die
Verlagsagentur Lianne Kolf, München.

Für Mama

Die Augustsonne war noch nicht aufgegangen über dem Mittelmeer, als sich ein Lieferwagen langsam den Passeig Illetes entlangschob und nach rechts in die Sackgasse abbog. Der Transporter fuhr über die Schotterstraße den kleinen, bewaldeten Hügel hinauf und hielt an einem Schlagbaum. Ein Mann stieg aus, hieb mit einer Axt auf das rostige Schloss. Es sprang auf. Der Mann öffnete die Schranke, fuhr hindurch und stoppte kurze Zeit später am stacheldrahtbewehrten Eingang des Fuerte de Illetas.

Das alte Fort aus dem 19. Jahrhundert lag verlassen und von Unkraut überwuchert in der Morgendämmerung, die Natur hatte die Feuerleitstellen und Traversen, die Kehlgräben und Geschützpivots, die Munitionsaufzüge und Grabenstreiche längst erobert.

Der Mann stieg aus und lauschte. Es war alles still, nur der Wind rauschte leise durch die Seekiefern. Er öffnete den Lieferwagen, befestigte Tragegurte an einer Holzkiste, die fast so groß wie er selbst war, schulterte ächzend seine Last und schritt langsam über die Zugangsbrücke. Die Schilder, die im Zwielicht der ersten Morgenstunden vor Gefahren warnten und den Zutritt verboten, ignorierte er.

1898 war der Krieg ausgebrochen zwischen den USA und Spanien, das Fort sollte den Hafen von Palma vor den Schiffen der Feinde schützen, mit Kanonen und Haubitzen.

Heute schützt uns niemand mehr vor den Feinden der Insel, dachte der Mann. Sie kommen mit Kreuzfahrtschiffen und Flugzeugen, zu Millionen. Und keine Kanone, keine Haubitze ist da, um uns zu retten.

In der Festung zögerte der Mann. Schließlich wandte er sich nach links, zu den Tunneln. An einer Hohltraverse hielt er inne und setzte die Holzkiste ab, um seine Taschenlampe aus der Jackentasche zu ziehen.

Der Tunnel vor ihm führte nach unten. Im Lichtstrahl der Lampe schleppte der Mann nun die Kiste durch die Tunnelanlage, bog nach links ab, bog nach rechts ab. Es roch muffig, nach Feuchtigkeit und Kot von Mäusen und Ratten. Als er tief genug in das Labyrinth eingedrungen war, legte er die Kiste in einer Ecke ab und öffnete sie. Zufrieden betrachtete er, was er getan hatte.

Er nahm die Gurte und eilte den Tunnel hinauf ins Freie, durch das Fort zurück zu seinem Wagen. Er lauschte noch einmal, es war immer noch still.

Langsam ließ er den Transporter wieder auf die Straße rollen. Am Schlagbaum holte er ein angerostetes Schloss hervor und verriegelte die Schranke, das zerschlagene Schloss steckte er ein. Er blinkte links, verschwand dann samt Wagen im Häusergewirr von Illetes.

Er hatte nicht bemerkt, dass er beobachtet worden war. Ein Mann in einem roten T-Shirt stand oben auf dem Verteidigungswall des Forts und sah dem Wagen lange nach.

Die Vögel waren erwacht und zwitscherten dem Tag entgegen. Über dem Meer ging die Sonne auf und tauchte die noch menschenleere Cala Comtesa in ein goldenes Licht.

1

»Mallorca hat ja auch sehr schöne Ecken«, sagte die blondierte Mittfünfzigerin schon zum dritten Mal. Sie blickte sich stirnrunzelnd um, wobei sie Johanna Miebach ihren Zigarettenrauch ins Gesicht pustete. Die Dame trug eine dünne elegante Bluse mit Kettenmuster, dazu einen Leinenrock, der ebenso schlicht wie teuer aussah. Gerade marschierte ein Pulk Touristen in Wanderausrüstung vorbei.

Johanna hingegen fand, sie sei bereits an einer ganz hübschen Ecke Mallorcas: in der Altstadt von Palma. Sie hatte Besorgungen gemacht, nun hatte sie sich erschöpft auf einen der Stühle vor der »Bar Bosch« am Paseo del Born fallen lassen.

Die breite Straße führte vom kreisrunden Plaça de la Reina vorbei an Ladengeschäften hoch bis zur »Bar Bosch«, schattig und kühl, umstanden von hohen Bäumen. Johanna ging gern hier einkaufen. Heute hatte sie einen besonders schönen Badvorleger erstanden, der gut zu den Fliesen ihrer neuen Finca passen würde. Dazu ein paar hübsche Kissen für das Tagesbett auf der Terrasse und einige Kerzenhalter für das Wohnzimmer.

Ich werde mit vierundsiebzig noch richtig häuslich und benehme mich endlich meinem Alter entsprechend, dachte Johanna amüsiert und lehnte ihren Gehstock an den kleinen Bistrotisch. Sie hatte beschlossen, sich gemütlich auf die Terrasse der Bar zu setzen, um einen *cortado* zu trinken und auszuruhen. Seitdem redete ihre Sitznachbarin auf sie ein, ohne sich die Mühe gemacht zu haben, sich vorzustellen.

Aber es stimmte, was die Dame sagte. Die schöne Altstadt war heute völlig überlaufen, in der Fußgängerzone war kein Durchkommen mehr. Johanna war vorhin am Hafen vorbeigefahren und hatte gleich vier riesige Kreuzfahrtschiffe gezählt, grotesk groß, schwimmende Städte. Es war August. Hochsaison. Mallorca platzte aus allen Nähten.

Am meisten wunderte sich Johanna wie stets darüber, dass

so viele Altstadtbesucher gekleidet waren wie bei einer Mount-Everest-Besteigung oder einer Amazonas-Expedition. Funktionshemden, Wanderschuhe, Trekkinghosen, dazu Rucksäcke mit Extrafach für die unvermeidliche Wasserflasche. Mitten in der Stadt. Die deutschen Touristen erkannte man immer an ihrer Kleidung der Outdoormarke Jack Wolfskin. Johanna fragte sich, woran das liegen mochte.

Sie trank ihren *cortado* aus und bestellte sich einen neuen, dazu ein Glas *agua mineral*.

Eine Gruppe junger Männer zog mit aschfahlen Gesichtern in Richtung Kathedrale. Augenscheinlich ein Junggesellenabschied, denn sie trugen alle die gleichen T-Shirts mit der Aufschrift »Game over«, der mutmaßliche Bräutigam schleppte sich in einem Taucheranzug voran. Der Abend zuvor war offenbar lang geworden.

Der Bräutigam tat Johanna spontan leid, denn bereits um elf Uhr vormittags zeigte das Thermometer dreiunddreißig Grad, und es würde an diesem Augusttag noch heißer werden.

Die Dame wandte sich ihr wieder zu. »Das ist hier nicht nur Ballermann, wissen Sie? Das denken ja viele.« Sie betrachtete zwei junge Urlauberinnen, die sich, zum Stadtbummel nur in knappe Bikinis gekleidet, auf den Stühlen der »Bar Bosch« niederließen. Dann wiederholte sie verzweifelt: »Aber die Insel hat auch schöne Ecken.« Energisch in ihrem *americano* rührend, sah sie Johanna auffordernd an, die sich bemüßigt fühlte, nun etwas erwidern zu müssen.

»Ja, bin ganz Ihrer Ansicht. Schöne Ecken«, hüstelte sie von Zigarettenrauch umweht. In diesem Moment fuhr ein Reisebus vor und entließ weitere Touristen in die Altstadt.

Die Dame musterte Johanna kritisch. »Sind Sie im Urlaub oder wohnen Sie auf Mallorca?«

»Oh, ich habe mir gerade eine Finca gekauft«, sagte Johanna nicht ohne Stolz. »In der Nähe von Llucmajor.«

Sie seufzte. Vor drei Monaten war sie mit ihrer einundzwanzigjährigen Enkelin Gemma von ihrem Apartment in Llucmajor auf die Finca gezogen, und es war nicht einfach, wahrhaftig nicht. Sie hatte zuvor nur in Mietwohnungen gelebt. Dass ein Haus mit großem Grundstück so dermaßen anstrengend sein könnte, hätte sie nicht gedacht. Ständig musste sie die Sickergrube leeren lassen, dazu wollte das Unkraut entfernt, der Pool gesäubert werden. Büsche stutzen, den Hausbrunnen kontrollieren, es nahm kein Ende. Bald waren die Mandeln reif. Irgendjemand würde sich die Mühe machen müssen, sie zu ernten. Es war absurd, welche Zeit es im Sommer verschlang, allein die Pflanzen im Garten zu gießen. Die Zwergpalmen waren von Palmenkäfern befallen und machten Johanna große Sorgen. Und an die ganze Bürokratie, wenn man auf Mallorca ein Haus kaufte, wollte sie gar nicht mehr denken.

»Ich habe eine Wohnung in Ses Palmeres. Hübsche Anlage, ganz neu. Mit Pool und Parkplatz.« Die Dame zupfte ihre Seidenbluse zurecht. Beim Abstreifen der Zigarettenasche klimperten ihre goldenen Armreifen. »Ist ja auch schön, die Rente auf der Insel zu verleben, nicht?«

Johanna lächelte freundlich zurück. »Oh, ich wohne schon seit zwanzig Jahren auf Mallorca. Führe einen kleinen Laden in Llucmajor, Kunsthandwerk und Spezialitäten. Gemeinsam mit meiner Enkelin. ›Gecko Galdent‹ heißt unser Geschäft, kommen Sie doch mal vorbei.«

Johanna und Gemma hatten noch ein weiteres Geschäftsfeld. Sie waren Privatdetektivinnen. Aber Johanna zog es vor, diesen Umstand nicht immer gleich zu erwähnen. Die Kundschaft, die sie über Mundpropaganda erhielt, reichte ihr voll und ganz. Außerdem lief sie bei größerer Offenheit Gefahr, in endlose Gespräche verwickelt zu werden. Die Leute hatten die wunderlichsten Vorstellungen von der Tätigkeit einer Privatdetektivin.

Sie wurden nun von einem kleinen Auftrieb abgelenkt. Zwischen die Touristen hatte sich ein Grüppchen Demonstranten gemischt. Sie trugen Tiermasken. Die vier Protestler bauten sich am Font de les Tortugues auf, dem Schildkrötenbrunnen gegenüber der »Bar Bosch«. In der Mitte des Brunnens thronte ein Obelisk aus Santanyí-Stein, er stand auf vier bronzenen Schildkröten und wurde von einer Fledermaus gekrönt, dem

Wappentier Palmas und der Reconquista. Johanna nahm sich vor, irgendwann einmal herauszubekommen, was es mit dieser Fledermaus auf sich hatte.

Die Demonstranten am Brunnen hielten Spruchbänder in Katalanisch und Englisch in die Höhe, es ging um den Massentourismus. Oder besser gesagt, gegen den Massentourismus, stellte Johanna fest, nachdem sie einige der Spruchbänder entziffert hatte.

»Tourist, posidonia is better than you«, las Johanna und musste lachen. »›Tourist, Seegras ist besser als du‹? Was für ein Satz! Immerhin haben sie Phantasie!«

Ihre Sitznachbarin lächelte säuerlich. »Na ja, solche Proteste kann ich nur unterstützen«, sagte sie mit der unerschütterlichen Haltung einer *residenta*, die auf der Insel wohnte und sich nicht gemeinmachte mit schnöden Pauschalurlaubern. »Da muss man ja wirklich was tun, bevor es hier noch voller wird.«

Bevor sich Johanna dazu äußern konnte, gingen die Bomben hoch und hüllten den Platz in eine dichte Rauchwolke.

2

Die Touristen und Mallorquiner, die gemütlich am Brunnen gesessen hatten, sprangen ängstlich beiseite, auch Johanna zuckte erschrocken zusammen. Doch rasch war klar, dass die Demonstranten lediglich ein paar Böller und Leuchtraketen gezündet hatten, dazu Rauchbomben, die, außer bunte Schwaden auszustoßen, keinen weiteren Schaden anrichteten.

»Seid ihr bescheuert?«, brüllte der Bräutigam im Taucheranzug wütend auf Deutsch. Die gelasseneren Mallorquiner schüttelten nur verärgert den Kopf und gingen weiter. Einige ältere Spanier applaudierten sogar.

Der Kellner der »Bar Bosch« hatte bereits sein Handy geschnappt und die Polizei angerufen. »Hier sind so ein paar Spinner, die zünden Böller, machen Krawall und verschrecken uns die Kundschaft.«

Einer der Demonstranten positionierte sich vor einer roten Rauchsäule, ein zweiter richtete die Handykamera auf ihn.

»Wir definieren uns selbst als antifaschistisch, separatistisch und feministisch!«, rief der Mann, der eine Wolfsmaske trug und sehr jung klang, in die Kamera.

Ein etwas kleinerer Mitdemonstrant in Hasenmaske trat hinzu und sekundierte eilig: »Und als marxistisch!« Er räusperte sich. »Der Tourismus stürzt die Arbeiterklasse der katalanischen Länder ins Elend!«

»Noi!«, rief eine ältere Frau im Kittel, die die Szene beobachtete. Sie stellte ihren Putzeimer ab, um die Hände in die Hüften zu stemmen. »Junge! Marxistisch? Arbeiterklasse? Was redest du da? Deine Turnschuhe kosten mehr, als ich in der Woche verdiene!« Sie wies auf die schwarzen Markensneaker, die der Wolfsmann trug, und wandte sich an ihre Begleiterin, die im gleichen Putzkittel neben ihr stand. »Das weiß ich genau. Mein Enkel wollte auch so welche. Die kosten fast dreihundert Euro!« Einige der umstehenden Mallorquiner lachten.

Die jungen Demonstranten hatten offenbar mit einem solchen Einwurf nicht gerechnet und schwiegen einen Moment lang irritiert. Von ferne waren Polizeisirenen zu hören. Der Hasenmann fasste sich als Erster wieder.

»Wir sind die Bandera Negra, und wir erlösen die Insel von der Diktatur des Massentourismus!«, schrie er.

Plötzlich stürmten die vier Maskierten los, bewarfen überraschte Touristengruppen und Cafébesucher mit schwarzem Konfetti und waren in einer Seitenstraße verschwunden, noch ehe die Polizei eintraf. Johanna sah ihnen stirnrunzelnd nach.

::*

Am nächsten Tag berichteten alle mallorquinischen Zeitungen über den Vorfall, mal mit mehr, mal mit weniger Sympathie für die Demonstranten. Was die Artikel verschwiegen: Bevor die Aktivisten der Bandera Negra Rauchbomben und Leuchtraketen gezündet hatten, hatte sich ein kleines Mädchen auf dem Paseo del Born niedergelassen, um voll Liebe und Begeisterung einen alten Labrador zu herzen. Das grundgute Tier namens Pepe ließ alles mit sich geschehen, auch als die Vierjährige den Hund an den Ohren zog. Doch dann böllerten in einiger Entfernung die Leuchtraketen los. Pepe erschrak dermaßen, dass er zuschnappte, nur ein Mal und auch nicht fest. Es war nichts Schlimmes passiert, das Kind hatte lediglich den Abdruck von Pepes Gebiss auf dem Arm. Doch Pepes Herrchen, der Onkel des Kindes, war so entsetzt, dass er den Hund einschläfern ließ. Damit war Pepe inoffiziell das erste Todesopfer der Sommerproteste.

3

»Tiermasken, Marxismus und schwarzes Konfetti?«, fragte Gemma verwundert. »Seltsame Kombination.«

Johanna schmunzelte. Ihre Enkelin war wie immer die Vernunft in Person. Sie brauchte sich keine Sorgen machen, ob sie wohl irgendeiner Art von Extremismus anheimfallen könnte. Extremismus war nicht logisch, und alles Unlogische war Gemma ein Gräuel.

Johanna hatte sie am gemeinsamen Ladengeschäft in Llucmajor abgeholt, nun rollten die beiden in Johannas Fiat 500 in Richtung Port d'Andratx zu ihrem jüngsten Fall. Sie besaßen noch einen altersschwachen Toyota-Pick-up, den sie zum Beliefern ihres Ladens nutzten. Johanna fuhr den Wagen nicht gern, damit bekam sie praktisch nie einen vernünftigen Parkplatz. Sie berichtete Gemma während der Fahrt ausführlich von ihren Erlebnissen am Vormittag in Palma.

»Mal sehen, was dein Liebster dazu sagt.« Johanna lachte amüsiert, während sie über die Ma-19 in Richtung Palma brauste.

Sie trug ihr Haar in weichen weißen Wellen, dazu ein leichtes rosa Jäckchen und eine bequeme Leinenhose in Babyblau. Harmloser konnte man nicht aussehen. Nur Eingeweihte wussten, dass Johanna die beste und härteste Ermittlerin der Insel, vielleicht sogar ganz Spaniens war. Und ihre Geheimnisse kannten noch nicht einmal die Eingeweihten.

»Wir werden sehen, was dein Liebster sagt. Womöglich ist die Bandera Negra ja schon polizeibekannt«, wiederholte sie.

Gemma hockte in ausgebeulten, ausgefransten Shorts auf dem Beifahrersitz und tippte auf ihrem Handy herum. Sie war einen Meter achtzig groß, schlank und durchtrainiert. »Was *wer* sagt?« Sie sah fragend auf.

»Na, Héctor natürlich.«

Johanna betrachtete Gemma misstrauisch von der Seite. Sie

ging davon aus, dass ihre Enkelin und der junge Inspector Héctor Ballester von der Policía Nacional ein Paar seien. Héctor ging ihres Wissens auch davon aus. Wovon Gemma ausging, war wie immer allen ein Rätsel.

Gemma brummte nur »Aha« und tippte weiter. Nach einigen Minuten legte sie das Smartphone weg und gab Johanna einen kurzen Abriss zu dem neuen Fall, den sie heute Morgen telefonisch angenommen hatte.

»Unsere Klientin heißt Sabine Ungrad, ihr gehört das Bistro ›Chicaria‹ in Port d'Andratx.«

»›Chicaria‹? Lustiger Name.«

Gemma machte eine unwirsche Handbewegung. »Ja. Sehr lustig. Die Dame möchte uns engagieren, weil ihr bester Kellner verschwunden ist.«

»Soso«, murmelte Johanna, setzte den Blinker und fädelte sich in Richtung Port d'Andratx ein. »Seit wann ist er denn fort? Und war sie schon bei der Polizei?«

»Mehr weiß ich noch nicht. Sie rief heute gegen zehn Uhr an, und da war eine ganze Reisegruppe im Bistro, dem Lärm im Hintergrund nach zu urteilen. Und gib mal was Gas, ich habe gesagt, wir wären gegen dreizehn Uhr da.«

Da die Autobahn rund um die Inselhauptstadt mittags tatsächlich recht leer war, kamen sie zur angekündigten Zeit in Port d'Andratx an. Das Städtchen mit der hübschen Hafenpromenade zog vor allem betuchtere Urlauber an. Schmucke weiße Yachten schaukelten sanft in der blauen Bucht, auf den grünen Hügeln rund um die Bai reihten sich Villen und schicke Apartments. Port d'Andratx rühmte sich seiner bohemischen Mischung aus Prominenten, Medienleuten, Urlaubern und Fischern bei der Arbeit, wobei Letztere immer weniger und Erstere immer mehr wurden.

Johanna bog vor dem Hafen rechts auf den großen Parkplatz ab und ergatterte eine Stellfläche mit Schatten.

Das Bistro »Chicaria« lag direkt am Hafen und war zur Mittagszeit gut besucht. Ganze Trauben von Menschen hockten in den bequemen dunkelbraunen Korbsesseln und speisten. Eine blonde Frau Anfang dreißig in einem schicken hellgrauen Kostüm räumte hektisch einen Tisch ab, dabei fielen ihr gleich drei Teller herunter und zerbrachen. Mehrere nicht verspeiste Oliven kullerten von den Tellern und rollten über die Promenade. Ein sehr kleiner Mann in Kellneruniform lief herbei, tätschelte beruhigend ihren Arm und begann, mit dem Fuß die Scherben zusammenzuschieben.

Johanna trat auf die beiden zu. »Frau Ungrad?«

Die blonde Dame hatte Tränen in den Augen. »Ja?«, fragte sie ein wenig barsch zurück.

»Wir hatten telefoniert«, erklärte Gemma ihr. »Wir sind die Detektivinnen. Johanna und Gemma Miebach.«

Sabine Ungrad starrte die beiden an. »Sie?« Es klang fast unhöflich. Sie schloss die Augen, atmete hörbar ein und öffnete die Augen wieder. »Na gut. Wie auch immer. Dann kommen Sie mal mit.«

Johanna und Gemma ließen sich in ein vollgestelltes Büro hinter der Küche des Bistros führen. Die beiden Stühle vor dem papierübersäten Schreibtisch dienten als Abstellfläche für weitere Unterlagen, Aktenordner und Mappen. Rasch nahm Sabine Ungrad die Papiere von den Stühlen, schnappte sich einen leeren Karton und warf umstandslos alles hinein.

»Setzen Sie sich doch«, sagte sie nun um einiges höflicher. »Entschuldigung, dass ich so überrascht reagiert habe. Señor Riera hat Sie beide empfohlen. Und er beschrieb Sie als knallharte Topermittlerinnen. Da hatte ich nicht erwartet, dass …« Sie stockte.

»Dass eine alte Frau und ein kleines Mädchen vor der Tür stehen?« Johanna lachte. »Aber keine Sorge, wir haben sehr viele zufriedene Klienten. Wir können Ihnen hoffentlich weiterhelfen.«

Sabine Ungrad ließ sich auf den Schreibtischstuhl fallen und verbarg das Gesicht in den Händen. »Ich bin wohl gerade etwas genervt.« Sie blickte hoch. »Mitten im August. Bei uns ist die Hölle los. Und da verschwindet dieser Kerl einfach sang- und klanglos. Wir wissen weder ein noch aus.«

Wie aufs Stichwort eilte der kleine Kellner herein. Er hatte blitzende braune Augen, eine große Nase und wirkte so betont selbstbewusst, wie es kleine Männer häufig taten. »Sabina, wo sind die neuen Likörgläser?«, fragte er auf Spanisch. »Wir hatten welche bestellt, und sie waren auch gekommen, aber der Schrank ist leer.«

Sabine Ungrad starrte ihn verwirrt an, überlegte und nickte. »Die hat noch keiner ausgepackt. Stehen in der Kiste im Vorratsraum.«

Der Kellner drehte wortlos ab und verschwand.

»Aber spül sie vorher kurz durch, Amado! Ja?«

Er war schon weg.

Sabine Ungrad schüttelte den Kopf. »Ich kann mitten in der Saison niemand Neues finden, schon gar nicht so einen guten Kellner wie Emilio. Der hat den Laden geschmissen.« Sie hielt plötzlich inne und schaltete den Computer auf dem Schreibtisch an. »Ich werde Ihnen mal gleich ein paar Fotos von ihm ausdrucken, Sie wissen schon, damit Sie sofort nach ihm suchen können.«

»Moment«, bat Johanna. »Erst einmal brauchen wir mehr Infos. Wie heißt der Mann mit vollem Namen, seit wann ist er bei Ihnen? Seit wann ist er verschwunden? Waren Sie schon bei der Polizei?«

Sabine Ungrad sah Johanna unglücklich an. »Nein, war ich nicht. Emilio Curra heißt er, kommt aus Andalusien. Er ist dreißig Jahre alt. War schon im vergangenen Jahr über die Hauptsaison hier. Hat im Winter in Österreich gearbeitet, in einem Skiort.« Sie spielte nervös mit einer Büroklammer. »Das hatte ich ihm sogar vermittelt. Über Winter machen wir zu, und Petros suchte jemand in Salzburg. Petros Melas, der war mit mir auf der Hotelfachschule in Sankt Gallen. Ich weiß nicht, wo Emilio im Frühjahr war, auf jeden Fall war er weg. Hat auch nicht auf meine Mails geantwortet und nichts, ich dachte, er kommt dieses Jahr gar nicht her.«

Draußen hörten die drei ein lautes Scheppern. Es klang, als seien alle neuen Likörgläser gleichzeitig heruntergefallen und zersplittert. Sabine Ungrad zuckte zusammen, blieb aber sitzen.

»Und dann stand er Anfang Juni plötzlich vor der Tür, und ich war einfach nur froh, weil ich noch keinen neuen Kellner gefunden hatte, ich habe ja fest mit ihm gerechnet.« Sie nahm einen Kuli in die Hand und malte wütend eine Drei auf einen Schmierzettel. »Ab 3. Juni war er hier. Und seit dem 4. August ist er verschwunden, also seit zwei Tagen.«

Zur Drei auf dem Schmierzettel gesellten sich noch eine Vier und eine Zwei. Vor der Bürotür war ein weiteres Scheppern zu hören, danach ein Fluchen.

»Und ich mache mir richtig Sorgen. Ich habe alle Krankenhäuser durchtelefoniert. Nichts, nichts und noch mal nichts. Von meinen Leuten bleibt keiner einfach so weg. Ich zahle gut, außerdem hat Emilio sogar eine kostenfreie Wohnung über dem Bistro. Mit Balkon!«

Johanna war beeindruckt. Es musste wirklich etwas passiert sein, denn dass ein Kellner mir nichts, dir nichts seinen Job schmiss, kam schon einmal vor. Aber kein Kellner auf ganz Mallorca ließ einfach so eine kostenlose Wohnung sausen. Bezahlbarer Wohnraum war mittlerweile knapper als eine freie Sonnenliege am Ballermann zur Hochsaison.

»Er hat seinen Ausweis hiergelassen, auch seine Kreditkarten, alles. Sein Auto steht unten vor der Tür. Ich habe nicht die geringste Idee, wo er sein könnte.«

Gemma hatte ihren Laptop auf den Knien aufgeklappt und tippte die Notizen mit. Ohne hochzusehen, fragte sie: »Gut. Und wann sagen Sie uns, warum Sie das noch nicht der Polizei gemeldet haben?«

Sabine Ungrad blickte betreten auf ihre gemalten Zahlen. »Tja, ich hatte noch keine Zeit, ihn, ähm, anzumelden …« Sie verstummte.

»Er arbeitet illegal im Bistro? Seit Juni?« Das überraschte Gemma. Denn zum einen wurde seit einigen Jahren sehr streng gegen Schwarzarbeit vorgegangen, zum anderen war dies für ein gehobenes Lokal wie das »Chicaria« eher ungewöhnlich.

Sabine Ungrad sah sie flehend an. »Er hatte mich darum gebeten. Na ja, er hatte wohl Schwierigkeiten, irgendwas mit der Steuer. Das wollte er zuerst wieder geradebiegen, und das hat sich hingezogen …« Sie brach ab und wandte sich wieder dem Computer zu. »Ich drucke Ihnen die Bilder aus.«

Kurz darauf lagen drei Fotos des Vermissten vor ihnen. Ein ausnehmend schöner Mann war darauf zu sehen. Markantes Kinn, strahlende Augen, charmantes Lächeln.

Sabine Ungrad betrachtete die Bilder und hob hilflos die Schultern. »Ein hübscher Bursche. Ich glaube, ich habe mich da etwas um den Finger wickeln lassen.«

»Können wir uns sein Auto und seine Wohnung ansehen?«, fragte Johanna.

Sabine Ungrad beugte sich über ihren Schreibtisch und nahm die Zweitschlüssel aus einem Schälchen.

»Ich war natürlich schon in der Wohnung, ich wollte ja wissen, ob er nicht, na ja, todkrank oder gar tot im Bett liegt oder so. Da habe ich auch die Brieftasche mit den Kreditkarten auf dem Tisch gesehen. Lassen Sie uns zuerst zum Wagen gehen. Ich habe einen Schlüssel, weil er in der Auffahrt am Hintereingang parkt, sonst gibt es hier keine Parkplätze. Ich muss das Auto wegfahren können, wenn Lieferanten kommen.«

Sie traten durch den Hintereingang, in der Auffahrt parkte ein kleiner gelber Seat Leon. Vor allem die hintere Stoßstange war arg zerbeult, vorn hatte das Auto ein paar böse Kratzer, ebenso beide Spiegel.

So sahen die meisten Autos auf der Insel aus, wusste Johanna. Die Straßen waren oft dermaßen eng, dass die Autofahrer ständig an parkenden Autos entlangschrammten oder sie beim Ein- und Ausparken einbeulten. Es machte sich niemand viel daraus, und kein Mallorquiner wäre auf die Idee gekommen, deswegen womöglich die Polizei zu rufen. Die Einzigen, die damit Scherereien hatten, waren die Urlauber mit Mietwagen, denen jede noch so kleine Delle auf die Rechnung gesetzt wurde.

Der Wagen war leer und sauber, nur auf dem Beifahrersitz

lagen eine Rolle Minzbonbons und eine dunkelblaue Kappe. Gemma setzte sich ins Auto und drehte den Zündschlüssel, der Motor sprang an, der Tank war halb voll.

»Jetzt zur Wohnung«, sagte Johanna.

Auf dem Weg zum Treppenhaus gingen die drei durch die Küche.

»Woher kommt eigentlich der Name ›Chicaria‹?«, fragte Johanna neugierig.

»Ach«, Sabine Ungrad winkte lachend ab, »ich komme aus München, da gibt es ja die Schickeria. Und ich bin ein Mädchen, eine *chica*. Ich fand's lustig und passend. Wir machen bajuwarisch-mallorquinische Fusionsküche, wissen Sie? Also bayerische Tapas, deshalb nennen wir die kleinen Portionen Bapas. Bratenspießchen vom mallorquinischen schwarzen Schwein auf bayerische Art, Miniknödel mit Soße aus Sóller-Orangen, Mandelstrudel-Pralinen, solche Sachen.«

»Klingt gut«, fand Johanna. »Ich werde sicher einmal herkommen und alles ausprobieren.«

»Sehr gern. Bitte dort entlang. Achtung, die Treppe ist sehr steil.« Sabine Ungrad führte sie aus der Küche, als der kleine Kellner vorbeihastete, einen riesigen Stapel leerer Teller auf den Armen.

»Sabina, ich schaff das nicht allein«, keuchte er vorwurfsvoll.

»*Dios*, es ist Mittagszeit! Emilio ist nicht da! Und du machst hier Hausbesichtigungen.« Er schnappte sich zwei fertig angerichtete Schüsseln Salat mit Gambas und spurtete wieder hinaus.

Sabine Ungrad sah schuldbewusst drein.

Im zweiten Stock schloss sie die mittlere von drei Türen auf. Das Zwei-Zimmer-Apartment war klein, aber gemütlich. Links neben der Eingangstür befand sich ein schmales Schlafzimmer, die Diele führte zu einem größeren Wohnzimmer mit einer Pantryküche. Spektakulär war der Balkon, von dem man den Hafen von Port d'Andratx überblicken konnte.

»Wow!«, sagte Gemma. »Wohnen alle Ihre Kellner so prominent am Hafen?«

Sabine Ungrad schüttelte den Kopf. »Ich selbst habe hier eine Wohnung, in der ganzen ersten Etage. Emilio hat im zweiten Stock die mittlere Wohnung, die beiden anderen vermiete ich als Ferienapartments.« Der schöne Emilio war ganz offensichtlich ein Premiumkellner.

Die Wohnung war sauber und aufgeräumt, aber ohne persönliche Note. Ein Laptop stand zugeklappt auf dem Wohnzimmertisch, daneben lag eine Brieftasche.

»Sehen Sie? Es ist alles noch da.« Sabine Ungrad öffnete die Brieftasche und zeigte auf die beiden Kreditkarten, den Führerschein und den Personalausweis. Es waren knapp dreihundert Euro in der Brieftasche.

»Handy?«, fragte Gemma knapp.

»Das scheint er mitgenommen zu haben. Ich habe hier in der Wohnung die Nummer angerufen, aber nichts klingeln hören. Es geht immer sofort die Mailbox dran.«

Auch das Schlafzimmer war aufgeräumt, das Bett war akkurat gemacht. Allerdings lagen einige Plastikfetzen auf dem gefliesten Boden. Es sah aus, als ob jemand eine Verpackung in großer Eile aufgerissen und die Reste einfach auf die Fliesen geworfen hätte.

Gemma schlenderte durch das Zimmer, hob wie nebenbei eine kleine Papierkugel auf, die bei dem Plastik gelegen hatte. Sie knibbelte das Papier auseinander, es war ein Einkaufsbon.

»Aha. Er hat einen wasserdichten Kasten gekauft«, murmelte sie mit Blick auf den Bon. »Vor vier Tagen.«

Sie verschwand in dem kleinen Bad neben dem Schlafzimmer, Johanna und Sabine Ungrad hörten ein Klappern, dann ein Platschen. Keine Minute später kehrte Gemma mit einer triefend nassen Plastikbox zurück, die sie in ein Handtuch gewickelt hatte.

»War im Klokasten«, sagte sie lapidar. »Dürfen wir da reingucken?«

Die staunende Sabine Ungrad nickte.

Mit einem Ruck öffnete Gemma die Box, und die Frauen starrten auf fünf dicke Bündel Euroscheine. Alles Hunderter.

Johanna zog Einmalhandschuhe aus ihrer Umhängetasche und zählte durch. Hunderttausend Euro.

»Ich habe so eine Ahnung«, sagte sie, »dass wir um die Polizei doch nicht herumkommen.«

4

Die Jefatura Superior de Policía de Baleares war eines der hässlichsten Gebäude der Stadt, fand Héctor Ballester.

Der neunundzwanzigjährige Inspector der Policía Nacional hatte sich in der Bar gegenüber dem Polizeipräsidium von Palma *bocadillos* mit Serranoschinken und einen Kaffee bestellt. Er hockte an einem der niedrigen Tischchen und starrte finster auf den Zweckbau aus Beton, auf die schmalen Fenster mit den abgedunkelten Scheiben, auf das mit braunen Metallstäben vergitterte Treppenhaus.

Er krümelte sich *bocadillo* auf die schwarze Jeans, seine Laune wurde noch schlechter. Das Brot war zu trocken, der Schinken zu salzig, der Kaffee zu dünn.

Héctor Ballester war nicht nur Polizist, sondern auch Spross einer bekannten Gastronomenfamilie der Insel. Er hatte hohe Ansprüche an sein Essen. Und das hier war nicht besser als der Touristenfraß, den man heute überall bekam.

Er ging in sich und stellte fest, dass die schlechte Laune hauptsächlich auf den Termin mit seinem Chef zurückzuführen war, der in einer Viertelstunde stattfinden sollte. Héctor ging Jefe Superior de Policía José Robla Rubio am liebsten aus dem Weg. Das ließ sich sogar oft ganz gut bewerkstelligen, denn Robla ging seinerseits der Arbeit im Büro recht gern aus dem Weg, fand Héctor.

Er stand auf, klopfte sich die *bocadillo*-Krümel von der Hose und kippte den Rest seines dünnen *americanos* hinunter. Ohne Zucker schmeckt Kaffee einfach nicht, dachte er düster.

Héctor hatte schöne dunkle Locken, ein hübsches Gesicht mit einem freundlichen Lächeln und einige Kilos zu viel auf den Rippen. Dies bewog ihn immer wieder zu halbherzigen Diätplänen, zum Beispiel zu der Idee, Zucker zu vermeiden. Leider aß er sehr gern. Vor allem Süßes.

Er betrat die Jefatura und wandte sich zu den Aufzügen.

Nachdem die Lifttür sich mit einem klingenden Dingdong geöffnet hatte, zögerte Héctor, dann drehte er ab in Richtung Treppenhaus und lief die Stufen nach oben. Schwer atmend kam er in der fünften Etage an. Er wartete kurz ab, um wieder zu Kräften zu kommen, und klopfte an die Bürotür seines Chefs.

»Ja, ja, herein«, tönte es ungeduldig von drinnen.

Robla thronte hinter seinem imposanten Schreibtisch und kämmte sich mit den Fingern die Haare aus der Stirn. Héctor kannte die Geste. Robla war unter Druck. Er war ein großer Mann mit borstigem Haar. Es war oben zu einer solch akkuraten Bürste geschnitten, dass Héctor immer versucht war, ein Blatt Papier daraufzulegen, um nachzusehen, ob es wirklich eine glatte Ebene bildete.

»Wo steckst du denn?«, herrschte er Héctor an. »Ich warte schon seit einer halben Stunde auf dich! Einer halben Stunde!«

Das war Unfug, da Roblas Sekretärin erst vor einer halben Stunde angerufen hatte, um ihm den Termin mitzuteilen. Sie hatte ausdrücklich vierzehn Uhr gesagt, und Héctor hatte sein *bocadillo* in Windeseile hinuntergeschlungen. Sich beim Essen abhetzen zu müssen mochte er noch weniger als Kaffee ohne Zucker.

»Tut mir leid, Jefe«, sagte er diplomatisch.

Robla wedelte ungeduldig mit der Hand. »Egal. Du weißt, was heute passiert ist?«

Héctor sagte vorsichtig »Ja?« und grübelte, was der Chef meinen könnte. Es war August, es waren Abertausende von Feriengästen auf der Insel, es war knallheiß, und alle waren sehr schnell auf hundertachtzig. Heute war schon so einiges passiert. Das wusste er aus den aktuellen Lageberichten. Seit null Uhr hatte es zwei Raubüberfälle in Palma gegeben, ein britischer Tourist war in Magaluf voll wie eine Haubitze vom Hotelbalkon gefallen und hatte sich beide Beine gebrochen, verschiedene Razzien hatten allerlei Drogen und illegale Einwanderer zutage gefördert. In Arenal hatte ein neunzehnjähriger Deutscher versucht, einen Polizisten im Meer zu ertränken, weil dieser den jungen Mann zuvor bei einem Diebstahl erwischt hatte. Dazu gab es ein buntes Sammelsurium an Schlägereien, Autounfällen, Ruhestörungen und Einbrüchen und eine Demo in der Altstadt heute Vormittag mit bunten Rauchbomben oder so etwas Ähnlichem.

Héctor entschied sich für Letzteres. Intuition. Er kannte seinen Chef. »Du meinst die Sache mit den Rauchbomben?«

»Ja«, entgegnete Robla mürrisch, »die Sache mit den Bomben.«

Er kramte in seinem Schreibtisch, fand eine Kopfschmerztablette und nahm sie. Dann goss er sich ein Glas Mineralwasser ein und trank es in einem Zug aus.

Héctor beobachtete seinen Vorgesetzten, der offenbar nicht eine Sekunde auf die Idee kam, seinem Mitarbeiter bei dieser Mordshitze ebenfalls ein Glas Wasser anzubieten. Er hatte es gewusst. Junge Leute, die gegen irgendwas demonstrierten, waren Robla ein Graus. »Die sollen erst mal arbeiten gehen«, knurrte er stets wütend, ein Einwurf, den Héctor gerade von Robla höchst unpassend fand. Denn normalerweise war der öfter auf dem Golfplatz als im Präsidium anzutreffen, hieß es in der Jefatura.

»Wir haben eine offizielle Anfrage vom Königshaus, die wollen wissen, was da los war«, raunte Robla ihm nun zu. »Nur eine halbe Stunde vorher hat Doña Victoria dort gesessen, in der ›Bar Bosch‹. Nur eine halbe Stunde vorher!«

Doña Victoria war, wie Héctor nur zu gut wusste, die Nichte des spanischen Königs, der mit seiner Familie stets den Sommerurlaub auf Mallorca zu verbringen pflegte. Manchmal war auch die Nichte dabei.

Er legte den Kopf schief. »Na ja, aber es ist doch gar nichts passiert«, sagte er und versuchte, beruhigend zu wirken. Robla sah so aus, als könne er im nächsten Moment explodieren. »Das waren doch nur ein paar junge Leute, sie haben gegen den Massentourismus protestiert. Und da liegen sie ja auch nicht ganz falsch.«

Héctor war, wie viele Mallorquiner, recht kritisch gegenüber den vielen Urlaubern eingestellt. Sie sorgten für Arbeitsplätze, schön und gut, aber im Sommer waren es einfach zu viele für die kleine Insel. Fand er zumindest. Und einige der Touristen benahmen sich wirklich schlecht, wie man in den täglichen Lageberichten nachlesen konnte.

Es kam, wie es kommen musste. »Nicht ganz falsch?«, brüllte Robla jetzt aus voller Kehle. »Da erschrecken so ein paar langhaarige Linke die Nichte des Königs fast zu Tode, werfen Bomben auf unseren Adel, und *du*«, er stieß den Zeigefinger nach vorn, »*du* sagst, sie liegen nicht ganz falsch?«

Héctor beeilte sich zurückzurudern. »Nein, so habe ich das selbstredend nicht gemeint, Jefe. Rauchbomben! Sehr unschön, sehr schlechte Manieren. Was genau soll ich denn für dich tun?«

Es war sinnlos, Robla darauf hinzuweisen, dass keiner wissen konnte, ob die Leute langhaarig waren, da sie Vollmasken getragen hatten, wie Héctor dem Lagebericht entnommen hatte. Genauso sinnlos war es, zu bedenken zu geben, dass niemand Bomben auf den Adel geworfen hatte, da Doña Victoria gar nicht mehr in der Bar gewesen war, als das Feuerwerk losging.

Robla beruhigte sich wieder. »Es geht um diese neue Gruppierung, Bandera Negra. Die waren das heute Vormittag. Gestern haben sie schon Reifen zerstochen an einem Reisebus.« Er zog den Bericht aus einem Stapel Papiere und knallte ihn vor Héctor auf den Schreibtisch. »Und am Tag vorher haben sie Sprüche gegen Urlauber auf Mietwagen gesprüht. Sie tragen Masken, Handschuhe, sind immer ganz in Schwarz. Ich will wissen, wer das ist. Ob die von hier sind.« Von hier hieß in diesem Fall: ob sie von der Insel stammten.

»Natürlich, Chef, natürlich.«

Héctor musste nun umsichtig vorgehen, das wusste er. Er hatte nicht die geringste Lust, irgendwelchen Studenten in Tiermasken hinterherzujagen, die nur ein paar Spruchbänder hochhielten und bunte Leuchtraketen zündeten. »Aber ich bin noch etwas beschäftigt mit dem Fall der beiden verschwundenen Frauen.« Er räusperte sich. »Vielleicht könnte Arnau sich ja um die Banderas kümmern …«

»Frauen?«, blaffte Robla, als habe er davon noch nie gehört.

Doch die Lageberichte, das wusste Héctor, las sogar er. Vor fünf Tagen war eine junge Russin nachts in einer Disco in Magaluf verschwunden, vor zwei Tagen eine neunzehnjährige Deutsche im »Beachclub« am Ballermann. Als beide am nächsten Tag immer noch nicht im Hotel aufgetaucht waren, hatten ihre mitreisenden Freundinnen die Polizei gerufen. Die Eltern der jungen Frauen waren inzwischen angereist, alle Polizisten der Insel waren mit den Fotos der Vermissten ausgestattet und hielten die Augen offen. Doch da die Frauen weiter verschwunden waren, hatte das Präsidium einen Krisenstab eingerichtet, den Héctor kommissarisch leitete. Das sollte Robla eigentlich wissen, und er wusste es auch, wie sich zeigte.

»Die Leute laufen stockbesoffen durch die Straßen und wundern sich, wenn sie beklaut werden. Da heißt es dann, oh, es ist ja so kriminell in Spanien«, wütete er und ging mit großen Schritten im Büro auf und ab.

Héctor konnte ihm nicht mehr folgen und fragte sich, wie das Lamento mit den verschwundenen Frauen zusammenhing. Doch Robla hatte nur weit ausgeholt und kam nun zum Punkt.

»Oder sie feiern und saufen die Nächte durch, bis das letzte Geld futsch ist, melden sich tagelang nicht bei ihrer Familie, und wir dürfen den Besoffenen in irgendwelchen Bars nachspüren.« Er drehte sich zu Héctor um. »Die tauchen doch eh in irgendeinem Hotelbett wieder auf. Wahrscheinlich bis obenhin voll mit Wodka oder Ecstasy oder sonst einem Drogenzeug.«

Völlig unrecht hat Robla damit ausnahmsweise nicht, dachte Héctor. Rund zwanzigtausend Vermisstenanzeigen wurden pro Jahr in ganz Spanien aufgegeben, das hatte er kürzlich noch in einer internen Polizeistatistik gelesen. Fünfundsechzig Prozent davon waren nach einiger Zeit mehr oder weniger wohlbehalten wieder da. Vierzehn Prozent verschwanden für immer. Und einundzwanzig Prozent wurden tot gefunden.

Er räusperte sich. »Na ja, sowohl die Eltern als auch die Freundinnen haben Stein und Bein geschworen, dass die beiden keine Drogen nehmen und auch kaum Alkohol trinken.«

Solche Fälle benötigten immer viel Fingerspitzengefühl.

Die Eltern von vermissten jungen Erwachsenen auf Mallorca konnten sich überhaupt nicht ausmalen, was ihre lieben Kinderchen beim Partymachen alles anzustellen in der Lage waren. Es stimmte ja: Die allermeisten jungen Leute, die im Sommer zeitweise auf der Insel vermisst wurden, waren schlicht und ergreifend entweder auf einem tagelangen Drogentrip, einer Sauftour, oder sie hatten jemand kennengelernt, mit dem sie um die Häuser und durch die Betten zogen.

»Ja, ja«, sagte Robla unwirsch, »klar, alles nur Nonnen und Unschuldslämmer auf der Insel.« Er scheuchte Héctor mit einer hektischen Geste aus dem Büro. »Und jetzt los. Du hast ausreichend Zeit, dich um beides zu kümmern – um die Aktivisten und um die Vermissten. Warte nur, die Partymädels sind im Handumdrehen putzmunter wieder da.«

Héctor hoffte inständig, dass Robla damit richtiglag.

5

»*Maleït*, wir müssen tanken.«

Agente Tomás Blindar von der Policía Local Llucmajor ärgerte sich. Wieder einmal. Sein Kollege Felipe Xiulet, genannt Fifí, schnippte lässig den Kern der soeben verspeisten Pflaume aus dem Fenster des Streifenwagens.

Fifí stoppte am Kreisverkehr an der Avenida Carlos V., fuhr wieder an und grinste. »So ein Quatsch. Damit kommen wir noch mindestens zwanzig Kilometer weit, mehr sogar.« Mit Schwung bog er auf die Landstraße in Richtung Porreres ab. »Glaub mir, ich kenne den Wagen.«

Tomás verschränkte die Arme vor dem Bauch und sah mürrisch aus dem Fenster auf die sonnenverbrannte Landschaft. Fifí machte das mit Absicht, das wusste er. Er hasste fast leere Autotanks, nicht nachgefüllte Kaffeeautomaten, fehlende Utensilien im Büroschrank. Nur dank ihm verfügte die Polizeistation in Llucmajor stets über ausreichend Getränke, Kugelschreiber und Formulare zum Ausfüllen. Seine Kollegen machten sich über ihn lustig. Zum Beispiel Fifí. Verspottete ihn. Fuhr zu Schichtbeginn mit dem Wagen los, ohne zu tanken.

Verstohlen warf Tomás einen Blick auf die Tankanzeige. Das reichte keine zehn Kilometer mehr. Er kannte den Wagen auch. Bis zur Gemeindegrenze von Llucmajor, wo ihr Zuständigkeitsgebiet endete, waren es sechs Kilometer.

Hin und zurück, das schaffen wir nie im Leben, dachte er, griff in die Papiertüte voller Pflaumen, die er morgens im »Mercadona«-Supermercado erstanden hatte, und biss in eine der reifen süßen Früchte. Die Pflaume war köstlich, doch nun troff ihm der Saft vom Kinn und hinterließ feuchte Flecken auf seinem Diensthemd. Verdrossen riss Tomás ein Stück von der Papiertüte ab. Er versuchte, Hände und Hemd mit dem Fetzen zu säubern, da bremste Fifí so abrupt, dass er nach vorn geworfen wurde.

»Was ist denn nun?«, fluchte Tomás, während die Pflaumen aus der Tüte purzelten und unter den Sitz rollten.

Hektisch setzte Fifí zurück und bog in einen schmalen, ungeteerten Feldweg ab. »Hast du nicht gesehen? Da vorn war ein Unfall.« Er deutete auf die Straße vor ihnen.

Reste eines geplatzten Reifens, schwarze Bremsspuren, ein Lkw lag quer über der Ma-5020. Es hatten schon andere Wagen gehalten, Passanten halfen dem offensichtlich nur leicht verletzten Brummifahrer aus dem Führerhaus. Der Lastwagen hatte Getränke geladen, die Fahrbahn war voll mit Bier- und Colakisten und Flaschen, die über die Straße gekullert waren. Langsam holperte der Streifenwagen über die Schotterstraße, die zu einem Wäldchen führte.

Tomás blickte Fifí verdutzt an. »Und warum fährst du nicht hin?«

Fifí holperte wortlos weiter.

Es knackte, und per Funk meldete sich die Leitstelle. »Unfall auf der Ma-5020 Llucmajor Porreres, bei Kilometer fünf«, krächzte die Stimme ihrer Kollegin Ella Gonzalez aus dem Lautsprecher. »Wer ist da in der Nähe?«

Das Krächzen war nicht der schlechten Funkverbindung geschuldet, sondern der Tatsache, dass Ella keine Klimaanlagen vertrug. Sie war jedes Jahr praktisch die komplette Sommersaison über erkältet, da sich die anderen Kollegen in der Leitstelle schlichtweg weigerten, bei siebenunddreißig Grad im Schatten auf die Klimaanlage zu verzichten.

Bevor Tomás reagieren konnte, hatte sich Fifí schon die Sprecheinheit geschnappt. »Wagen drei. Sind leider in Ses Palmeres. Patrula RAF.«

Damit hatte er sie erfolgreich aus der Affäre gezogen, denn weiter als in Ses Palmeres konnte man kaum vom Einsatzort entfernt sein. Mit Patrula RAF sprach er die Tatsache an, dass er und Tomás sich auf einer Sonderstreife zum Verhindern von Einbrüchen in abgelegenen Fincas und Häusern befanden, RAF wie *robatori amb fractura«*, katalanisch für »Einbruch«. Dabei fuhren die Beamten Siedlungen und einsam gelegene Areale ab, in denen in den vergangenen Wochen wiederholt eingebrochen worden war.

Es knackte wieder. »Wagen zwei. Wir sind auf dem Weg«, hörten sie die helle Stimme ihrer Kollegin Mariella Gomez.

»Fifí, was soll das?«, fragte Tomás sauer. »Wir sind doch schon da! Was machst du denn?«

Fifí rumpelte über den Pfad immer weiter durch das Wäldchen. »*Merda*, hast du nicht gesehen, was das für ein Unfall war?«, fragte er gereizt zurück. »Lkw umgekippt und alles. Wir hätten die Straße absperren müssen, stundenlang, und dann der Schreibkram … Ich habe ein Date nachher, ich muss pünktlich raus. Außerdem fehlt mir heute echt der Antrieb.«

»Hast du sie nicht mehr alle?«, brüllte Tomás. »Du und deine Dates, das wird doch nie was. Dreh sofort und fahr zurück!« Er schnaubte. »Oder fahr zumindest nach Ses Palmeres, damit wir nicht auch noch auffliegen. Was ist, wenn gleich ein Funkruf kommt, dass jemand dort gebraucht wird? Wie willst du das erklären, wenn wir erst nach 'ner halben Stunde da aufschlagen?« Wütend hieb Tomás aufs Armaturenbrett. »Du und deine Tinder-Kacke!«

Er war seit siebzehn Jahren glücklich verheiratet, sprach oft und gern von seiner Frau und hatte für Single-Nöte wenig Verständnis.

Fifí stoppte abrupt, der Motor ging aus.

»Ist ja gut. Ich fahre nach Ses Palmeres«, murmelte er und versuchte, das Auto wieder zu starten. Der Motor spuckte, hustete und tat keinen Mucks.

»Na wunderbar. Das Benzin ist alle!«, rief Tomás. »Glückwunsch. Und jetzt?«

Fifí mühte sich mit der Zündung ab, doch vergeblich. Der Streifenwagen war hinter dem Wäldchen am ausgetrockneten Bett des Flüsschens Torrent de Son Lluis zum Stehen gekommen und rührte sich keinen Millimeter mehr.

»Toll!«, schimpfte Tomás weiter, während er ausstieg. »Ganz große Leistung.« Er stapfte um den Wagen herum. »Denk dir was aus. Ich geh pinkeln.« Dann verschwand er im Gebüsch.

Eine weitere Angewohnheit, über die die Kollegen schmunzelten: Tomás konnte nicht pissen, wenn jemand zusah.

»Ich rufe meinen Schwager an!«, rief Fifí ihm hinterher. »Der kommt schnell mit dem Ersatzkanister!«

Doch bevor er den Plan in die Tat umsetzen konnte, knackte wieder die Funkanlage.

Ella hustete. »Wagen drei? Einbruch gemeldet in Sa Torre. Ihr seid da doch um die Ecke, fahrt schnell hin. Die Täter waren zu Fuß unterwegs, sind vielleicht noch in der Gegend.«

Während Fifí noch die Sprechanlage in der Hand hielt und sehr verwirrt wirkte, kämpfte sich Tomás durch das Gebüsch wieder zum Wagen und riss dem verdatterten Fifí das Mikrofon aus der Hand. Tomás war kalkweiß.

»Sofort die Policía Nacional schicken und die Kriminaltechnik«, keuchte er. »Wir sind an der Ma-5020. Hinter Son Sama rechts rein, durch den Wald bis zum Son Lluis. Und keine dummen Fragen. Hier liegt eine Leiche. Eine ganz junge Frau. Und sie sieht furchtbar aus.«

6

»Hunderttausend Euro«, sagte Gemma noch einmal staunend, als sie mit Johanna wieder im Auto saß und zurück nach Llucmajor fuhr.

Sie hatten Sabine Ungrad davon überzeugt, dass es doch klüger sei, den Vermisstenfall auch an die Polizei zu melden. Jemand, der eine Geldsumme dieser Größenordnung besaß und sie im Spülkasten versteckte, gehörte genau zu dem Personenkreis, der dazu neigte, sich in echte Schwierigkeiten zu bringen.

»Aber wir ermitteln natürlich auch«, hatte Gemma versichert und sich eine Kopie von der Festplatte in Emilios Laptop gezogen, seine Kreditkartennummern abfotografiert, die Handynummer aufgeschrieben und alle Kontakte von Emilio notiert, die Sabine Ungrad kannte: Kollegen, Freunde, Nachbarn am Hafen, Petros Melas in Salzburg.

In der Finca hatte sie sich wie schon zuvor in der Mietwohnung einen Computerraum eingerichtet, »Deep Space Nine« nannte sie das Zimmer, das mit allerlei Laptops, PCs, iMacs und weiteren Geräten vollgestopft war.

Da Johanna dort auch ihre vielfältigen Verkleidungen unterbrachte, die sie als Privatdetektivin benötigte, nannte sie wiederum den Raum beharrlich »das Ankleidezimmer«.

In diesem »Ankleidezimmer« würde Gemma später verschwinden und erst einmal die Festplatte des Vermissten durchstöbern.

Gemma fackelte nicht lange und rief noch auf der Fahrt Petros Melas an, Emilios Ex-Arbeitgeber in Salzburg. Johanna hörte, wie sie sich als Privatdetektivin vorstellte, im Auftrag von Sabine Ungrad auf der Suche nach Emilio Curra.

Mehrmals murmelte Gemma »Aha« und »Ach« und bedankte sich schließlich.

»Melas konnte sich gut an Emilio erinnern«, berichtete sie Johanna. »Muss mega sein als Kellner, der Bursche. Melas wollte ihn schon zum Restaurantchef bei einer Neueröffnung in Wien machen.«

»Aber dann …?«, fragte Johanna erwartungsvoll.

»Tja, aber dann hat Melas ihn einmal zu oft im Casino von Salzburg getroffen. Und Melas meint, er habe ein gutes Auge für Spieler. Er wolltc lieber doch keinen Restaurantchef, der womöglich aus Geldnot in die Kasse greift.«

Ein Lieferwagen hatte es augenscheinlich sehr eilig. Johanna ließ sich überholen und bog auf die Ma-20 ab, die Ringautobahn um Palma. »Hat er mit Emilio gesprochen?«

»Hat er. Danach hat Emilio gekündigt, das war im März.«

»Weiß Melas, wo er danach hin ist?«

»Emilio blieb wohl noch eine Weile in Salzburg, ging aber nicht mehr ins Casino. Melas hatte von einer illegalen Spielrunde gehört, mit Saudis und Russen, Emilio soll dabei gewesen sein. Und plötzlich war er weg.«

Johanna schüttelte den Kopf. »Da stimmt etwas ganz und gar nicht. Ein Spieler, der hunderttausend Euro zur Hand hat, versteckt das Geld und verdingt sich auf Mallorca als Kellner? Klingt seltsam. So, als ob er untertauchen wollte.«

»Allerdings. Vielleicht wollte er damit Spielschulden zurückzahlen? Fragt sich nur, woher er diesen Riesenbatzen Geld hatte.«

Beide schwiegen. Johanna nahm auf dem Rückweg zur Finca die Ma-19a, die »schöne Strecke«, wie sie sie nannten. Die Straße führte am Flughafen entlang, dort bogen sie rechts ab und fuhren vorbei an Windmühlen, kleinen Gehöften und einem Dörfchen namens S'Aranjassa nach Llucmajor.

»Das leere Dorf« war ihr Spitzname für den Ort, denn hier war meist niemand auf der Straße, die typischen zweiflügeligen Haustüren waren mit Schutzblechen verrammelt gegen Straßenstaub und Regen, je nach Jahreszeit.

Um halb drei Uhr nachmittags rollten sie mit ihrem Fiat 500 auf den gekiesten Hof der Finca. Sie hatten noch eine gute Stunde Zeit, bis sie wieder losmussten, um den Laden für den Nachmittag zu öffnen.

Johanna machte sich gerade eine frische Limonade aus den eigenen Zitronen, als sie Gemma draußen im Garten fluchen hörte.

»Kind, was ist denn los?«, fragte sie und ging auf die Terrasse.

»Der Brunnen, Oma!«, rief Gemma wütend aus dem kleinen gemauerten Zisternenhäuschen. »Ich wollte die Zisterne auffüllen, aber der verdammte Brunnen ist leer!«

Johanna blieb wie angewurzelt stehen. »Was?«, fragte sie ärgerlich.

Sie hatte es befürchtet, und nun war es tatsächlich passiert. Seit Wochen hatte es nicht mehr geregnet, dazu brütete eine Hitze von über vierzig Grad im Schatten über der Insel. In diesem Jahr jagte ein Temperaturrekord den nächsten.

Die Finca hatte eine eigene Wasserversorgung über den Hausbrunnen. Bereits vor einigen Wochen hatte sie mit ihrer Nachbarin Judy McGregor darüber gesprochen, die zwei Parzellen weiter südlich wohnte und sich mit dem Thema auskannte.

»In sehr heißen Sommern kommt es vor, dass die Brunnen austrocknen«, hatte Judy gewarnt. »Aber kein Problem, ihr könnt dann den Wasserwagen bestellen.«

Sie mussten sich erst daran gewöhnen, sich nun als Hausbesitzerinnen um viele Dinge selbst zu kümmern. Wie zum Beispiel um die Selbstverständlichkeit, dass Wasser aus dem Hahn läuft.

»Ich rufe den Wasserwagen an.« Johanna ging seufzend ins Haus, um die Telefonnummer zu suchen, die Judy ihr in weiser Voraussicht gegeben hatte, und war überrascht, wie gut das System klappte.

Ihre Wasserbestellung wurde umgehend aufgenommen. Keine Stunde später stand der Tanklastwagen vor der Tür und befüllte die Zisterne des Hauses im Handumdrehen bis obenhin, dreizehntausend Liter. Das würde eine Weile reichen.

War ja einfach, dachte Johanna erfreut, während sie auf dem Tagesbett lag, das sie regen- und sonnengeschützt auf der überdachten Terrasse platziert hatte. Sie trank ihre Limonade und fächelte sich Kühlung zu. Die Siesta war vorbei, und entweder sie oder Gemma musste jetzt los und das Geschäft öffnen. Sie hatte gar keine Lust, wieder aufzustehen. Sie streckte sich wohlig. Nachdem das Wasserproblem gelöst war, sah die Welt schon ganz anders aus.

Die Finca lag ländlich und sehr idyllisch. Wenn Johanna über die schmale Treppe neben dem Haus auf das flache Dach stieg, konnte sie bis Llucmajor sehen, über dem Städtchen thronte mächtig die Iglesia San Miguel. Auf der anderen Seite erhob sich der karstige Galdent-Höhenzug mit dem Puig de ses bruixes, dem Hexenberg, dahinter der Randaberg.

Der große Garten war Johanna Freude und Qual zugleich. Die Mandeln waren fast reif. Sie hatte sich schon bei Héctors Mutter Yolanda erkundigt, wie man sie ernten musste. Das Verfahren schien höchst aufwendig. »Du musst ein großes Auffangnetz haben, das kannst du dir auch selbst nähen aus alten Bettbezügen«, hatte die praktische Yolanda gesagt. »Das legst du unter die Bäume. Dann schlägst du mit einem langen Stab die Mandeln ab. Sieh zu, dass du alle erwischst, die Bäume bekommen mehr Früchte, wenn sie komplett abgeerntet werden.«

Johanna hatte die Stirn gerunzelt. »Also steige ich nicht auf die Leiter und pflücke sie?«, hatte sie gefragt.

»Oh, *no*!«, hatte Yolanda gerufen. »Sie müssen abgeschlagen werden, damit gleich das alte Holz mit ausgelichtet wird.«

Alles in allem klang es nach einer höchst anstrengenden Tätigkeit, die zu einem verspannten Nacken und Sonnenbrand führen wird, dachte Johanna, während sie auf dem Tagesbett lag und träge die verfluchten Mandeln beäugte.

Aber es waren viele, sie waren dick und prall. Sie könnte sie auf dem flachen Dach ihrer Finca trocknen lassen und im Winter knacken, während draußen der Regen an die Fenster pochte. Mandeln waren außerdem sehr gesund. Es half alles nichts. Gemma und sie würden die Biester ernten müssen.

Zum Glück war sie die *algarrobas*, die Früchte ihrer Johannisbrotbäume, schon losgeworden. Schäfer Lazaro hatte versprochen, sie zu ernten. Dafür durfte er sie auch alle als Futter für die Tiere behalten.

Das Grundstück nebenan war unbebaut und diente Lazaro als Weide für seine Schafe und Ziegen. Die Glöckchen, die die Tiere um den Hals trugen, bimmelten leise in der Mittagshitze.

»Gemma?«, rief Johanna. Wo steckte das Kind nur? Vermutlich im Computerzimmer, wie immer. Sie fragte sich oft, wie Gemma es schaffte, so braun gebrannt auszusehen. Eigentlich saß sie ständig im Haus und starrte auf ihren Laptop.

Vor sieben Jahren hatte Johannas Tochter Marion Gemma in den Sommerferien zu ihr geschickt. Die damals Vierzehnjährige galt als störrisch, schwer erziehbar und verstockt, war dazu mehrfach von verschiedenen Schulen verwiesen worden.

»Ich komme mit ihr nicht mehr zurecht«, hatte Marion weinend am Telefon gesagt und Johanna erzählt, dass Gemmas Stiefvater Bertram langsam die Geduld verlor. Mit seiner Stieftochter Gemma und mit seiner Ehe.

Die einfühlsame Johanna, die ihre Enkeltochter zuvor nur von ihren sporadischen Besuchen in Deutschland kannte, nahm sich des Mädchens an und stellte schnell fest, dass Gemma hochintelligent war. Um ehrlich zu sein, fast schon erschreckend hochintelligent. Gleichzeitig hatte Gemma jedoch auch soziale Defizite – so konnte sie irrationales oder sehr emotionales, also eben zutiefst menschliches Verhalten oft weder verstehen noch richtig darauf reagieren. Schlussendlich hatten es alle am besten gefunden, wenn Gemma einfach bei Johanna blieb. Mit den ebenfalls als störrisch und eigenbrötlerisch bekannten Mallorquinern kam Gemma nämlich ganz hervorragend zurecht. Spanisch und Katalanisch hatte sie im Handumdrehen gelernt, unter Zuhilfenahme eines Tricks. Johanna hatte dem nerdigen Kind, das immer nur am Laptop saß, alle Staffeln »Star Trek« gekauft, auf Spanisch mit katalanischen Untertiteln. Gemma hatte in wenigen Wochen alle Folgen gesehen und sprach anschließend fließend Spanisch und Katalanisch. Johanna vermutete immer, sie könne nun auch Klingonisch. Viele nahmen an, Gemma sei auf der Insel geboren, so perfekt war sie mittlerweile auch in Mallorquinisch, der hiesigen Variante des Katalanischen.

»Was gibt es denn, Oma?« Gemma kam mit dem Laptop in den Händen heraus und setzte sich zu Johanna. Sie starrte angestrengt auf den Bildschirm, dann tippte sie etwas.

»Hochinteressant«, sagte sie schließlich.

»Kannst du heute Nachmittag allein ins Geschäft?«, bat Johanna schnell. »Es ist kein Markttag, es wird eh nicht viel los sein.«

Gemma wirkte erstaunt. »Aber wir brauchen uns nicht beeilen. Ich habe doch Bárbara bestellt. Habe ich dir schon vor Stunden geschrieben.« Sie lachte. »Alles klar, du hast wieder deine Nachrichten nicht gelesen.«

Schuldbewusst fasste Johanna in ihre Hosentasche und zog ihr Smartphone hervor. Sieben ungelesene Kurznachrichten.

»Wir haben einen neuen Fall, da dachte ich mir, es sei besser, wenn Bárbara heute die ersten Nachmittagsstunden übernimmt. Ich muss außerdem einkaufen. Nachher kommt Héctor zum Abendessen.«

Gemmas ehemalige Schulfreundin Bárbara half oft im »Gecko Galdent« aus, wenn Johanna und Gemma als Privatdetektivinnen unterwegs waren.

»Aber warum Bárbara? Wollte sie nicht längst in Australien sein? Work and Travel?« Dafür hatte sie doch so lange nach der Schule gespart, wusste Johanna.

»Ja, wollte sie.« Gemma sah plötzlich bedrückt aus. »Aber du kennst doch auch Maria, ihre Mutter, oder? Sie hat Krebs, war letzte Woche beim Arzt. Jetzt will Bárbara erst die Ergebnisse der Untersuchungen abwarten und sehen, wie es ihrer Mutter geht.«

»Ist es sehr schlimm?«, fragte Johanna betroffen. Sie kannte die lebenslustige Maria gut.

»Weiß man noch nicht.« Gemma wandte sich wieder ihrem Laptop zu. »Siehst du hier? Ich habe die Festplatte von Emilios Rechner kopiert, alle Inhalte sind eins zu eins auf meinem Laptop.«

Johanna fand es drollig, dass Gemma stets bemüht war, ihr Computerthemen möglichst einfach zu erklären. Die Arroganz der Jugend – wer über fünfzig ist, hat keine Ahnung von digitalen Themen, so dachte das Jungvolk. Im Stillen schmunzelte Johanna. Dabei hatte sie selbst einen der ersten Laptops besessen, der weltweit hergestellt wurde. Und datengestützte Observierungstechniken gab es schon, als sie in den Zwanzigern gewesen war.

»Und was stelle ich als Erstes fest?«, fuhr Gemma fort. »Der gute Emilio hatte den Tor-Browser installiert. Das ist …«

»… der direkte Weg ins Darknet«, ergänzte Johanna.

Ein Spieler im Darknet. Das heißt vermutlich nichts Gutes, dachte sie.

7

Gemma schwang sich auf ihr Fahrrad und fuhr die kleine Landstraße entlang nach Llucmajor. Der Hinweg war ein großer Spaß, weil es bergab ging, vorbei an Trockenmauern, Schweinekoben mit dicken schwarzen Schweinen, duftendem wilden Salbei, Wiesen voller wilder Blüten, Feigen- und Mandelbäumen. Sie würde nachher auf dem Rückweg mit Einkaufstaschen beladen ganz schön ins Schwitzen kommen. Am Nachmittag und Abend wurden die kleinen Fincas und Gehöfte am Fuß des Galdent förmlich gebacken.

Auf ihrem Weg zum Ort hinterließ Gemma eine Spur aus lautem Gebell. An jeder Finca, an der sie vorbeifuhr, schlug ein Hund an, jagte den Zaun entlang und schickte ihr, wenn sie das Grundstück passiert hatte, noch ein paar ordentliche Kläffer hinterher.

Sie kam am Kreisverkehr an der alten Mühle vorbei, radelte noch ein Stück die Hauptstraße entlang und bog links ab in die kleinen Gassen und Sträßchen von Llucmajor.

Ortsunkundige wurden wahnsinnig in dem Gewirr. Sogar mit einem Navigationssystem waren Autofahrer vollkommen aufgeschmissen, weil die Gemeinde alle paar Monate die Führung der Einbahnstraßen änderte. Es ging immer regelmäßig ein paar Wochen in die eine, dann wieder in die andere Richtung. Das geschehe aus Gründen der Fairness, hatte ihr einmal ein älterer Nachbar erklärt, denn so hatte mal der eine Anwohner, mal der andere den längeren und umständlicheren Anfahrtsweg von der Hauptstraße. Aber Gemma fand es trotzdem verwirrend und wenig effektiv, da sich noch nicht einmal die Bewohner des Städtchens selbst an dieses Hin und Her gewöhnen konnten.

Sie bog in die Fußgängerzone ab und stieg vom Rad, den restlichen Weg zum Laden schob sie.

Llucmajor war ein Städtchen, das noch nicht einmal im Sommer allzu viele Touristen anzog. Lediglich an den Markttagen kamen mehr Besucher. Bis zum Meer waren es fünfundzwanzig Minuten Fahrt mit dem Auto, außerdem gab es kaum echte Sehenswürdigkeiten. Sicherlich, die Iglesia San Miguel war sehr groß und sehr schön. Aber sie war hauptsächlich eine echte Gebrauchskirche, ein Ort, an dem gebetet wurde und nicht fotografiert. Die Leute gingen zum Gottesdienst hin, sonst war die mächtige Iglesia meist geschlossen.

Llucmajors Zentrum und Aushängeschild war der hübsche Marktplatz mit dem alten Rathaus. Hier gab es Restaurants und Cafés, die Kinder spielten in der autofreien Zone.

Gemma stellte ihr Fahrrad ab und betrat den Laden. Bárbara bediente gerade ein älteres Paar, das Mitbringsel für die Freunde daheim suchte.

»Vielleicht ein hübscher Schal?«, schlug Bárbara vor und wies auf den Ständer mit den bunten Baumwoll- und Seidentüchern, die Gemma und Johanna von einer Manufaktur in der Nähe bezogen, die vor allem Inselmotive wie Olivenzweige, Mandelblüten, Feigen, Muscheln, Fische oder Boote auf die Schals druckte.

Das Paar wühlte unsicher in den Schals, wandte sich schließlich der Feinkost zu.

Das »Gecko Galdent« führte Kunsthandwerk und Spezialitäten der Insel wie edle Olivenöle, Essige, Pulver aus geräucherter Paprika oder *flor de sal* aus den Salinen von d'Es Trenc. Das Sortiment war Gemmas Werk. Ihre Großmutter hatte zuvor ein wildes Sammelsurium aus günstigen Souvenirs, Kaltgetränken, Postkarten und Plastikspielzeug angeboten. Mit komplizierten Berechnungen hatte Gemma nachweisen können, dass hochwertigere, nachhaltig hergestellte Waren eine höhere Marge brachten. Sie hatten umgestellt, und zu Johannas Erstaunen warf der Laden nun wesentlich mehr Profit ab.

Obwohl Bárbara dem Paar einige Köstlichkeiten empfahl und die beiden auch probieren ließ, sahen sie weiter ratlos drein.

Gemma griff ein. Sie wies auf einige hübsche handbemalte Geckos aus Metall und Holz. »Sehen Sie. Das wird sehr gern gekauft. Und sieht so vorteilhaft aus als Dekoration.«

Die beiden betrachteten die Geckos, wählten vier aus und kauften sie. Beglückt verließen sie den Laden.

»Ich werde es nie verstehen, aber es funktioniert immer«, sagte Gemma. »Wenn Leute nicht wissen, was sie haben wollen, zeig ihnen die Geckos. Die kaufen sie. Jedes Mal.«

Bárbara lachte. »Das merke ich mir.«

In diesem Moment kam der Lieferant herein und brachte einen ganzen Arm voller Kartons mit frischen Gewürzen. Gemma begrüßte ihn und nahm ihm den obersten ab, der herunterzufallen drohte. »*Hola*, Juan, hast du neues Paprikapulver mitgebracht?«

Juan grinste. »Das geht gut bei euch, was?«

»Es ist auch ganz besonders gut.« Gemma mochte das Gewürz sehr, es gab den Gerichten eine feine rauchige Note.

Bárbara half ihr, die bunten Döschen in die Auslage zu räumen.

»Wie geht es deiner Mama?«, fragte Gemma.

Bárbara setzte sich und schluckte schwer. »Wir wissen es nicht. Die Gewebeprobe haben sie schon entnommen, aber wir haben das Ergebnis immer noch nicht. Ob das ein schlechtes Zeichen ist?«

Gemma setzte sich neben sie und streichelte ihrer Freundin unbeholfen die Hand. Große Gefühlsbezeugungen waren nicht ihre Sache, was aber nicht bedeutete, dass sie keine Gefühle hatte. »Pass auf, das heißt gar nichts. Sie sind eben gründlich. Das ist doch gut.«

»Vermutlich hast du recht.« Bárbara räusperte sich und stand wieder auf. »Komm, wir räumen den Rest weg.«

Als sie fertig waren, bat Gemma sie, noch ein wenig zu bleiben. »Ich muss schnell einkaufen im ›Mercadona‹. Héctor kommt zum Abendessen.«

Bárbara lächelte. »Du hast wirklich so ein Glück. So ein netter Mann. Und kochen kann er auch noch.«

»Er kocht sogar sehr gut.«

»Bist du richtig verliebt?«, wollte Bárbara wissen.

Gemma runzelte die Stirn. War sie richtig verliebt? Gute

Frage. Sie war eine Einzelgängerin, das war sie schon immer gewesen, auch als Kind. Sie war zwar auch gern ab und an mit anderen Menschen zusammen, aber nicht zu lange. Früher oder später wurde sie nervös und musste weg und allein sein. Die einzigen Menschen, mit denen sie Stunden verbringen konnte und die ihr trotzdem nicht auf die Nerven gingen, waren ihre Großmutter – und Héctor. War das Liebe?

Immer noch grübelnd, nahm sie das Einkaufsnetz vom Haken und schlenderte zum Supermarkt. Dort kaufte sie Fisch, von dem die Verkäuferin behauptete, er spränge ihr beim Braten aus der Pfanne, so frisch sei er. Dazu etwas von dem salzlosen *pan moreno*, das sie und Johanna gern mochten, knuspriges Weißbrot für Héctor, frische Tomaten, Kräuter und einige samtige Pfirsiche, die köstlich aussahen. Sie ging zurück zum Laden, um Bárbara für den Nachmittag endgültig abzulösen.

»Ich glaube, ja«, sagte sie.

Bárbara sah sie einen Moment lang verwirrt an, dann verstand sie, dass Gemma jetzt erst auf ihre Frage geantwortet hatte. »Du *glaubst*, ja? Das ist doch ein guter Anfang.«

8

Héctor Ballester hatte Sorgen. Er lenkte seinen Wagen über die Autobahn und wälzte dabei dunkle Gedanken. Natürlich, da war sein Chef, der ihm immer wieder mit den unglaublichsten Aufgaben und Vorwürfen kam. Dazu funktionierten Héctors Diätpläne gar nicht. Schon seit Monaten hatte er sich fest vorgenommen, abzunehmen. Seitdem hatte er drei Kilo zugelegt. Es war wie verhext. Immer wenn er den halben Tag gehungert hatte, kam ihm eine *ensaïmada* in den Weg. Er liebte das Gebäck, das mit viel Schweineschmalz hergestellt wurde. Es zerging süß auf den Lippen und hatte dennoch einen herzhaften Fermentgeschmack. Mit Schokolade gefüllt waren *ensaïmadas* unwiderstehlich.

Abnehmen wollte er auch wegen seiner neuen Freundin. Er war nun seit April mit Gemma zusammen. Glaubte er zumindest. Es war sehr kompliziert. Manchmal schien sie ihn kaum wahrzunehmen. Erst vorgestern hatte er sie im Geschäft in Llucmajor mit einem Spontanbesuch überraschen wollen, doch Gemma hatte ihm nur zugenickt und wieder auf ihren Laptop geguckt.

»Sie rechnet etwas aus«, hatte Johanna geflüstert. »Da will sie nicht gestört werden.«

Sie muss ja nicht gleich einen Stepptanz aufführen, wenn ich zur Tür hereinkomme, dachte er verärgert und blinkte, um in Llucmajor abzufahren. Aber seinen Freund kann man ja mal umarmen und ihm einen Kuss geben, wenn er zu Besuch kommt. Das wird ja nicht zu viel verlangt sein.

»Was rechnet sie denn aus?«, hatte er zurückgeflüstert, nachdem er die erste Enttäuschung verdaut hatte.

»Irgendwas mit Kunden, Markttagen und Kauffrequenz, Produkten und Marge«, hatte Johanna geraunt. »Ich habe es nicht verstanden, um ehrlich zu sein.«

Ja, es war kompliziert.

Er fuhr die Umgehungsstraße bis zur alten Mühle im Norden von Llucmajor und bog links ab in Richtung Galdent. Vielleicht sollte er sich etwas rarmachen, nahm er sich vor.

Das war der Standardratschlag seiner Mutter an alle Mädchen in der Familie. »Mach dich rar, dann wirst du interessanter für die Männer«, sagte Yolanda regelmäßig zu Héctors Cousinen. Ob das umgekehrt bei Frauen auch funktionierte?

Schließlich stand er vor dem großen Eisengittertor, das zu Johannas und Gemmas Finca führte, und hupte kurz. Gemma kam aus dem Haus gejagt, riss das Tor auf, beugte sich in das geöffnete Autofenster und küsste ihn stürmisch. Héctor beschloss, das Rarmachen auf später zu verschieben.

Gemmas Aussage, Héctor komme zum Abendessen, bedeutete so viel wie: Héctor kocht das Abendessen. Seine Familie führte zwei Feinschmeckerrestaurants auf der Insel, und er konnte wesentlich besser kochen als die beiden Frauen.

Seine Eltern waren damals sehr irritiert gewesen, als Héctor ihnen verkündet hatte, er werde Polizist. Denn sein Bruder Hugo sollte das Familienrestaurant »Esperanza« in Algaida weiterführen, für Héctor war das Tapaslokal »Vermell« am Hafen in El Molinar vorgesehen, das nun eine Cousine übernommen hatte.

Als Fünfzehnjähriger hatte er mit ansehen müssen, wie seine geliebte Großmutter von einem betrunkenen Autofahrer getötet wurde. Und er hatte miterleben müssen, wie sich der Täter mit Bestechung und Lügen aus der Affäre gezogen hatte. Damals hatte er sich geschworen, für Gerechtigkeit zu sorgen – und war Polizist geworden. Er sorgte für Gerechtigkeit, kämpfte gegen Korruption und Vetternwirtschaft und hatte sich damit nicht bei allen Kollegen beliebt gemacht. Er wirkte jünger als neunundzwanzig. Dies und sein freundliches Wesen führten oft dazu, dass Kollegen, Vorgesetzte und Verbrecher ihn unterschätzten. Das hatte er mit Johanna gemeinsam. Und genau wie bei ihr irrten sich die Leute. Héctor Ballester war ein Bluthund. Hatte er einmal die Fährte aufgenommen, verfolgte er die Spur bis zum bitteren Ende.

Er begrüßte Johanna mit Wangenküsschen und machte sich gleich daran, die Zutaten zu begutachten, die Gemma am Nachmittag eingekauft hatte.

»Oh, Seebrasse, ganz frisch. Dazu mache ich eine Riesenschüssel *salsa verde* und *patatas bravas*, okay?«

Er hatte als Restaurantbesitzersohn früher immer drei oder vier Gerichte auf einmal gekocht, das hatten sie ihm mittlerweile abgewöhnt.

Er hackte geschickt die Kräuter für die *salsa*, Johanna und Gemma sahen ihm zu und berichteten von ihrem jüngsten Fall.

»Da hatte der Kerl glatt hunderttausend Euro versteckt. Unsere Klientin wollte zur Polizei gehen und alles melden, hat sie hoffentlich bereits getan«, schloss Gemma.

Héctor schüttelte den Kopf. »Bin ja froh, wenn das nicht auch noch auf meinem Tisch landet.«

Er erzählte von dem Zusammentreffen mit seinem Chef und dessen Wutausbruch, als Héctor Verständnis für die Demonstration der jungen Aktivisten geäußert hatte.

Johanna lachte. »Ich war sogar dabei!«, rief sie und schilderte ihm ihre Erlebnisse am Vormittag.

»Ah, da kann ich Robla gleich melden, dass ich bereits eine Augenzeugin vernommen habe und vorankomme.« Zufrieden schälte Héctor eine Zehe Knoblauch. Flink verfrachtete er die Kräuter in eine Schüssel und hackte den Knoblauch. Während er die Haut der Seebrasse kreuz und quer einschnitt und mit Salz und gemörsertem Fenchelsamen einrieb, kam er zum Geschäftlichen.

»Ich brauche euch beide als Übersetzerinnen.«

Johanna und Gemma hatten nicht nur eine offizielle spanische Lizenz als Privatermittlerinnen, sondern waren auch als behördlich genehmigte Übersetzerinnen bei der mallorquinischen Polizei gelistet; Gemma für Deutsch und Englisch, Johanna für Deutsch und Russisch.

Héctor berichtete von den beiden verschwundenen Frauen, während er den Fisch briet. Die *patatas bravas* waren bereits fertig.

»Musst du nicht erst einen Antrag stellen, bevor du uns engagierst?« Gemma grinste ihn an.

Héctor war dafür bekannt, sich akribisch an alle Regeln und Vorschriften zu halten und stets alle notwendigen Formulare auszufüllen, ehe er irgendetwas nicht offiziell Genehmigtes tat. Er zog eine Augenbraue hoch. »Ich bin kommissarischer Leiter der Stabsstelle. In dem Fall kann ich den Antrag selbst unterschreiben, was ich natürlich längst getan habe.«

Er verteilte den gebratenen Fisch auf drei Teller und servierte das Abendessen gekonnt auf der Terrasse.

Johanna brachte rasch die neu gekauften Kerzenhalter heraus und entzündete einige dicke Kerzen als passende Atmosphäre zum Essen.

Es schmeckte köstlich wie immer.

»Die Minze in der *salsa verde* ist eine wirklich gute Idee«, sagte Johanna.

Héctor hatte noch ein Dessert zubereitet. Er hatte die frischen Pfirsiche in kochendes Wasser getaucht, gehäutet und in Scheiben geschnitten. Die aromatischen Pfirsichschnitze verteilte er auf kleinen Tellerchen, gab jeweils einen Klecks Mascarpone hinzu und einige Mandelblättchen.

Als sie mit dem Essen fertig waren, räumte Gemma ab.

Héctor zog Papiere aus seiner Aktentasche.

»Bisher gibt es nur kurze Vernehmungen von den mitreisenden Freundinnen der Frauen, die konnten gut Englisch«, sagte er. »Die Protokolle stammen von den Dienststellen in Magaluf und Arenal.«

Johanna und Gemma beugten sich über die Papiere und lasen zuerst die Aussage einer jungen Russin.

Aussage Milena Fomin vom 3.8., hatte Irina Andrejew am 2.8. als vermisst gemeldet, Wortlautprotokoll.
»Wir sind vor einer Woche angereist, wollten zwei Wochen bleiben. Die Reise haben wir online gebucht in Russland, 14 Tage mit Flug, Hotel und Frühstück im Dreierzimmer. 2-Sterne-Hotel Sunrise in Magaluf, ganz in Ordnung. In

der Nacht von Donnerstag auf Freitag waren wir auf dem Strip unterwegs, diese Partymeile am Punta Ballena. Das war unser zweiter Abend hier. Irina hatte am ersten Abend jemand kennengelernt, den wollte sie noch mal treffen, hat sie gesagt. Vielleicht hat sie seinen Namen erwähnt, wir sind uns nicht sicher. Aber wir haben schon hin und her überlegt, wir wissen den Namen nicht mehr.

Wir sind mit ihr in die ›Mega-Disco‹, es war so um ein Uhr nachts. Haben ein paar ganz süße Jungs aus Birmingham kennengelernt, aber Irina hat nur nach dem Typen Ausschau gehalten, den sie treffen wollte. Wir haben noch Witze gemacht, weil sie sonst eher schüchtern ist. Dann ist sie an die Bar und wollte sich noch eine Cola kaufen. Sie hatte kaum was getrunken, vielleicht ein oder zwei Bier an dem Abend. Sie trank ja immer nur Cola. Also, Cola light. Sie kam nicht zurück. Wir dachten, sie hat den Typen getroffen und, na ja, hat irgendwie Spaß mit dem. Wie gesagt, sie ist ja sonst eher ein bisschen schüchtern, aber diesmal hat sie richtig mit Party gemacht, also getanzt und geflirtet.

Wir sind morgens so um fünf Uhr zurück ins Hotel, da war sie nicht. Wir haben ein Dreierzimmer, aber jede von uns hat ihre eigene Schlüsselkarte. Sie brauchte uns also nicht, um ins Zimmer zu kommen. Wir haben uns hingelegt und geschlafen, bis um zehn der Wecker klingelte. Den haben wir uns gestellt, weil es Frühstück nur bis elf Uhr gibt, und das wollten wir nicht verpassen. Da war sie immer noch nicht da. Also haben wir angefangen, auf ihrem Handy anzurufen. Aber da ging immer sofort die Mailbox dran. Haben WhatsApp geschickt, nix. Den ganzen Tag.

Abends haben wir richtig Angst bekommen. Weil das macht sie so nicht. Einfach wegbleiben und sich nicht melden. Schließlich haben wir nicht mehr weitergewusst und ihre Eltern angerufen. Die haben gesagt, wir sollen sofort zur Polizei und dass sie versuchen, schnell herzukommen.

Bei der Polizei, das war nicht so einfach. Da war viel los, und wir mussten warten, und wir können kein Spanisch. Aber dann kam jemand, der Englisch konnte. Die haben gesagt, wenn sie jemand kennengelernt hat, ist sie vielleicht mit dem mitgegangen. Das kann natürlich sein, aber so ist Irina nicht. Die haben auch gefragt, ob sie einen Freund hat daheim. Hat sie nicht im Moment. Sie haben gesagt, dass die meisten wiederauftauchen nach ein paar Stunden, aber Irina kam einfach nicht.«

»Sie ist in der Nacht von Donnerstag auf Freitag verschwunden«, erklärte Héctor. »Freitag melden ihre Freundinnen sie vermisst. Das Vernehmungsprotokoll ist von Samstag, seit Sonntag ist sie in der inselweiten Fahndung. Keine Spur. Gestern, also Montag, sind die Eltern angekommen, die werden wir morgen befragen, Johanna.«

Johanna runzelte die Stirn. »Und die andere Frau?«

»Eine Deutsche, neunzehn Jahre alt. Laura Hofstetter. Ist mit drei weiteren Freundinnen auf der Insel, die vier haben vor einigen Wochen ihr Abi gemacht und wollten das zusammen feiern. Hotel an der Playa de Palma. Im Prinzip die gleiche Geschichte.« Er schob Johanna und Gemma das zweite Protokoll zu. »Sie waren zusammen feiern, zum Schluss im ›Beachclub‹. Gegen zwei Uhr in der Nacht von Sonntag auf Montag war Laura plötzlich verschwunden und tauchte nicht mehr auf. Auch in diesem Fall haben die Freundinnen bis abends gewartet und schließlich Eltern und die Polizei verständigt.«

Gemma runzelte die Stirn. »›Beachclub‹, das ist diese Riesendisco direkt am Ballermann, oder?«

»Du bist wahrscheinlich die einzige einundzwanzigjährige Deutsche auf ganz Mallorca, die da noch nie drin war.« Johanna wusste, dass Gemma große, laute Veranstaltungen mit vielen Menschen mied.

Doch Gemma schien so gar nicht empfänglich für Sarkasmus zu sein. »Okay, also die eine Frau verschwand vor fünf Tagen, die andere vor knapp zwei Tagen. Und jetzt fangt ihr mal so ganz langsam an, sie zu suchen? Ist das normal, dass ihr so lange abwartet?«

Héctor hob abwehrend die Hände. »Vergiss bitte nicht, es ist Sommer, und das hier ist eine Partyinsel. Im August werden täglich etliche Personen als vermisst gemeldet. Ein paar Stunden später sind sie meist wieder da.« Er stand auf und holte sich noch eine neue Flasche Mineralwasser aus der Küche.

Auf der Finca nebenan waren Geräusche zu hören. Ein Wagen sprang an, ein Tor klappte, danach begann ein Hund zu jaulen.

»Oh weh«, sagte Johanna seufzend. »José hat den Hund nicht mitgenommen.«

Sie hoffte inständig, dass ihr Nachbar José Ruiz, der die Parzelle südlich von ihr besaß, nur ein paar Stunden und nicht ein paar Tage wegblieb. Er ließ dem Tier zwar immer ausreichend Futter und Wasser da, aber Rocko konnte tagelang durchbellen, wenn sein Herrchen nicht in der Finca war. Das Vorgehen war für ihre mallorquinischen Nachbarn völlig normal, sorgte aber immer für Unverständnis und Ärger vor allem bei den deutschen Residenten, die ihre Tiere niemals allein lassen würden. Doch nach und nach wurde das Thema Tierschutz auch in Spanien anders gesehen. Die Tierschützer hatten sogar bereits einige neue Gesetze bewirkt.

Héctor kam mit der neuen Flasche Wasser zurück und fuhr fort. »Es ist immer die Frage, ob man von einem Verbrechen ausgehen muss oder nicht. Beide Vermissten waren über achtzehn, also volljährig. Erwachsene Menschen dürfen mal ein paar Nächte wegbleiben, ohne dass die Polizei gleich das große Besteck herausholt. Das ist ja ein freies Land.« Er goss sich ein Glas Wasser ein.

»Das wissen aber einige nicht«, sagte Gemma sarkastisch und grinste Johanna breit an. »*Einige* hier am Tisch holen schon nach zwei Stunden Abwesenheit das große Besteck raus.«

Die beiden hatten sich gegenseitig die Ortungsfunktion ihrer Smartphones freigeschaltet, falls ihnen bei ihrer Arbeit als Privatdetektivinnen etwas zustoßen sollte. Johanna nutzte diese Funktion oft und gern, um herauszufinden, wo Gemma steckte.

»Woher weißt du das?«, fragte sie errötend.

»Weil ich noch die Benachrichtigung freigeschaltet habe«, erklärte Gemma. »Wenn du versuchst, mich zu orten, höre ich einen Signalton. Und den höre ich immer, sobald ich nur ein, zwei Stunden außer Haus bin.«

Sie ist zu klug, dachte Johanna. Wenn sie nicht gefunden werden möchte, wird sie dafür sorgen.

Vor wenigen Monaten noch, im Februar, wäre dies sehr problematisch geworden. Da hatten Johanna und Héctor Gemma im letzten Moment orten und vor einem Mörder retten können, dem die beiden Privatdetektivinnen auf der Spur gewesen waren.

Gemma wandte sich wieder Héctor zu. »Und ab wie viel Tagen Abwesenheit denkt die Polizei, dass ein Verbrechen vorliegen könnte?«

»Oder ein Unfall«, warf Héctor ein. »Wenn Wanderer vermisst werden, suchen wir sofort. Denen ist oft etwas zugestoßen oder sie haben sich verlaufen. Dann gibt es die Partyleute, da warten wir einige Zeit ab. Die tauchen sehr häufig nach ein paar Stunden wieder auf. Bei denen vernehmen wir natürlich das Umfeld, fragen, ob die Leute öfter schon mal weg waren. Und wenn wir überzeugt sind, dass da doch was passiert sein könnte, fangen wir an zu suchen.«

Er referierte noch mal die Statistik, die er kürzlich gelesen hatte. Viele Vermisste in Spanien waren nach einigen Stunden oder Tagen wieder da. Einige sah man nie wieder. Und einundzwanzig Prozent wurden tot gefunden.

Héctors Handy klingelte, Inspector alumno de primer año Arnau Àlvarez war am Telefon, der jüngste Mitarbeiter in Héctors Stabsstelle.

»Sie haben die Frau gefunden! Bei Llucmajor! Die junge Russin!«, brüllte Arnau in den Hörer.

Héctor hatte noch nicht herausgefunden, warum Arnau am Telefon stets so schrie. Er überraschte ihn immer wieder.

Manchmal durch sein überaus kluges und überlegtes Vorgehen. Und oft durch erschreckende Dämlichkeit. Es war, als habe der Junge irgendeine Persönlichkeitsstörung, zwei Identitäten.

»Der Reihe nach bitte, Arnau«, sagte Héctor. »Wer hat sie gefunden, und wo hat sie denn nun gesteckt? Warum hat sie sich nicht bei den Eltern gemeldet?«

»Oh!«, rief Arnau überrascht, als habe Héctor dies seinem Gebrüll entnehmen können. »Weil sie doch tot ist.«

9

Héctor atmete tief durch. Genau das war typisch für Arnau. Die wichtigste Information kam immer erst zum Schluss. Die junge Frau war tot.

»Was wissen wir denn schon?«, fragte Héctor betont ruhig. »War es ein Unfall? Ein Mord?«

»Die Kriminaltechnik lässt gleich die Leiche in die Pathologie bringen, die haben nicht viel gesagt. Aber sie lag wohl in einer Kiste und war, na ja, sie war halt tot.«

Héctor schloss die Augen. Robla hatte nicht recht behalten, ganz und gar nicht. Diese Vermisste war nicht nach einigen durchgefeierten Nächten auf den Partymeilen wieder wohlbehalten aufgetaucht. Sie gehörte zu den einundzwanzig Prozent.

»Wer hat sie gefunden?«, fragte Héctor. »Und seid ihr sicher, dass es die Russin ist?«

Wieso sage ich »die Russin«?, fragte er sich selbst. Er wusste doch, dass sie Irina hieß. Irina Andrejew. Zwanzig Jahre alt und in der Ausbildung zur Kinderkrankenschwester.

»Moment, ich frage nach«, hörte er Arnau sagen, dann ein Murmeln, schließlich war er wieder am Hörer. »Eine Streife der Policía Local hat sie gefunden, bei einem Feldweg an der Straße von Llucmajor nach Porreres. Als sie auf dem Weg nach Ses Palmeres waren, oder so.«

Héctor spürte wieder Ungeduld in sich aufsteigen. »Das ergibt doch gar keinen Sinn. Von Llucmajor nach Ses Palmeres fährt man doch nicht über Porreres.«

»Ich weiß doch auch nicht«, maulte Arnau. »Es ist ja nicht so, als ob hier alle Zeit hätten, mir als Inspector alumno de primer año stundenlang Sachen zu erklären.«

Guter Punkt, fand Héctor.

»Bleib dort, ich komme sofort«, sagte er und legte auf.

Er informierte Johanna und Gemma über den Stand der Dinge, setzte sich ins Auto und holperte wenig später über den Feldweg zum Tatort. Dort stand bereits Arnau zwischen Bäumen, staubigem Gebüsch und Gräsern und erwartete ihn.

Héctor begrüßte ihn kurz. »Sind sich denn alle sicher, dass es Irina ist?«

»Na ja«, begann Arnau nervös. »Beide Vermissten waren blond, ungefähr gleich alt, beide hatten Tätowierungen, wie sie heute alle haben. Die Russin einen Schmetterling, die Deutsche einen Drachen, aber vielleicht ist da auch was bei der Übersetzung schiefgelaufen. Ich meine, weil im Deutschen ein Drache auch ein Flugdrache aus Papier sein kann, und das kann in der Übersetzung wiederum auch Schmetterling bedeuten.«

Das war wieder einer der Momente, in denen Héctor nicht wusste, ob sein Untergebener genial oder völlig verrückt war.

»Wie bitte?«, fragte er betont ruhig.

Ángel Perez von der Kriminaltechnik trat hinzu. »Wir haben Fotos und Beschreibungen von beiden verschwundenen Frauen vorliegen. Es ist die Russin, hundertprozentig sicher, falls sie keine Doppelgängerin hat«, sagte er leise.

In Gegenwart der Leichen, die er untersuchte, flüsterte der sanfte Ángel stets. Er hatte sehr hohe Geheimratsecken und ein rundes Bäuchlein, das, wie er sagte, ein Rotweinbäuchlein sei.

»Die Toten können uns hören«, hatte er Héctor mal betrunken bei einer Polizeiparty verraten. »Daran glaube ich fest. Die Seelen sind noch da und lauschen.«

Héctor tat es ihm seitdem nach, denn wer konnte wissen, ob Ángel nicht recht hatte? Wenn sich jemand mit Toten auskannte, dann dieser Kriminaltechniker.

»Wir nehmen sie mit, der Wagen von der Pathologie ist da«, hauchte Ángel und ging langsam zurück zu der Leiche.

Tomás und Fifí standen immer noch mit schuldbewussten Mienen am Rand des Wäldchens herum. Héctor trat auf die beiden Polizisten zu und musterte den Streifenwagen, der nun schräg im Gebüsch stand, um den Fahrzeugen der Kriminaltechnik Platz zu machen.

»Ihr seid die RAF-Streife aus Llucmajor?«, fragte er. »Was um Himmels willen habt ihr auf diesem Feldweg getrieben?«

Die beiden wirkten betreten.

»Ähm, Tomás musste mal pinkeln, da bin ich hier reingefahren«, murmelte Fifí.

Tomás sah ihn mürrisch an, widersprach aber nicht und nahm den Faden auf.

»Wie mein Kollege schon sagte, ich wollte pinkeln gehen und habe diese Kiste entdeckt. Und wirklich geglaubt, ich traue meinen Augen nicht. Zuerst habe ich gedacht, da liegt eine Puppe, weil …« Er brach ab und atmete tief durch. »Weil sie so aussah. Wie eine zerbrochene Puppe. Ganz und gar kaputt.«

10

Jefe Robla hatte mitteilen lassen, dass allen Ernstes er selbst die Leitung des Krisenstabs und damit der Ermittlungen zu dem Mordfall übernehmen werde. Héctor wurde angewiesen, die Eltern des Opfers von dem Tod ihrer Tochter zu informieren. Es war elf Uhr abends, als er wieder bei den Miebachs vorfuhr, um Johanna abzuholen.

»Ich brauche deine Dienste als Dolmetscherin jetzt schon«, sagte er leise. »Wir müssen es den Eltern sagen. Sie sind gestern aus Moskau angekommen und wollten bei der Suche helfen.«

Johanna nahm ihre Handtasche. »Ich komme sofort mit.«

Auf der Fahrt nach Magaluf schwiegen beide. Héctor überbrachte nicht zum ersten Mal eine Todesnachricht, doch es war jedes Mal grausam. So grausam, jemandem sagen zu müssen, dass die geliebte Tochter, die Mutter, der Vater, der Bruder, die Ehefrau nie wieder heimkehren wird.

Menschen reagierten auf eine solche Nachricht ganz unterschiedlich. Manche brachen zusammen. Andere erstarrten, stumm und voller Entsetzen. Viele schrien und weinten, griffen ihn an, schlugen und traten nach ihm vor Kummer.

Héctor war kalkweiß, als sie in Magaluf ankamen. Irina Andrejew hieß die Tote, zwanzig Jahre alt. Irina aus Podolsk bei Moskau, die Kinder mochte, die mit ihren beiden besten Freundinnen Milena und Tatjana einen schönen Sommerurlaub auf Mallorca verbringen wollte. Auf den Vermisstenfotos hatte Héctor eine fröhliche blonde junge Frau gesehen, mit knallroten Lippen und in einer knallroten Bluse.

Seinen Zivilwagen parkte Héctor auf der Stellfläche einer Autovermietung und legte das Dienstschild gut sichtbar aufs Armaturenbrett. Sie stiegen aus. Dann liefen sie die Carrer Punta Ballena entlang und suchten das kleine Hotel am sogenannten Strip, in dem die Tote abgestiegen war und in dem nun auch ihre Angehörigen auf Nachrichten der Polizei warteten.

Magaluf war fest in britischer Touristenhand, das sah man auf den ersten Blick. Die Schilder und Ankündigungen, die Menütafeln vor den Restaurants und die Sonderangebote vor den Bars waren in englischer Sprache, einige wenige auch in Russisch. Der heiße Sommertag neigte sich dem Ende zu, es zogen ganze Gruppen krebsrot verbrannter Urlauber frisch geduscht durch die Straßen, auf dem Weg zu einer langen Partynacht.

Über die *Ángeles* musste Héctor sich immer wieder wundern. Keine andere Nation schien ein solches Vergnügen daran zu haben, sich von der Sonne völlig verbrennen zu lassen, wie sie. Tiefrote Dekolletés und Oberschenkel, die Rücken voller Brandblasen, aber alle waren bester Laune.

Dass die Briten – Männer und Frauen – hart im Nehmen waren, wusste Héctor bereits von einer Schulung, an der er vor zwei Jahren in London teilgenommen hatte. Den Lehrgang hatte Europol angeboten, und er wandte sich an europäische Polizisten, die es oft mit ausländischen Delinquenten zu tun hatten, was für mallorquinische Beamte mehr als zutraf. Es war damals Oktober, draußen pfiff ein eisiger Herbstwind, im ungeheizten Hörsaal war es eiskalt. Héctor hatte am schmalen Schreibpult gesessen und gebibbert – trotz wattierter Jacke, Schal und Mütze. Die junge Kollegin aus Edinburgh neben ihm trug ein dünnes Sommerkleid und Sandalen an den nackten Füßen. Sie hatte ihn mit einer Mischung aus Mitleid und Verachtung angesehen und kaum ein Wort mit ihm gewechselt.

In Gedanken versunken war Héctor neben Johanna hergetrottet, als diese plötzlich anhielt und sagte: »Hier ist es.«

An der etwas schäbigen kleinen Hotelrezeption ließen sie sich die Zimmernummer der Andrejews geben, fuhren mit dem Lift in die dritte Etage und klopften bei der Nummer 315. Eine hübsche Mittvierzigerin mit blondem Dutt öffnete ihnen. Sie trug ein kariertes Tweedkostüm, das viel zu warm für einen August auf Mallorca war, schien aber die Temperatur kaum wahrzunehmen. Die Frau hatte rot geweinte Augen und starrte Héctor und Johanna an.

Bevor sie etwas sagen konnten, wich Irinas Mutter nach hinten aus, dann sank sie stumm auf die Knie, als ahnte sie, was nun folgen würde. Der bullige, etwa fünfzigjährige Mann, der hinter ihr stand, blickte mit weit aufgerissenen Augen von seiner Frau zu den beiden Menschen im Türrahmen und zurück zu seiner Frau.

»*A kak naschet Iriny?*«, fragte er mit erstickter Stimme. »*Moya malenkaya*, meine kleine Irina?«

»*Mne tak zhal tebya*«, flüsterte Johanna. »Es tut mir so leid.«

Der Mann sackte neben seiner Frau zusammen.

Vom Balkon waren Milena und Tatjana hereingekommen, Héctor erkannte Irinas Freundinnen, an das Vernehmungsprotokoll waren Fotos der drei Urlauberinnen geheftet gewesen. Die jungen Frauen hatten gemeinsam mit den Eltern der vermissten Irina auf Nachrichten der Polizei gewartet.

Sie sahen Johanna und Héctor im Türrahmen, blickten auf Sonja und Fjodor Andrejew davor, beide auf Knien, starr vor Schock.

»Rina!«, schrie Milena durchdringend. »*Njet!* Rina!«

Sie stürzte zu dem knienden Paar, warf sich über Sonja.

Irinas Mutter erwachte aus ihrer Starre, sprang auf, blickte sich wild um, stieß Milena beiseite und lief zur Balkontür. Doch dort war bereits Johanna, die mit festem Griff die Tür schloss und die laut schreiende Frau auf einen Stuhl bugsierte.

Héctor rief den Notarzt, danach setzte er sich neben den Vater der Toten, der immer noch stumm auf dem Boden kniete. Er nahm seine Hand und hielt sie fest. Was konnte er auch sonst tun.

Fjodor Andrejew wandte sich schließlich zu Johanna um. »Kann ich sie sehen?«, fragte er leise auf Russisch.

»Später«, antwortete Johanna.

»Was ist mit ihr passiert? Mit meiner Kleinen? Ist sie tot?«

»Ja. Wir glauben, dass sie getötet wurde«, sagte Johanna ehrlich.

»Werden Sie ihn finden? Den Mörder?«

»Ja.«

11

Als Johanna und Héctor wieder im Auto saßen, um in Richtung Llucmajor zu fahren, fühlten sich beide erschöpft, ausgelaugt. Der Notarzt hatte Irinas Eltern starke Beruhigungsmittel gegeben, sie hatten halb betäubt auf den Hotelbetten gelegen, als sie sie verließen. Die beiden Freundinnen hatte Johanna gebeten, bei Sonja und Fjodor zu bleiben, das Hotel stellte ihnen Feldbetten ins Zimmer.

»Lasst Sonja nicht auf den Balkon«, hatte Johanna ihnen eingeschärft.

Héctor hatte noch einen Streit mit der Mietwagenfirma gehabt, auf deren Stellplatz er gestanden hatte und die nicht einsah, dass die Polizei einfach so ihre Parkplätze besetzte. Er war mit den Nerven am Ende.

»Woher hast du gewusst, dass Sonja Andrejew zum Balkon laufen wird? Du hast die Tür im letzten Moment geschlossen. Ich weiß nicht, ob sie sich sonst im ersten Schock nicht hinuntergestürzt hätte.«

»Es kam mir so vor, als könnte das passieren«, sagte Johanna vage.

»Hast du das schon öfter gemacht? Leuten Todesnachrichten überbringen?«

Johanna zuckte die Schultern. »Na ja, ich bin vierundsiebzig. Da hat man viele Sachen schon gemacht.«

Beide schwiegen.

»Sie haben einen sibirischen Akzent, die beiden«, sagte Johanna nachdenklich. »Sonja und Fjodor. Vermutlich kommen sie ursprünglich aus der Gegend um Irkutsk.« Dann schwieg sie wieder.

Héctor räusperte sich. »Wirst du mir das irgendwann erzählen? Woher du so gut Russisch kannst? Warum du dich mit Dingen auskennst, die so gar nicht zu netten alten Damen passen?« Damit spielte er auch auf den Fall an, den sie im

Frühjahr gemeinsam gelöst hatten. Da hatte Johanna mit ihren Kenntnissen in digitalen Observierungsmethoden und sogar mit einer äußerst effektiven Kampftechnik geglänzt.

Johanna lächelte leise. »Das kann ich dir natürlich erzählen«, sagte sie. »Aber ich müsste dich anschließend töten.«

Den Rest der Fahrt hielt Héctor den Mund. Er war sich nicht gänzlich sicher, ob Johanna gerade einen Witz gemacht hatte.

12

Am nächsten Morgen fuhr Gemma nach Port d'Andratx. Sie war gegen Mittag mit Héctor an der Playa de Palma verabredet, um die Eltern und Freundinnen der deutschen Vermissten zu befragen. Die Zeit vorher wollte sie nutzen, um im Fall Emilio Curra neue Erkenntnisse zu sammeln.

Was der Kerl im Darknet getrieben hatte, konnte sie schon am Abend zuvor ermitteln. Er hatte eine Pistole kaufen wollen, und zwar eine Walther PPK. Doch es war nicht zum Abschluss des Geschäfts gekommen. Emilio war vorher verschwunden.

Weiß der Himmel, was er mit dem Ding machen wollte, dachte Gemma.

Jetzt war es neun Uhr morgens. Sie kam auf die schlechte Idee, erst zur Lokalpolizei zu fahren, um sich über Emilio Curra zu erkundigen. Doch sie hatte vergessen, dass Markttag in Port d'Andratx war. Erst als sie eingekeilt im Stau auf der Hauptstraße des Städtchens stand, wurde ihr diese Tatsache bewusst.

Als rechts vor ihr ein Seat aus einer engen Parklücke kurvte, ergriff sie die Gelegenheit und parkte schnell ein. Sie stieg aus und schob sich durch die engen Altstadtgassen. Mit Tüten und Körben bepackte Käufer verstopften jeden Winkel der Stadt. Eine Handvoll Lokalpolizisten versuchte, dem allwöchentlichen Chaos auf der Hauptstraße Herr zu werden, sie veranstalteten mit ihren Trillerpfeifen einen Höllenlärm.

Es war schon morgens über dreißig Grad warm, und Gemma brach der Schweiß aus. Sie wand sich an den Ständen vorbei, die ihre Pergolen links und rechts des Weges aufgestellt hatten und so zumindest die Sonne abhielten. Angeboten wurde alles, Nähgarn, Socken, Sonnenhüte, Schwimmflossen, Schrauben, Radiowecker und Feuerzeuge, dazu natürlich Melonen, Zucchini und Tomaten, Schinken, Käse und Wurst, Brot und Kuchen.

Gemma hatte noch nicht gefrühstückt, deshalb hielt sie an

einem kleinen Stand an, kaufte sich einen Kaffee und ein *tostada* mit getrockneten Tomaten, die süß und würzig zugleich waren.

Es dauerte eine geraume Zeit, bis sie sich aus dem Altstadtgewirr befreit hatte und in eine breite Nebenstraße abbiegen konnte, die zum Rathaus und zur Polizeistation führte. Die Lokalpolizei war in einem flachen Gebäude neben einem Kreisverkehr untergebracht.

Sie fand den wachhabenden Beamten, stellte sich als Privatdetektivin vor und erkundigte sich, ob Emilio Curra jemals bei ihnen in Erscheinung getreten war. Aber dem war nicht so. Außer dass eine gewisse Sabine Ungrad den Mann am Vorabend als vermisst gemeldet hatte, gab es zu ihm keinerlei Unterlagen, noch nicht einmal ein Parkticket oder einen Verweis wegen zu schnellen Fahrens.

Auf einem Umweg ging Gemma zurück zum Auto, um nicht wieder durch das Gassengewirr zu müssen. Die Polizisten hatten es geschafft, eine kleine Lücke in das Verkehrschaos zu trillern, die sie zum Wenden nutzte.

Als Nächstes steuerte sie die »Chicaria« an, umrundete das Gebäude und parkte neben Emilios kleinem Seat in der Lieferanteneinfahrt. Der sehr kleine Kellner Amado lehnte an der Hintertür, er rauchte eine Zigarette.

»*Buenos*«, grüßte sie. »Du weißt noch, wer ich bin? Gemma Miebach.«

Der Kellner nahm ihre ausgestreckte Hand. »Amado Zapatero.« Er betrachtete sie neugierig. »Du bist Detektivin, ja? Das hat Sabina gestern gesagt.«

Gemmas größtes Manko als Privatdetektivin war ihre mangelhafte Begabung für Small Talk. Sie kam gern sofort zum Punkt, was ihre Gesprächspartner nicht immer goutierten. Amado zum Beispiel wirkte so, als habe er gegen einen schönen langen Plausch nichts einzuwenden.

»Heute ist keine Reisegruppe da«, sagte er auch schon. »Komm, wir trinken gemütlich einen Kaffee zusammen.« Dabei strahlte er Gemma an und zog sie in die Küche des Restaurants.

Sie folgte ihm und ergab sich ihrem Schicksal. Der kleine

Kellner fand die große, blonde Privatdetektivin mit den grünen Augen äußerst anziehend, da gab es gar keinen Zweifel. Nachdem Gemma seine Avancen erfolgreich ignoriert hatte, sah sie ihre Zeit gekommen. »Wann hast du eigentlich Emilio zuletzt gesehen?«

Amado musste nicht lange überlegen. »Am 4., das war Sonntag. Wir haben zugemacht und noch aufgeräumt, die Kasse fertig gemacht, solche Sachen. Er ist nach oben, ich bin nach Hause.«

»Wo wohnst du denn?«

»Tja, ich habe nicht so eine tolle Wohnung wie Emilio«, sagte Amado gedehnt. »So ein Apartment mit Hafenblick und Balkon. Ich wohne in Paguera, habe eine WG mit Basti, unserem Koch hier.« Er wies auf den stämmigen rothaarigen Mann, der in diesem Moment die Küche betreten hatte.

»Hey«, sagte der Rothaarige und stemmte einen Sack Kartoffeln auf die Arbeitsfläche.

Gemma richtete sich an den Koch. »Und wann hast du Emilio das letzte Mal gesehen?«

»Vor drei Tagen, am Sonntag, danach war er weg«, bestätigte auch Basti. »Wir sind ja ein Bistro, kein Restaurant. Machen um neunzehn Uhr zu, Feierabend ist gegen halb acht, manchmal acht Uhr.«

Alle drei nahmen ihre Kaffeetassen und setzten sich an einen der leeren Tische vor dem Lokal.

»Hat er irgendwas gesagt? Dass er irgendwo hinwill? Jemand treffen oder verreisen?« Gemma schlürfte ihren Kaffee, der wirklich gut war. Aromatisch, nicht zu stark oder zu schwach.

Beide Männer schüttelten den Kopf. »Nichts davon«, erwiderte Basti in fließendem Spanisch mit deutschem Akzent. »›Bis morgen‹, das hat er gesagt und dass er am nächsten Tag früher anfängt, weil sich eine Reisegruppe angekündigt hätte.« Amado nickte dazu.

»Hat er sich irgendwie anders als sonst verhalten? Oder wirkte er ganz normal?«

Die Männer wechselten einen schnellen Blick.

»Tja«, sagte Amado als Erster langsam. »Weißt du, er hat ja

Sabina irgendeinen Blödsinn erzählt, sie könne ihn wegen der spanischen Steuer nicht anmelden, er müsse da erst was nachzahlen.« Er sah noch einmal zu Basti hinüber. »Das war totaler Blödsinn. Ein Märchen.« Er zögerte.

Basti übernahm. »Sabine hat ihm jeden Quatsch geglaubt. Wir denken eher, er wollte nicht gefunden werden. Keine Spur hinterlassen. So was in der Richtung.«

Amado beugte sich vor. »Er hat im Winter irgendeinen Mist gebaut da in Österreich. Das ist es, was wir zwei denken. Und wollte 'ne Weile untertauchen. Er hat gut gearbeitet, wie immer, aber er war ziemlich nervös. Kurze Lunte. Ist bei jedem blöden Scherz sofort ausgetickt.«

Gemma musterte die beiden Männer. Sie hatten offenbar in ihrer WG schon öfter zusammengesessen und über den schönen Emilio geredet.

»Habt ihr das auch Sabine gesagt?«, fragte sie.

»Ha!«, machte Amado. »Klar. Zumindest so in etwa. Sie hat gesagt, wir würden ja spinnen. Sie ist fest davon überzeugt, dass ihrem *hijo de mi alma*, ihrem Goldjungen, was Schlimmes passiert und er ansonsten ein Unschuldslamm ist.«

Eine Gruppe schick zurechtgemachter Gäste versammelte sich auf der Terrasse des Bistros. Umständlich begannen betagte Herren in leichten Sommerjacketts, die Tische zusammenzuschieben.

»Ich muss da mal hin«, sagte Amado und stand auf. »Es sind Festlandspanier. Jetzt wird es kompliziert.«

Gemma lachte. »Warum das denn?«

Amado zuckte die Schultern. »Die wissen immer sehr genau, was sie wollen. Ein Deutscher bestellt bei dir ein Gericht genauso, wie es auf der Karte steht. Einen Cheeseburger zum Beispiel. Ein Festlandspanier bestellt auch einen Cheeseburger, aber ohne Zwiebeln, dafür mit mehr Ketchup und Salat, aber nur, wenn er frisch ist.« Er grinste. »Beim Kaffee ist es nicht anders. Zwei *café con leche* an Deutsche zu verkaufen dauert zwei Minuten. Wenn meine Landsleute vom Festland einen Kaffee bestellen, dauert es eine Viertelstunde, bis ich allein die

Bestellung aufgenommen habe: im Glas, nein, doch lieber in der Tasse, mit viel Milch, mit wenig Milch, mit Sojamilch, gleich Zucker dazu und so weiter.« Er ging lachend davon.

Wie auf Kommando stemmte sich auch Basti hoch und räumte die Tassen zusammen.

»Übrigens«, sagte er zu Gemma gewandt. »Falls du die Feriengäste befragen willst, die in den Apartments neben Emilio wohnen – da vorn sitzt Zimmer 1«, er wies auf ein junges Paar an einem Bistrotisch. »Und Zimmer 3 ist auf dem Balkon.« Er zeigte nach oben, wo eine sehr alte Dame auf einem Hocker Platz genommen hatte.

Gemma dankte, setzte sich zu dem jungen Paar und erklärte ihr Anliegen.

Die beiden jungen Leute konnten sich nicht genau erinnern, wann sie Emilio das letzte Mal gesehen hatten.

»Der ist ein ganz schönes Feierbiest«, stellte die junge Frau aus Zimmer 1 fest. Sie hatte schönes rotes Haar und trug die Augenbrauen sehr schmal gezupft, was ihr einen ständig erstaunten Gesichtsausdruck verlieh. »Er geht oft erst los, wenn wir schon heimkommen. Nach Mitternacht. Wir haben uns zweimal im Treppenhaus getroffen.«

Gemma verabschiedete sich, durchquerte das Restaurant und ging die Treppe hinauf, um die Bewohnerin aus Zimmer 3 zu befragen.

Sie klopfte, es dauerte eine erhebliche Zeit, bis die Tür geöffnet wurde. Die alte Dame war zwar gebrechlich, besaß aber, wie es schien, ein exzellentes Gehör. »Du suchst den feschen Kellner, was, mein Kind?« Lachend zog sie Gemma mit sich auf den Balkon und setzte sich sehr langsam und vorsichtig wieder auf den Hocker. Ihre Augen im faltigen Gesicht waren wach und lebendig, sie erinnerte Gemma an ihre Großmutter. Die Dame bedeutete ihr, den bequemen tiefen Korbsessel zu nehmen, der an der anderen Ecke des Balkons stand.

»Aus dem Ding würde ich nie wieder herauskommen«, sagte sie, als Gemma anbot, doch lieber den Hocker zu nehmen.

Die Dame stellte sich als Elfriede Fischer vor. Sie war schon schwimmen gewesen, denn über dem kleinen Wäschereck am Balkon hing ein nasser Badeanzug. Gemma schätzte sie auf achtzig, vielleicht sogar etwas älter.

»Ist der junge Mann dein Freund?«, fragte Elfriede.

Gemma erklärte, sie sei Privatdetektivin und engagiert, den Burschen zu suchen.

»Was, eine Detektivin? In deinem jungen Alter?«, sagte Elfriede beeindruckt.

Gemma erklärte, dass sie die Detektei gemeinsam mit ihrer Großmutter führe, was Elfriede in helle Aufregung versetzte.

»Oma und Enkelin ermitteln gemeinsam! Wie hervorragend! Das sollten meine Enkel hören.«

Im Gegensatz zu den jungen Leuten wusste Elfriede genau, wann sie Emilio das letzte Mal gesehen hatte.

»Das war vor drei Tagen, am Sonntag. Ich habe ihn nebenan gehört, es war ein ziemliches Kommen und Gehen. Und ich schlafe nachts nicht so gut.« Sie überlegte kurz.

Emilio sei gegen halb acht Uhr ins Apartment gekommen und um Mitternacht wieder weggefahren.

»Das machte er öfter so. War wohl eine Nachteule.« Sie runzelte die Stirn. »Er ist gegen zwei oder drei Uhr nachts zurückgekommen, aber nur für ungefähr eine Stunde. Ich habe gehört, wie er geweint hat, und habe überlegt, ob ich klopfen soll. Ihn fragen, ob ich helfen kann, wissen Sie?« Sie sah Gemma traurig an. »Doch dann klappte die Tür, und fort war er. Und seitdem ist er nicht mehr wiedergekommen, der hübsche junge Mann.«

Gemma starrte sie an. »Geweint hat er?«

»Ja, geweint und etwas gerufen. Kee-etscho, so ähnlich hat es geklungen. Ich kann kein Spanisch.«

»¿*Que he hecho?*«

»Genau das«, sagte Elfriede. »Immer wieder hat er das gerufen. *Dios, que he hecho.*«

Gott, was habe ich getan?

13

Ob das ein Geschenk für ihn war?

Der junge Mann mit dem roten T-Shirt stand verwirrt in der Dunkelheit. Kein Licht drang in den Tunnel des alten Forts, es roch feucht und muffig. Er hatte keine Taschenlampe, aber ein Feuerzeug. Das war so gut wie leer. Auf dem Weg durch das Labyrinth ließ er es immer wieder aufleuchten.

Der Kerl war mit einer Kiste in den Bau gegangen und ohne Kiste wieder herausgekommen, sie musste irgendwo im Labyrinth sein. Als er die große Box aus Holz gefunden hatte, fuhr er zurück. War das echt? So ein hübsches Mädchen, aber ganz kaputt. Wenn er nur wüsste, was er tun sollte.

Er rüttelte den Körper, der in der Holzkiste lag. Nichts. Aus. Tot. Maus.

Beni hieß der junge Mann mit dem roten T-Shirt, und Beni war ratlos. Er könnte zur Polizei gehen, aber dann müsste er weg. Er war so froh, jetzt hier wohnen zu können. Es kam nie jemand.

Beni hatte sich zwei Zimmer in einem alten Fortgebäude zurechtgemacht, es war wirklich gemütlich. Ein Schlafzimmer und ein Wohnzimmer, eine richtige Wohnung. Im Wohnzimmer konnte er nach draußen gucken, da war ein Grill, den jemand hatte stehen lassen, er konnte dort kochen. Gestern erst hatte er Kartoffeln gegrillt, wirklich gut. Dazu den Rest von dem Käse, den Pol ihm geschenkt hatte. Pol war sehr nett.

In Illetes hatte Beni eine Matratze vom Sperrmüll geholt, dazu ein kleines Regal. Er hatte sogar Bücher in einem Müllcontainer gefunden, die hatte er mitgenommen und ins Regal gestellt. Ein alter Atlas. Drei Märchenbücher. Ein Reiseführer Mallorca auf Französisch, das konnte Beni nicht lesen. In den Märchenbüchern hatte er eine Weile geblättert, bis er an Mama denken musste. Sie hatte ihm immer vorgelesen. Schließlich konnte er nicht mehr weiterblättern, weil er vor lauter Tränen gar nichts mehr gesehen hatte.

Wenn die Tränen kamen, musste er auch an Ona denken, und es kam die ganze Watte und umhüllte sein Gehirn von vorn bis hinten. Dann konnte er stundenlang gar nichts mehr tun, nur noch sitzen, sich hin- und herwiegen, bis es vorbei war. Er versuchte, nicht mehr an Ona zu denken.

Wenn ich es der Polizei melde, kommen sie und nehmen alles auseinander, und ich muss weg, dachte Beni. Nachher denken sie noch, ich hätte sie kaputt gemacht. Sie ist doch schon tot. Und vielleicht ist sie ja doch ein Geschenk gewesen.

Er hastete wieder den Tunnel hinauf ins Tageslicht, sammelte Gräser und wilde Blüten, schleppte alles in den Bau und bekränzte das kaputte Mädchen mit Blumen. Es sah schön aus.

Beni entdeckte etwas Glitzerndes, er zog ihr den Ring vom Finger und bewunderte ihn.

Ein Geschenk, dachte er und streichelte der Toten vorsichtig übers Haar. Doch, das hier ist ein Geschenk. Ich werde auf sie aufpassen und sie behüten, dann bin ich nicht mehr so allein. So allein in der Welt.

14

Héctor wollte sich nicht darauf verlassen, dass Bruno Vega ihn anrief, um die Ergebnisse der Autopsie mitzuteilen. Der Rechtsmediziner, das wusste jeder, telefonierte nicht gern. Robla wollte alles so schnell wie möglich auf seinem Schreibtisch haben und hatte Héctor losgeschickt, um den Forensiker zur Eile anzutreiben.

Vega war unfassbar akribisch, sehr langsam, und er schrieb ellenlange Berichte voller Fachbegriffe, deshalb zog Héctor es vor, einfach gleich selbst hinzugehen.

Das Instituto de Medicina Legal y Ciencias Forenses de las Illes Balears lag mitten in Palma in der Nähe der Avenida Alemanya, zehn Minuten Fußweg vom Präsidium entfernt; ein dunkles, schmales, schmuckloses Gebäude.

Héctor beschloss, sich bei Vega einzuschmeicheln, und bestellte im schicken kleinen Café nebenan einen Cappuccino to go mit viel Sojamilch.

»Ich benutze diese Einwegbecher ja nicht mehr«, kommentierte Vega mürrisch, als Héctor ihm den Kaffee auf den Schreibtisch stellte, nippte aber dennoch daran.

Er trug das Haar etwas länger und mit Seitenscheitel. Dadurch fielen ihm immer wieder Strähnen ins Gesicht, die er mit einem schnellen Zucken zur Seite schleuderte, es wirkte wie ein Tick und verlieh dem Mann etwas Besessenes.

Vielleicht ist ihm der stete Umgang mit totem Fleisch aufs Gemüt geschlagen, dachte Héctor.

Bruno Vega hatte oft schlechte Laune und wurde nur gesprächig, wenn es um seine Lieblingsthemen Umweltschutz und vegane Ernährung ging. Héctor, der die traditionelle Inselküche mit viel geschmortem Kaninchen, Braten vom schwarzen Mallorca-Schwein und deftigen Fleischeintöpfen liebte, konnte Veganer theoretisch verstehen, aber eben nur theoretisch. Deshalb wagte er nie, mit Vega womöglich über Rezepte oder Gerichte zu sprechen, was er sonst, ganz männeruntypisch, recht gern tat. Einmal hatte er eine kleine *ensaïmada* mitgebracht und Vega davon angeboten, der ihm daraufhin fast den Kopf abriss. Das Schweineschmalz darin hatte Héctor ganz vergessen, und das war nun ganz und gar nicht vegan, wie er zugeben musste.

»Ist der Autopsiebericht schon fertig?«, fragte er vorsichtig. Er wusste genau, dass der Rechtsmediziner noch nächste Woche an dem Bericht feilte, wenn man ihn nicht etwas drängte.

So riss Vega nun auch empört die Augen auf. »Was denn, was? Gestern bringt ihr die Leiche, heute soll ich fertig sein? Soll ich hexen?« Er hieb mit der flachen Hand auf die Tastatur des Laptops, der vor ihm stand. »Soll ich schludern?«

»Nein, natürlich nicht«, sagte Héctor so ruhig wie möglich. »Aber informiere mich bitte über das, was du schon festgestellt hast. Der Bericht braucht noch nicht ganz fertig zu sein.«

Er fragte sich, warum ausgerechnet er es immer mit Kollegen und Vorgesetzten zu tun hatte, die auf alles überdramatisch reagierten.

»Und zwar sofort. Wir haben es eilig.«

Vega brummelte, schaltete seinen Laptop ein und warf einen Blick auf seine Notizen. »Okay. Weibliche Tote, einen Meter zweiundsiebzig groß, fünfundfünfzig Kilogramm …«

Héctor unterbrach ihn. »Danke, danke, nicht so detailliert. Ich weiß ja, wer die Tote ist. Bitte nur Todesursache und Ähnliches.«

Vega starrte finster in seine Akten. Er wurde nicht gern unterbrochen. »Sie ist vermutlich einige Stunden nach der Entführung gestorben, also schon am Montag. An einem Herz-Kreislauf-Stillstand. Verursacht durch eine Fettembolie.«

»Eine was?« Jetzt kam Héctor nicht mehr mit.

»Fettembolie. Dabei gelangen Fetttröpfchen aus dem Knochenmark in die Blutbahn. Die Tröpfchen verschließen die Blutgefäße, es kommt zu einer Embolie und schließlich zum Herz-Kreislauf-Stillstand.«

Héctor notierte mit und blickte auf. »Wie kamen denn die

Fetttröpfchen …«, er sah auf seinen Notizblock, »… in die Blutgefäße?«

»Aufgrund der umfassenden Knochenbrüche. Beide Oberschenkelknochen waren gebrochen, beide Hüftknochen, mehrere Wirbel«, dozierte Vega. »Wenn zum Beispiel lange Röhrenknochen wie der Oberschenkelknochen brechen, kann Knochenmark austreten und in die Blutbahn gelangen.«

Héctor wurde es zu bunt. »Bitte keine Forensikvorlesung. Was ist da passiert? Was meinst du? Bitte etwas mehr Klartext.«

Vega wand sich. »Ich bin aber noch nicht fertig mit der Untersuchung«, maulte er. »Na gut. Also, es sieht so aus, als sei die junge Frau zuvor mit Handschellen gefesselt gewesen. Und nach derzeitigem Stand der Dinge, das sage ich mit Nachdruck, nach *derzeitigem* Stand, hat jemand diese Handschellen unter Strom gesetzt.« Er nahm einen Schluck Soja-Cappuccino. »Wenn Strom durch den Körper fließt, zieht sich jeder Muskel zusammen, danach schlagen die Gliedmaßen mit großer Kraft aus. Und weil die Frau gefesselt und gefangen in einer sehr stabilen Kiste war, hat sie sich dabei durch ihre eigenen Muskelspasmen sämtliche Knochen gebrochen. Und durch die Knochenbrüche kam es zur Embolie und zum Herz-Kreislauf-Stillstand. So, das war eine sehr, sehr grobe Zusammenfassung. Die Handschellen waren übrigens nicht mehr am Fundort.«

Héctor starrte Vega fassungslos an. Wie teuflisch, dachte er. Wie grausam und teuflisch.

15

Wie betäubt stolperte Héctor zurück zur Jefatura, wo der nun von Robla geleitete Krisenstab tagte.

Hoffentlich kommt der Chef mit den Leuten zurecht, dachte er, als er im Aufzug zum Konferenzraum hochfuhr. Für seinen Treppensport hatte er jetzt nicht die Nerven.

Er hatte den Stab nach seinem Geschmack zusammengesetzt. Gleichwohl war er sich darüber im Klaren, dass jeder andere Dienstgruppenleiter vermutlich andere Mitglieder ausgesucht hätte. Seine Leute waren vielleicht allgemein gesehen nicht die erste Wahl. Aber Héctor sah in Menschen manchmal etwas, das andere nicht sahen. Was sie manchmal noch nicht einmal selbst in sich sahen.

Arnau zum Beispiel war eine Mischung aus Genie und Wahnsinn. Das musste man nur auseinanderhalten können, dann konnte man gut mit ihm arbeiten. Er war zudem äußerst motiviert und stürzte sich mit Begeisterung in jede neue Ermittlung.

Der zweite Inspector alumno de primer año des Teams, Miguel Perez, war sehr still, fast schüchtern. Ein junger Mann mit einem Gesicht wie ein Windhund, schmal und asketisch. Er sprach nicht viel, aber wenn er etwas sagte, war es immer von vorn bis hinten durchdacht.

Oficial de Policía Catalina Taverner und Oficial de Policía Jaume Blanc agierten praktisch als zweieiige Zwillinge, die eine ergänzte die Gedanken des anderen. Die große, üppige Catalina und der einen Kopf kleinere, sehr hagere Jaume waren ein ungleiches Paar, aber jedem im Präsidium war bewusst, dass man beide zusammen anfordern musste, sonst funktionierten sie nicht.

Das Team wurde komplett mit Inspector Gabriel Ferrer, der bereits Mitte fünfzig war und bei Beförderungen stets übergangen wurde. Er war früher Amateurboxer gewesen, Halbschwergewicht. Gabriel hatte breite Schultern und eine mehrfach gebrochene Nase. Wenn er in Zivil ermittelte, wurde er in aller Regel sofort selbst festgenommen. Die anderen Polizisten hielten ihn für einen höchst kriminell aussehenden Zeitgenossen, und er musste ständig seinen Ausweis vorzeigen, um zu beweisen, dass er Polizist war. Ferrer brachte zwar hervorragende Ergebnisse, legte sich aber stets im falschen Moment mit seinen Vorgesetzten an. Zum Beispiel, wenn gerade Beförderungen anstanden. Es gab nicht wenige Kollegen in der Jefatura, die Angst vor ihm hatten.

Schon von ferne hörte Héctor Robla auf dem Gang brüllen. Er seufzte, klopfte an die Tür des Konferenzraumes und trat ein.

Am Konferenztisch kauerte Arnau und wirkte unglücklich. Vermutlich hatte er irgendetwas Unüberlegtes gesagt, und Robla war ihm über den Mund gefahren.

Héctor dachte daran, was Johanna ihm einmal gesagt hatte. »Man braucht als Chef seine Leute gar nicht motivieren. Es reicht schon, wenn man sie nicht demotiviert.« Als Demotivator war Robla ganz groß.

Nach einem Gruß in die Runde fasste Héctor zusammen, was ihm der Kriminaltechniker gesagt hatte. Der Todeszeitpunkt, die teuflische Methode, mit der die Frau ermordet worden war.

»Wir geben heute Nachmittag eine Pressekonferenz dazu, du stellst mir alle Unterlagen zusammen, hast du gehört?«, befahl Robla.

Héctor nickte.

»Teuflisch«, wiederholte Robla langsam Héctors Worte. »Ja, das ist ein guter Ausdruck. Die Presse braucht immer was Griffiges. So werde ich das formulieren.«

»Ich denke nicht, dass wir solche Bewertungen vornehmen sollten«, brummte Gabriel Ferrer unfreundlich. »Die Presse braucht sicherlich nicht auch noch Formulierungshilfen für ihre Skandalschlagzeilen.«

»Und zu den Aktivisten …«, sagte Héctor schnell, um das Thema zu wechseln.

Barsch unterbrach ihn Robla. »Vergiss die Aktivisten. Wir haben einen Mord. Du musst langsam lernen, zu priorisieren.«

Héctor hatte zwar vorgehabt, seinem Chef genau dieses Vorgehen vorzuschlagen, hielt aber den Mund und hoffte, Gabriel würde das Gleiche tun.

Robla schloss die Sitzung. »Die Aktivisten interessieren uns nicht, hört ihr?«, rief er im Gehen und ließ die Tür hinter sich knallen.

16

»When tourism kills Mallorca, who kills the tourist?«, fragte das Spruchband martialisch in roten und schwarzen Lettern.

Zwei schmalbrüstige Männer mit Tiermasken standen in Shorts und bis zur Hüfte im Wasser der Playa de Palma und hielten den Schriftzug hoch, ein dritter filmte die Szene mit dem Smartphone, ein vierter hantierte im Hintergrund mit einer Rauchbombe, eine orangefarbene Schwade zog träge über das Meer. Um die Protestler herum wateten die gescholtenen Touristen und sahen zu, die Hände in die Hüften gestemmt.

Gemma betrachtete das Foto, auf dem die Wasserdemonstration abgebildet war, und las die Headline des Artikels der lokalen deutschsprachigen Tageszeitung: »Polizei schreitet bei neuer Protestaktion gegen Massentourismus ein«.

Sie war etwas zu früh aus Port d'Andratx an der Playa angekommen, um sich mit Héctor zu treffen. Also hatte sie am Aquarium geparkt, um die Playa entlangzuschlendern, von Balneario 14 bis Balneario 7.

Sie kam häufig hierher. Es war, von Llucmajor aus betrachtet, der am schnellsten erreichbare Strand. Einfach auf die Autobahn, Can Pastilla raus und parken. Freie Stellplätze gab es an der Carrer de Manuela de los Herreros, außerdem neben dem Hotel »Fontanellas Playa« und auch neben dem Kreisverkehr, der wieder zur Autobahn führte. Wenn alle Stricke rissen, hatte Gemma noch ihren Geheimtipp, den Parkplatz hinter dem »Club Maritimo«.

Sie mochte die Playa, vor allem den Bereich zwischen Balneario 13 und 15. Das Meer eignete sich hervorragend zum Schwimmen, es gab kleine Cafés und hübsche Strandbars. Allerdings ging sie nur im Frühjahr und Herbst schwimmen, im Sommer waren ihr zu viele Menschen am Strand.

Sie hatte sich eine Tageszeitung gekauft, in die Strandbar am Balneario 7 gesetzt und einen *americano* bestellt.

Die Zeitung brachte auch einen großen Artikel zum Thema Massentourismus in Europa. Barcelona, Lissabon und Amsterdam wurden als Beispiele genannt. Die Städte ertranken in Urlaubsgästen, die Einheimischen beschwerten sich bitterlich über Betrunkene und Wildpinkler, über Müll und Kriminalität und Mieten, die explodierten. Gemma blätterte weiter.

Ja, es war nicht einfach. Auch Johanna und sie profitierten von den Touristen, die in ihrem Ladengeschäft einkauften und ihre Dienste als Privatdetektivinnen buchten, doch im Sommer, und das stand für Gemma fest, war es wirklich viel zu voll.

Die Sonne brannte vom Himmel, am Strand tummelten sich die Urlauber. Gemma betrachtete die Szenerie. Sie fand die Freizeitgestaltung vieler Menschen seltsam. Sie verbrachten Monate ihres Lebens in überfüllten Städten, bei Kunstlicht in vollgestellten Büros, eingekeilt in enge Zeitpläne, um sich in den Ferien an einen übervölkerten Strand und in ein volles Hotel mit festen Zeiten fürs Essen und die Animation zu quetschen. Warum nur taten sie das? Machte die Sonne den Unterschied? Das Meer? Es war rätselhaft.

Was wollte *sie* eigentlich im Leben? Sie hatte keine Ahnung, wie sie plötzlich auf diese Frage kam. Wollte sie wie ihre Großmutter Privatdetektivin und Ladenbesitzerin sein? Für immer? Würde sie irgendwann mit Héctor zusammenleben wollen?

Sie schüttelte die Gedanken ab. Sie hatten zwei Fälle, einen verschwundenen Kellner und vermisste ermordete Frauen, und sie hing unnötigen Gedanken über die Zukunft nach. Es kam eh immer so, wie es kam.

Punkt zwölf Uhr meldete sich Héctor und dirigierte Gemma zu dem großen Hotel, in dem die Familie der jungen Frau wartete. Er wirkte schlecht gelaunt. Robla, mutmaßte Gemma.

»Sie heißt Laura Hofstetter«, wiederholte Héctor, als sie an die Hoteltür klopften.

Auch diesmal öffnete die Mutter, eine sehnige, asketische Frau, die wie eine Langstreckenläuferin aussah. Dahinter stand ihr Mann, Andreas Hofstetter, ebenfalls sportlich und braun gebrannt.

»Gibt es etwas Neues?«, fragte Katja Hofstetter gleich.

Kopfschüttelnd antwortete Héctor auf Deutsch: »Leider noch nicht.« Er stellte Gemma als offizielle Dolmetscherin vor. Héctor sprach zwar gut Deutsch, ging jedoch bei Vernehmungen auf Nummer sicher, um Missverständnisse zu vermeiden.

Katja und Andreas Hofstetter holten die Freundinnen ihrer Tochter aus dem Nebenzimmer, doch die Befragung ergab wenig. Die Eltern schworen Stein und Bein, dass ihre Tochter nie Alkohol trank, keine Drogen nahm und auf keinen Fall mit fremden Männern mitging. Lauras Freundinnen rutschten nervös auf dem schmalen Sofa herum, auf dem sie Platz genommen hatten. Sie schwiegen, bis Gemma der Geduldsfaden riss.

»Das bringt so nichts«, sagte sie auf Spanisch zu Héctor. Der kleinen Gesellschaft verkündete sie, dass eine Pause angezeigt sei, und bat die drei Freundinnen, mit ihr zur Hotelbar zu gehen und Getränke zu holen.

»Wir können auch über den Zimmerservice bestellen«, bot Andreas Hofstetter an, doch Gemma winkte ab.

»Lassen Sie mal, wir holen rasch was.«

Sie fuhr mit den jungen Frauen im Aufzug ins Erdgeschoss und hieß sie, an der Bar Platz zu nehmen. Das Hotel hatte gehobenen Standard, war aber aus den achtziger Jahren. In dieser Zeit hatten die Innenarchitekten immer noch die ungute Gewohnheit gehabt, mit der sie in den sechziger Jahren angefangen hatten, nämlich Dinge mit Teppichboden zu überziehen. So war auch der Rumpf der Bar unter der Theke mit einem ehemals senfgelben, mit großen Blumen bedruckten Teppichstoff bespannt. Gemmas nackte Beine rieben an den Fasern, die fleckig und selten gesäubert aussahen, als sie sich auf den Hocker setzte.

»Und jetzt Klartext«, sagte sie zu den Freundinnen. »Wir wollen Laura finden. Dazu müssen wir wissen, was für ein Mensch sie ist. Welche Risiken sie einzugehen bereit ist. Also noch mal: Hat sie wirklich nie Alkohol getrunken oder Drogen genommen?«

Die jungen Frauen wirkten betreten. »Na ja«, begann die

mollige Dunkelhaarige, die Nina Sasse hieß. »Ehrlich gesagt stimmt das nicht. Sie hat sehr viel getrunken.« Die anderen stimmten zu.

»Wir hatten sogar schon überlegt, ob wir sie überhaupt dabeihaben wollen. Sie knallt sich immer bis obenhin voll mit Alk und schmeißt noch Ecstasy hinterher, dann ist sie völlig von der Kappe. Und wir müssen zusehen, dass wir sie irgendwie nach Hause kriegen oder ins Hotelzimmer, wenn wir unterwegs sind.«

»Und die Eltern bekommen das daheim nicht mit?«

»Ich glaube nicht«, erwiderte eine zierliche Blonde mit raspelkurzen Haaren, die sich als Leonie Schneider vorgestellt hatte.

»Laura hat eine eigene Wohnung im Haus ihrer Eltern. So eine Einliegerwohnung mit eigenem Eingang. Wenn sie total zugedröhnt heimkommt, sehen die das nicht. Und wollen das wohl auch nicht sehen«, fügte sie hinzu.

»Und was ist mit Männern?«

»Wenn sie völlig zu ist, würde sie mit jedem mitgehen«, antwortete Nina kurz und bündig. »Wir sind, wenn wir ausgehen, eigentlich ständig damit beschäftigt, sie vor irgendwelchen Typen zu retten, die das ausnutzen wollen.«

»Und wie war das an dem Abend, an dem sie verschwand? War Laura da betrunken oder zugedröhnt?«

Die Freundinnen sahen sich an.

»Nein, war sie nicht«, sagte Leonie. »Wir hatten mit ihr geschimpft und gesagt, dass wir sie nie wieder mitnehmen, wenn sie sich so benimmt. Da hatte sie sich am Riemen gerissen, so wirkte es zumindest. Hat nur Cola getrunken. Bis sie um zwei Uhr plötzlich weg war und wir dachten, sie haut sich doch die Birne zu und steht mitten in der Nacht total voll im Hotel. Wir hatten schon besprochen, dass wir sie am nächsten Tag heimschicken. Aber sie kam nicht mehr wieder.«

Der Barkeeper hatte die bestellten Getränke auf einem Tablett zum Hochtragen arrangiert, als Nina ihre Hand auf Gemmas Arm legte.

»Hör mal, das klingt alles ziemlich krass. Aber Laura ist wirklich ein ganz toller Mensch, wir haben sie echt lieb. Nur eben manchmal nicht, wenn sie so daneben ist. Also bitte, findet sie, ja?«

Gemma nickte. Sie lieferte die jungen Frauen und die Getränke wieder bei Lauras Eltern ab und machte sich mit Héctor auf den Weg, sie hatten beide am Aquarium geparkt.

Héctor legte den Arm um sie. »Mein Liebes, tut mir leid, dass ich im Moment so wenig Zeit für dich habe.« Er küsste sie leicht auf die Nase. »Es ist so viel los mit den Fällen.«

Verunsichert musterte Gemma ihn. Ihr war noch gar nicht aufgefallen, dass Héctor wenig Zeit hatte. Er war doch gestern zum Abendessen da gewesen, hatte bei ihnen übernachtet, und sie hatte in seinen Armen gelegen. Genauer gesagt hatten sie sich höchstens ein paar Stunden nicht gesehen. Und vor ein paar Tagen war er unangekündigt hereingeschneit, da hatte sie selbst aber keine Zeit gehabt, weil sie etwas ausrechnete. Hätte sie sich dafür entschuldigen müssen, so wie er gerade?

Sie hatten beide viel zu tun, und wenn es passte, verbrachte man ein paar Stunden miteinander, so sah sie das. Jetzt war ihre Zeit etwas, das offenbar beiden gehörte, und man musste sich entschuldigen, wenn man die Zeit einfach allein nutzte? Von einigen Affären abgesehen war Héctor ihr erster richtiger Freund, und sie fand diese Beziehungsdinge höchst gewöhnungsbedürftig.

»Soll ich dir helfen, die Aktivisten aufzuspüren?«, fragte Gemma, weil ihr keine sinnvolle Erwiderung einfiel.

Héctor warf die Hände hoch. »Die können warten. Solange sie nur Spruchbänder hochhalten, sollen sie machen, was sie wollen.«

Er hatte den Artikel über die Demo am Strand auch gelesen. Zudem war in der Jefatura eine muntere Debatte entbrannt, wer überhaupt für die Aktivisten zuständig war, wie er Gemma berichtete.

Auf Mallorca gab es die Guardia Civil, die Policía Local und die Policía Nacional. Die Abgrenzung der Zuständigkeiten war höchst kompliziert und auch von den Beamten selbst oft nicht nachzuvollziehen. Grob gesagt übernahm die schwarz uniformierte Policía Local hauptsächlich Ordnungsfunktionen. Sie war der jeweiligen Kommune unterstellt, regelte den Verkehr, setzte sich bei Einbruch und Diebstahl in Aktion, bei Schlägereien, Streit oder Nötigung.

Die Guardia Civil wiederum war dem Verteidigungs- und Innenministerium unterstellt und hatte zum einen militärische Aufgaben. Unter der Leitung des Innenministeriums nahm sie aber auch polizeiliche Aufgaben wahr. Ihr Ruf war nicht der beste, denn während der Franco-Diktatur war es vor allem die Guardia Civil gewesen, die Repressalien durchgesetzt hatte. Heute regelte sie den Verkehr auf den Autobahnen und Überlandstraßen, war zuständig für Zoll und Grenzschutz, Terrorismusbekämpfung, Kontrolle des Waffenhandels, Spionageabwehr, Bombenentschärfung und auch für den Umweltschutz. Um den Ruf der Truppe zu verbessern, hatten die Verantwortlichen der Ministerien beschlossen, die Beamten nicht mehr so militärisch aussehen zu lassen. Die Guardia trug heute Poloshirt und Baseballkappe.

Die Policía Nacional war die höchste Polizeiinstanz des Landes, sie unterstand dem Innenministerium. Sie war zuständig für Abwehr und Aufklärung von Verbrechen, Verschwörungen und Attentaten. Sie spürte Verdächtige auf, die mit internationalem Haftbefehl gesucht wurden, und schützte den König und seine Familie, wenn sie Mallorca besuchten.

Leider überschnitten sich die Zuständigkeitsbereiche ständig. Bei Schlägereien zum Beispiel wurde zwar zunächst die Lokalpolizei gerufen. Doch sollte jemand in der Schlägerei ein Messer gezogen haben, war auf einmal die Guardia Civil zuständig. Wurde das Opfer zuvor bedroht, verfolgt oder fürchtete um sein Leben, kam die Policía Nacional ins Spiel. Sogar die Beamten hatten arge Probleme, sich zurechtzufinden. So durfte bei Drogendelikten die Policía Local die Drogen zwar an sich nehmen, aber nur die Guardia Civil durfte sie amtlich sicherstellen. Sollte sich herausstellen, dass es sich um organisierte Drogengeschäfte handelte, war nur die Policía Nacional berechtigt, zu ermitteln.

Bei den Ermittlungen zu den Aktivisten stritten sich nun alle drei Dienststellen darum, wer das Ganze aufzuklären habe. Robla hatte ins Feld geführt, die Demonstration in Palma habe um ein Haar die Nichte des Königs erschreckt, und verwies darauf, dass man diese Machenschaften gut und gern als Attentat werten könne. Kollege Diez von der Guardia Civil behauptete, es handele sich eindeutig um eine Form von Terrorismus und damit seien seine Beamten zuständig. Der Sprecher der Policía Local hatte sich per Zeitungsinterview eingemischt, was ihm die beiden anderen, Robla und Diez, persönlich übel nahmen. In dem Interview hatte Simó Azana darauf gepocht, dass es sich bei einer Kleindemo mit nur vier Teilnehmern und ein paar Leuchtraketen, einem zerstochenen Busreifen und zugeschmierten Mietwagen lediglich um Ordnungswidrigkeiten handelte, und da sei nun eindeutig die Policía Local zuständig.

Bei dem ganzen Durcheinander kamen sich die Beamten zur Freude der Kriminellen recht häufig ins Gehege und behinderten sich gegenseitig bei den Ermittlungen.

Mit Schaudern erinnerte sich Héctor daran, wie die Policía Local vor einem Monat eine Razzia in einem für Drogenhandel bekannten Club durchgeführt hatte. Die Lokalpolizisten nahmen zwei Personen fest und beschlagnahmten zwei Kilo Marihuana. Héctors Team hatte zu diesem Zeitpunkt seit vier Monaten verdeckt in dem Club ermittelt. Sie hatten die Hintermänner des Drogenhandels auffliegen lassen wollen und standen nun da mit zwei lächerlichen Kilo Hasch. Die Hintermänner hatten natürlich nach der Festnahme der beiden Kleindealer die Beine in die Hand genommen und waren weg. Von den verdeckten Ermittlungen wiederum hatte die Lokalpolizei nichts gewusst und wusch ihre Hände in Unschuld. Im Nachhinein war nicht mehr festzustellen, ob und wie man die Kollegen davon hätte in Kenntnis setzen müssen. Alle waren der Meinung, sie hätten ja »nur ihren gottverdammten Job« gemacht.

Héctors Handy summte. Es war Daniela Mendoza, die Leiterin der Kriminaltechnik.

»Héctor, mein Süßer, du wartest doch bestimmt schon sehnsüchtig auf meinen Anruf!«

Daniela war sechzig Jahre alt und freute sich unbändig auf ihre Rente, wusste Héctor. Außerdem machte sie sich oft einen Spaß daraus, ihn zu foppen. Das durfte sie, denn nach Héctors Ansicht war sie die beste Kriminaltechnikerin des Landes.

»¡*Estimada Daniela!*«, rief Héctor und schaltete auf Lautsprecher, damit Gemma mithören konnte. »Meine Liebe, was gibt es?«

»Wir sind dabei, alle Spuren an der Leiche und in der Kiste auszuwerten«, sagte Daniela. »Die Frau war vorher in einer Disco, nicht? Das haben wir gemerkt. Sie muss sich durch die Menge gequetscht haben, wir wissen gar nicht, wohin vor lauter Spuren. Das wird noch dauern, bis wir alles analysiert haben.«

»Habt ihr denn Informationen zu der Kiste? Woher die stammt?«, fragte Héctor.

»Tja, normale Transportkiste aus Sperrholz, einen Meter fünfzig lang, sechzig Zentimeter hoch, fünfzig Zentimeter breit. Es waren Spuren von Keramikabrieb drin, es könnte also vorher Geschirr oder etwas Ähnliches transportiert worden sein. Diese Kisten werden zu Tausenden verkauft.«

Enttäuscht seufzte Héctor auf. »Sonst war nichts in der Kiste?«

Daniela verneinte. »Nur ein Fetzen schwarzes Papier, ganz rund. Keine Ahnung, was das ist. Werden wir überprüfen.«

»So groß wie ein Konfetti?«, fragte Gemma.

Daniela schwieg, irgendetwas raschelte. Offenbar holte sie das Beweisstück noch einmal hervor.

»Stimmt«, sagte sie. »Gibt es das überhaupt, schwarzes Konfetti? Falls ja, könnte es das sein. Wie bist du denn darauf gekommen?«

Héctor und Gemma sahen sich an. »Vielleicht sollten wir die Aktivisten doch suchen«, murmelte Gemma.

17

Johanna hatte das Geschäft für die Siesta geschlossen und machte sich auf den Weg zum Marktplatz. Sie war mit Héctor und Gemma zum Essen in ihrem Stammlokal verabredet, dem »Bistro Mercat«. Lagebesprechung.

Sie kam an der hübschen kleinen Boutique vorbei, die ihrer Nachbarin Christine Marbach gehörte. Christines schmucke Finca lag ebenfalls am Fuß des Galdent, rund einen Kilometer von Johannas Haus entfernt. Weil das Gebiet so ländlich war, zählte man trotzdem noch als »Nachbar«.

Christine stand vor ihrem Geschäft und schloss ab.

»*Hola, Johanna*«, grüßte sie. »Habt ihr endlich euren Briefkasten?«

Johanna lachte. »Nein, immer noch nicht. Es wird und wird keiner frei.«

Damit sprach sie die Tatsache an, dass in den sehr ländlichen Gebieten Mallorcas kein Briefträger herumfuhr und die Post brachte.

Die Briefe für die Landbewohner wurden in kleinen Schließfächern an einem zentralen Ort deponiert. In Llucmajor zum Beispiel standen diese Schließfächer an der alten Mühle am Ortsausgang in Richtung Algaida. Alle Leute, die außerhalb wohnten, mussten dort ihre Briefe und Postkarten holen. Doch Johanna und Gemma hatten Pech gehabt, als sie im April von ihrer Wohnung in Llucmajor in die Finca gezogen waren. Es war kein Fach mehr frei gewesen.

In ihrem Fall war es halb so schlimm, weil sie den Laden hatten und sich die Post einfach dorthin schicken ließen. Doch Judy McGregor hatte Johanna oft von ihrem wahren Herkuleskampf berichtet, bis sie endlich ein solches Schließfach hatte ergattern können. Das sei allerdings nichts gewesen im Vergleich zu dem Kampf um einen Stromanschluss. Den hatte Judy bis heute nicht. Die Stromleitung reichte exakt bis Johannas Finca, die Nachbarn in den Parzellen dahinter mussten sich mit einem Generator begnügen.

Johanna plauderte kurz mit Christine, dann ging sie weiter durch die sonnendurchglühte, fast menschenleere Innenstadt. An die Siesta hielten sich alle Geschäfte, Büros und Amtsstuben in Llucmajor, zwischen dreizehn und siebzehn Uhr war geschlossen.

Johanna mochte den Brauch, wusste aber auch, dass viele Spanier heutzutage über die überlange Mittagspause schimpften. Denn wie in vielen anderen Ländern waren eine ganze Menge Spanier Pendler. Sie wohnten in den Vororten und fuhren jeden Morgen zur Arbeit in die Stadt. Sie konnten mittags nicht heim, die Hin- und Herfahrerei war zu mühsam und lohnte sich nicht. Also schlugen sie jeden Tag drei oder vier lange Stunden in der Mittagszeit tot und arbeiteten bis zum späten Abend. Viele waren nicht vor neun Uhr abends daheim und konnten dann erst zum privaten Teil des Tages übergehen – die Wohnung putzen, kochen, die Hausaufgaben der Kinder kontrollieren. Oft waren die Leute erst spät in der Nacht im Bett, mussten frühmorgens wieder raus und schleppten ein ständiges Schlafdefizit mit sich herum.

Die Idee der Siesta war einmal gewesen, eine lange Pause in der heißen Mittagszeit zu machen. Doch das war vor der Erfindung der Klimaanlage gewesen, heute fänden es auch die Spanier besser, zügig durchzuarbeiten und früher zu Hause zu sein.

Johanna fragte sich, warum sie es nicht einfach änderten. Aber sie kannte das. Lange gepflegte Gewohnheiten warf man nicht so schnell über Bord, selbst dann nicht, wenn sie einem lästig wurden.

Gleichzeitig trafen Johanna, Gemma und Héctor am Bistro ein und setzten sich an einen der bunten Tische am Marktplatz.

Wir haben auch unsere Gewohnheiten, dachte Johanna, als sie ihre Standardtapas bestellte, *pimientos de padrón* und *albondigas*. Die *boquerones* mit Brot und Aioli waren wie immer Gemmas Wahl, Héctor wollte nur ein großes Glas Mineralwasser.

»Du bekommst schlechte Laune, wenn du nichts isst«, tadelte Gemma. »Lass lieber die Süßigkeiten weg, wenn du abnehmen willst, anstatt auf das Mittagessen zu verzichten.« Der Einwurf war zwar durchaus vernünftig, hatte aber nicht den gewünschten Effekt.

»Du findest mich also zu dick?« Héctor schnappte beleidigt.

Gemma zog erstaunt die Augenbrauen hoch. »Wie kommst du denn darauf? *Ich* habe ja nicht gesagt, dass du abnehmen *sollst. Du* hast gesagt, dass du abnehmen *willst.* Und wenn das der Plan ist, lass lieber die Süßigkeiten weg als das Mittagessen. Ich habe in deinem Wagen drei leere Tüten vom Konditor gesehen.«

Für Gemma war das Thema damit erledigt, sie war schon dabei, in ihrem Smartphone nach den Notizen für die Lagebesprechung zu suchen. Héctor sah sie missmutig an, dann spurtete er der Kellnerin hinterher, um sich *tortilla*, Oliven und Brot zu bestellen.

Johanna lachte, als er zurückkehrte. »Es ist nicht leicht, sich mit Gemma zu streiten. Sie argumentiert immer so entsetzlich logisch.«

Beim Essen berichtete Gemma von ihren Ermittlungen zu dem verschwundenen Kellner.

»›Gott, was habe ich getan?‹. Das soll er immer wieder gerufen und dabei geweint haben, dann war er verschwunden.« Sie nahm eine große Gabel *boquerones*. Die kleinen weißen Sardellen waren würzig in Essig eingelegt und zergingen auf der Zunge.

Von Emilios Kaufabsichten im Darknet hatte sie den anderen schon erzählt. »Ich habe außerdem eine Funkzellenabfrage gemacht, um sein Handy zu orten«, sagte sie mit vollem Mund, was ihr einen missbilligenden Blick ihrer Großmutter einbrachte, »aber das Ding ist ausgeschaltet.«

Héctor sah noch missbilligender drein. »Du weißt schon, dass das nur die Polizei machen darf, ja? Funkzellenabfragen. Ihr beide bringt mich noch in Teufels Küche.«

Alle am Tisch wussten, dass Héctor sich so gewissenhaft wie

möglich an Regeln und Vorschriften hielt. Das Vorgehen der beiden Privatdetektivinnen, so gute Ergebnisse es auch brachte, verschaffte ihm häufig schlaflose Nächte.

Gemeinsam fassten Héctor und Gemma für Johanna ihre Vernehmung an der Playa zusammen, anschließend berichtete Héctor von seinem Telefonat mit Daniela Mendoza von der Kriminaltechnik.

»Mit Stromschlägen in einer Kiste getötet?« Johanna wirkte nachdenklich. »Das erinnert mich an etwas. 1976 war das. Da wurde der Sohn der Oetkers entführt. Ihr wisst schon, Backmischungen, Tiefkühlpizzen und so weiter. Die Unternehmerfamilie. Richard Oetker hieß der junge Mann. Er wurde ebenfalls gefesselt in einer Holzkiste gefangen gehalten, die Handschellen waren mit einem Stromkreislauf verbunden. Und es war noch ein akustisches Spezialgerät angeschlossen. Ihm wurde gesagt, wenn er um Hilfe ruft, wird der Stromkreis ausgelöst.« Sie knüllte ihre Serviette zusammen. »Doch es war der Entführer, der den Stromkreis auslöste. Er hatte den Wagen mit dem Opfer in eine Garage fahren wollen, und das Öffnen der Garagentür war so laut, dass das akustische Gerät ansprang. Der junge Oetker ist fast gestorben.«

Héctor wirkte betroffen. »Gibt uns das vielleicht einen Hinweis auf den Täter? Jemand, der so alt ist, dass er sich an den Fall erinnert und das Vorgehen kopiert hat?«

Johanna überlegte. »In Deutschland könnten sich auch jüngere Menschen daran erinnern. Der Fall wurde 2001 verfilmt, ich glaube, das lief im Kino und im Fernsehen.«

Gemma hatte bereits wieder ihr Smartphone in der Hand. »Das bringt uns nicht weiter.« Sie hielt das Smartphone hoch: »»*El baile con el diablo* – Der Tanz mit dem Teufel‹ auf Deutsch mit Untertiteln«, stand dort. »Der Film ist vor drei Wochen ins spanische Programm von Netflix gekommen. Möglich, dass das Vorgehen kopiert wurde, aber der Täter kann von überall sein und in jedem Alter.«

18

Gemma beschloss, Bárbara einen Besuch abzustatten, um zu sehen, wie es ihrer Mutter ging. Die Familie Serra-Gonzalez wohnte in einem der typischen mallorquinischen Stadthäuser, einen Katzensprung von der Fußgängerzone und dem »Gecko Galdent« entfernt.

Am alten Holztor des Hauses klopfte Gemma, wartete und drückte schließlich die eiserne Klinke herunter. Es war meist nicht abgeschlossen, wusste sie. Die Familie hielt sich gerade im Sommer fast ausschließlich im großen, kühlen Innenhof auf und hörte es nicht, wenn jemand draußen klopfte. Das Tor ließ sich zwar auch ganz öffnen, jedoch war im rechten Flügel noch einmal eine kleine Extratür eingefügt, die alle benutzten, um in das Haus und hinaus zu gelangen. Gleich dahinter befand sich ein Windfang mit einer weiteren Glastür, die in die Eingangshalle führte.

Alle älteren Häuser in Llucmajor besaßen eine solche Halle, die für Gemmas Empfinden hauptsächlich Platz wegnahm und keinen echten Nutzen hatte. Niemals hatte sie gesehen, dass sich jemand aus der Familie in dieser großzügigen Halle aufhielt. Sie wusste aber auch, dass die Hallen früher Wagenremisen gewesen waren, deshalb waren sie so groß und hoch. Die Eingangsbereiche waren gefliest und mit Dekorationsstücken aus sämtlichen Generationen der Familien bestückt. Bei den Serra-Gonzalez hingen dort alte Familienporträts in Öl.

Ganz besonders mochte Gemma das Bild von »Tante Eulalia«. Eine blasse, hochnäsig aussehende Dame in einem sittsamen Kleid aus üppiger schwarzer Spitze saß dort auf einem reich verzierten Sessel, der sogar noch im Wohnzimmer der Familie stand und heute zerschlissen und ausgeblichen war. Doch auf dem Bild prangte er in rotem Samt und goldenen Fransen. In der Hand hielt die sittsame Tante Eulalia, und das fand Gemma höchst bemerkenswert, eine obszön große Aubergine.

Das Ölgemälde daneben zeigte eine ländliche Szene, die vor allem mit der Darstellung eines großen Waldes bei Llucmajor überraschte. Die Wälder gab es fast gar nicht mehr, sie waren allesamt dem Schiffbau, Hausbau und den Küchenfeuern zum Opfer gefallen.

Die Dekoration der Halle komplettierten einige Relikte aus der Zeit, als alle in Llucmajor Bauern oder Handwerker gewesen waren. Ein alter Stiefelknecht, ein Pferdegeschirr, eine alte Kaffeemühle.

Gemma lief am Treppenhaus vorbei, das zu den Schlafzimmern der Familie führte. Als Schulmädchen hatte sie hin und wieder bei Bárbara übernachtet und konnte sich gut erinnern, wie sehr sie im Winter gefroren hatte. Mittlerweile hatten die alten Häuser in Llucmajor Stadtgas, doch noch vor einigen Jahren konnte man nur mit Radiatoren heizen. Die alten Stromleitungen waren der Belastung nicht gewachsen, es sprangen alle paar Minuten die Sicherungen heraus. Kalt blieb es trotzdem. Die Häuser waren so gebaut, dass es im Sommer darin recht kühl war. Im Winter leider auch.

Hinter der Halle und dem Treppenhaus lag das »gute« Wohnzimmer, wie die Serras es nannten. Ein weiterer Platzverschwender, wie Gemma fand, weil auch dieser Raum praktisch nie genutzt wurde. Hier waren die etwas wertvolleren Altertümchen aufgebahrt. In verschnörkelten Vitrinen war schönes altes Porzellan gestapelt, goldumrandete Gemälde zeigten weitere Persönlichkeiten der Familiengeschichte. Opa Alberto war ein echter Patriarch gewesen. Er hatte sich inmitten seiner Familie porträtieren lassen und wirkte doppelt so groß und doppelt so lebendig wie die anderen.

Der Raum dahinter war das erste Zimmer, das die Serra-Gonzalez' wirklich nutzten, das Wohnzimmer für den Alltag mit Kamin, einem großen Sofa und dem Esstisch. Sie hatten lange Zeit nur dieses eine Zimmer richtig heizen können und sich so daran gewöhnt, dass sich auch heute noch, trotz der neuen Stadtgasleitung, alle hier versammelten.

Außer Bárbara wohnten ihre Eltern, ihre Großmutter und

Bárbaras Bruder in dem Haus. Esteban war dreißig und arbeitete bei der Stadtverwaltung. Wie viele junge Spanier wohnte er noch daheim, die Mieten waren derart hoch, dass junge Leute es sich kaum noch leisten konnten auszuziehen.

Im großen Innenhof fand Gemma schließlich Maria Gonzalez, die dabei war, Gemüse für *tumbet* zu schneiden. Bei diesem typisch mallorquinischen Gericht wurden Auberginen, Paprika, Kartoffeln und Zucchini zuerst angebraten und anschließend in einer würzigen Tomatensoße im Ofen gegart. *Tumbet* mochte Gemma sehr, vor allem, wenn Maria es zubereitete. Es schmeckte nach Sonne und Familie.

Sie umarmte die Mittvierzigerin und setzte sich zu ihr.

»Wie geht es dir?«, fragte sie vorsichtig.

»Ach, ganz gut«, sagte Maria ein wenig zu leichthin.

Gemma kannte die Mutter ihrer Freundin, seitdem sie auf der Insel wohnte. Sie klagte nie und wirkte stets lebendig und voller Lebenslust.

»Aber Bárbara sagte …«

Maria unterbrach sie. »Ja, ich weiß. Meine Tochter hört das Gras wachsen. Dabei habe ich die Untersuchungsergebnisse noch gar nicht. Also ist es sinnlos, in Panik zu verfallen.«

Damit hatte sie sicherlich recht, aber Gemma wirkte dennoch so sorgenvoll, dass Maria das Gemüsemesser sinken ließ.

»Man macht sich immer viel zu viele Sorgen, finde ich. Das hat deine Großmutter mal zu mir gesagt. Es gibt schlimme Dinge, die man ändern kann. Dann ändert man sie. Und es gibt schlimme Dinge, die man nicht ändern kann. Damit muss man zurechtkommen.«

Gemma nahm ein Stück Paprika und nagte daran. Sie grübelte. Schließlich sagte sie: »Du kennst Oma schon lange, oder?«

Maria nickte. »Ja, seit ungefähr zwanzig Jahren. Seitdem sie auf die Insel gekommen ist. Sie hatte zuerst eine kleine Wohnung vorn direkt am Marktplatz. Zu dieser Zeit hat sie auch den Laden eröffnet. Ein paar Jahre später ist sie in die große Wohnung im Carrer d'es Vall gezogen, wo ihr bis April zusammengewohnt habt.«

Schon oft hatte Gemma es durchgerechnet. Johanna war nach Mallorca gezogen, zu demselben Zeitpunkt war ihr Vater angeblich verschwunden, und Gemma kam zur Welt. »Hat sie dir damals erzählt, warum sie nach Mallorca gezogen ist?«

Maria blickte Gemma scharf an. »Hast du sie selbst schon gefragt?«

»Klar. Aber ich bekomme keine vernünftige Antwort.«

»Weißt du, das habe ich mich auch gefragt«, sagte Maria nach längerem Schweigen. »Anfangs schien sie nach etwas zu suchen. Der Laden war nur selten auf, sie war viel unterwegs. Aber später hat sie ganz normal ihr Geschäft geführt, sie hat richtig Spanisch gelernt und dauerhaft hier gewohnt.« Sie nahm die letzte Paprika und schnitt sie in Würfel. »Daran habe ich lange nicht mehr gedacht. Meine Mutter war damals mit ihr befreundet. Sie hätte dir bestimmt etwas dazu sagen können.«

Gemma kannte Bárbaras Oma mütterlicherseits noch, sie war vor zwei Jahren gestorben.

»Hat dir Oma jemals etwas über meinen Vater oder meinen Großvater erzählt?«

Maria war mit den Vorbereitungen für das *tumbet* fertig und kehrte mit der Hand die Kartoffelschalen vom Tisch in einen Müllbeutel.

»Nur ein einziges Mal. Und auch nicht mit Absicht. Ich hatte ihr erzählt, wie Mateo einmal mit bloßen Händen einen Fisch gefangen hat, wir waren im Urlaub im Baskenland, und es war wirklich spektakulär.« Mateo war Marias Mann, Bárbaras Vater.

Maria lachte. »Eine wirklich verrückte Geschichte. Wir waren wandern und haben uns an einem Bach abgekühlt. Und auf einmal streckt Mateo blitzschnell die Hand aus und hatte den Fisch gefangen. Den haben wir nachher gebraten. Ich glaube, ich habe ihn sogar deshalb geheiratet. Weil er Fische mit bloßen Händen fangen kann.«

Sie räumte die Schüsseln mit dem Gemüse zusammen und schmunzelte immer noch über die Geschichte.

»Ich erzählte es Johanna, und da sagte sie ganz spontan: ›Das hat Dimitri auch mal gemacht.‹ Ich fragte sie, wer Dimitri sei, aber sie hat nicht mehr dazu gesagt.«

»Und du meinst, das könnte mein Opa gewesen sein?«

»Na ja, es könnte sein. Ich weiß es nicht«, schloss Maria, als Bárbara in den Hof kam.

Ich weiß es leider auch nicht, dachte Gemma.

19

Die Pressekonferenz am Nachmittag war gut besucht, es kamen sogar Journalisten vom Festland. Robla hatte seine Sache ganz ordentlich gemacht, befand Héctor ausnahmsweise. Er hatte zwar die Formulierung »teuflisch« gleich dreimal verwendet und damit die zu erwartenden Schlagzeilen diktiert, aber insgesamt war er nicht so großspurig aufgetreten, wie er es gewöhnlich zu tun pflegte.

Sie hatten sich entschieden, einige Details preiszugeben, um auf die Spur der Beweismittel zu kommen: die Kiste zum Beispiel.

Das Handy der jungen Frau war nicht auffindbar und ließ sich auch nicht orten. Die Policía Nacional hatte einen Krisenstab eingesetzt, Robla hatte die Angelegenheit zur Chefsache erklärt.

Was die Journalisten anging, war alles erst einmal in trockenen Tüchern. Zumindest nach außen sah es so aus, als habe die Polizei das Ganze im Griff.

Intern sah es nicht ganz so rosig aus.

»Wir brauchen mehr Leute«, stellte Héctor unumwunden fest, als er mit Robla wieder in dessen Büro stand. »Der ganze Krisenstab ist im Einsatz, aber das reicht nicht. Wir müssen in Magaluf rumgehen mit Irinas Foto und rumfragen, wer sie an dem Abend gesehen hat, wir müssen den Kerl finden, den sie angeblich treffen wollte, wir müssen die Fundstelle weiter absperren und noch mal absuchen, wir müssen jemand bei den Eltern lassen, die drehen sonst durch. Und die zweite vermisste Frau. Wir müssen mit ihrem Foto an der Playa nach Leuten suchen, die sie gesehen haben könnten. Und wir brauchen Unterstützung bei dem Papierkram. Wir haben immer noch keine richterliche Genehmigung, dass wir das Material aus den Überwachungskameras der beiden Discos bekommen. Da muss man immer wieder nachhaken.«

Héctor hatte Robla auch von dem schwarzen Papierstück berichtet, das an der Leiche gefunden wurde.

»Es könnte von dem Konfetti sein, mit dem die Demonstranten hantiert haben. Die Aktivisten sollten wir also auch suchen, auch wenn das eine ziemlich vage Spur ist. Aber wir haben sonst noch nicht viel …«

Robla sah ihn giftig an. »Du warst doch bisher Leiter des Krisenstabs! Was hast du die ganze Zeit gemacht?« Er ging in großen Schritten durch sein Büro und blickte aus dem Fenster hinaus auf den Passeig de Mallorca und das staubtrockene Bett des Torrent de Sa Riera. »Es ist Hochsaison! Jeder verfügbare Mann ist im Einsatz, überall Verbrecher. Ich glaube manchmal, alle Kriminellen Europas versammeln sich im Sommer bei uns. Diebe! Einbrecher! Trickbetrüger!« Er spie die Worte förmlich aus. »Und Mörder!«

Er war, wie viele Mallorquiner, der Ansicht, alles Böse käme vom Festland.

»Ich habe zwei Privatdetektivinnen an der Hand, die wir als Dolmetscherinnen einsetzen. Die könnte ich auch für Befragungen beauftragen«, schlug Héctor vor. Dass er das schon längst tat, sagte er lieber nicht dazu.

Das Vorgehen war jedoch nicht unüblich und auch nicht ungesetzlich. In Spanien mussten private Ermittler Prüfungen ablegen und hatten dadurch auch mehr Kompetenzen als Privatdetektive in Deutschland. So waren zum Beispiel durch lizensierte Ermittler gewonnene Beweise und Aussagen auch vor Gericht verwendbar.

Robla wirkte misstrauisch. »Die eine ist deine Freundin, höre ich. Und die andere? Uralt. Hat mir jemand erzählt.«

Arnau hatte in seiner Naivität wieder allerhand vom Stapel gelassen, ahnte Héctor.

Der Junge redete manchmal zu viel.

»Und die Alte hat es faustdick hinter den Ohren, das habe ich auch gehört. Kann Karate und spricht Russisch oder so etwas. Hast du die beiden mal überprüft?«

Héctor gab zu, Johannas Leumund nie hinterfragt zu haben.

»Ich übernehme das mal. Und jetzt ab.«

Héctor trollte sich und hoffte inständig, dass bei Johannas Überprüfung nicht Dinge zutage kamen, die er lieber nicht gewusst hätte.

20

Nur wenige wussten, dass sich Gemma nach ihrer Selectividad, der spanischen Abiturprüfung, offiziell im Studiengang Chemie der Universitat de les Illes Balears eingeschrieben hatte. Und diejenigen, die es wussten, nahmen gemeinhin an, dass dies nur auf den Wunsch ihrer Familie daheim in Deutschland hin geschehen war.

Gemma hatte nicht mehr viel Kontakt zu ihrer Mutter Marion, seitdem sie auf Mallorca bei Johanna lebte. Sie fuhr einmal im Jahr an ihrem Geburtstag nach Köln und feierte dort mit Marion und dem Stiefvater. Weihnachten verbrachte sie konsequent auf Mallorca, selbst die lautesten Tiraden hatten daran nie etwas ändern können.

Weder ihren Vater noch ihren Großvater hatte sie jemals kennengelernt. Ihr Vater sei noch vor ihrer Geburt verschwunden, behaupteten Marion und Johanna. Gemma hatte es den beiden lange übel genommen, dass sie so eisern schwiegen. Es war höchst verdächtig. Was nur war da los gewesen?

Sie versuchte nun seit zwei Jahren, selbst hinter das Familiengeheimnis zu kommen, bislang aber ohne greifbares Ergebnis. Das Wort »Familiengeheimnis« fand sie selbst zwar ausgesprochen theatralisch, aber da auch Fragen zu ihrem Großvater grundsätzlich ohne ausreichende Antwort blieben, konnte man davon ausgehen, dass es tatsächlich eines gab.

Gemma hatte sogar Johannas Safe geknackt, was so erschreckend einfach gewesen war, dass sie schon beim Öffnen davon ausging, darin nichts Wichtiges finden zu können. So war es auch. Seitdem hatte sie den Verdacht, der Safe sei ein Ablenkungsmanöver und es müsse einen weiteren, verborgenen Ort geben, an dem Johanna ihre Geheimnisse aufbewahrte. Es war zum Verrücktwerden, dass sie ihn nicht finden konnte. Doch als sie vor einigen Monaten von der Mietwohnung in Llucmajor in die hübsche Finca am Randaberg gezogen waren, hatte sich ein

Spalt im Schleier der Geheimnisse aufgetan. Johanna schleppte gerade eine Kiste Unterlagen aus ihrem Zimmer, als ihr der Karton auf dem Weg zum Lift aus den Händen glitt und sich ein Sammelsurium aus Unterlagen und Fotos im Treppenhaus ergoss. Sie hatte eilig alles wieder in die Kiste gestopft, doch ein Foto war ihr entgangen. Später fand Gemma es auf der Treppe. Das Bild zeigte eine sehr viel jüngere, offensichtlich schwangere Johanna, neben ihr stand ein blonder, großer Mann.

Gemma hatte das Foto eingesteckt und oft angesehen. Der Mann sah ihr ähnlich. Ihr Großvater? Darüber, wer der Mann war, konnte sie nur spekulieren. Der Ort, an dem das Foto aufgenommen wurde, war jedoch eindeutig zu identifizieren. Es war der Rote Platz in Moskau.

Marion hielt nicht viel davon, dass ihre Tochter von Johanna zur Privatdetektivin und Ladenbesitzerin ausgebildet wurde, deshalb hatte sich Gemma an der Universität eingeschrieben. Ihre Großmutter wiederum nahm an, dass sie nie hinging, was nicht stimmte. Gemma besuchte zum Beispiel alle Seminare über forensische Chemie, hängte das jedoch nicht an die große Glocke.

Sie kannte nicht allzu viele Kommilitonen, aber genug, um ihre Ermittlungen zu den Aktivisten an der Universität zu beginnen. Das erschien ihr logisch, denn dort gab es etliche Zusammenschlüsse jeglicher politischen und gesellschaftlichen Ausrichtung. Ihr Mitstudent Manu zum Beispiel leitete eine sehr tatkräftige Umweltgruppe, das bildete einen hervorragenden Startpunkt. Es waren zwar Semesterferien, dennoch war an der Uni eine Menge los. Es gab Sommerkurse, Sonderveranstaltungen, und viele nutzten während der Ferien die Bibliothek, um endlich einmal in Ruhe zu arbeiten.

Die Universitat de les Illes Balears befand sich knapp acht Kilometer nördlich von Palma. In der Ferne schimmerte das Tramuntana-Gebirge, nebenan war die Haltestelle der U-Bahn.

Touristen waren häufig überrascht zu hören, dass es in Palma tatsächlich eine U-Bahn gab, denn niemand kannte jemand, der sie benutzte. Und in der Tat war die mallorquinische Untergrundbahn die am wenigsten genutzte in ganz Spanien, eine Fehlplanung erster Güte. Dreihundertfünfzig Millionen Euro hatte das Prestigeobjekt gekostet. Schon die Bauphase war skandalös gewesen, danach ging es ebenso skandalös weiter. Kaum hatte die Regierung das neue Verkehrsmittel feierlich eröffnet, musste es wieder geschlossen werden. Pfusch am Bau führte dazu, dass die Bahn bei Regen nicht mehr fuhr – das Regenwasser überschwemmte Gleise und Stationen. Die politischen Parteien warfen sich in der Folge gegenseitig Stümperei vor und nutzten die U-Bahn ausgiebig zur Stimmungsmache im Wahlkampf. Und als der Pfusch endlich behoben war, stieg kaum jemand ein. Die Bahnen fuhren zu selten, um für die Pendler wirklich attraktiv zu sein, und an Samstagen, Sonntagen und Feiertagen fuhren sie überhaupt nicht. Die Einzigen, die sich tatsächlich ab und an in die Bahn setzten, waren die Studenten, um zu ihrer weit außerhalb gelegenen Uni zu kommen. Doch selbst die kamen sehr oft mit dem Auto, was während des Semesters zu weiteren Staus und Parkplatzproblemen führte.

Gemma fand Manu in seinem Element. Der bärtige junge Mann mit den weichen haselnussbraunen Locken saß mit drei Erstsemestern in der Mensa und rekrutierte sie gerade für seine Aktivistengruppe Mallorca Verd. Als er Gemma sah, drückte er den Achtzehnjährigen noch ein paar Flugblätter in die Hand und setzte sich zu ihr.

»Du lässt noch Flugblätter drucken?«, fragte Gemma erstaunt. »Das ist aber nicht umweltfreundlich. Wozu gibt es das Internet? Facebook, Instagram, WhatsApp? Da kannst du doch deine Aufrufe und was weiß ich verbreiten, ohne gleichzeitig den Regenwald zu vernichten.«

Manu lächelte schuldbewusst. »Ich weiß doch. Aber mein Onkel druckt mir die gratis, weil er mich unterstützen will. Das ist so nett von ihm. Soll ich ihm das abschlagen? Oder ihn belehren, dass das nicht gut ist?«

Gemma lachte. »Natürlich nicht. Was treibt ihr denn zurzeit in eurer Gruppe?«

Manu zog sein Handy hervor und wies auf ein Foto. Darauf zu sehen waren Mülltüten, alle randvoll, dahinter fröhliche junge Leute in Shirts mit der Aufschrift »Mallorca Verd«.

»Wir machen Müllsammelaktionen an der Küste«, erklärte er. »Vor allem an den Buchten, an denen sonst keiner regelmäßig aufräumt.«

Tatkräftig wie eh und je, dachte Gemma.

»Sag mal, kennst du jemanden von dieser neuen Gruppierung? Bandera Negra? Du weißt schon, die gegen den Massentourismus protestieren in Tiermasken.«

Manu verzog das Gesicht. »Oh Mann, ja, habe ich gelesen. Tiermasken. Das ist doch von vorgestern.« Er schüttelte den Kopf. »Willst du da mitmachen? Oder ist das so ein Detektivkram von dir?« Er sah sie erwartungsvoll an. Manu wusste, dass Gemma mit ihrer Großmutter eine Detektei betrieb, und fand das hochspannend.

»Ja, so was in der Art«, sagte Gemma vage.

»Krass. Pass auf, ich helfe dir. Bei einem habe ich einen Verdacht«, sagte Manu euphorisch.

»Das heißt so viel wie …?«

»Die Klamotten.« Manu tippte noch einmal auf seinem Smartphone herum, dann hatte er den Artikel aufgerufen, der über die Demonstration vor der »Bar Bosch« berichtete. Es waren die vier Protestler in Tiermasken zu sehen, alle ganz in Schwarz.

»Siehst du?« Er zog das Foto groß. »Sehen zwar aus wie Anarchos, so in Schwarz, aber das sind teure Markensachen. Zum Beispiel das T-Shirt …« Er deutete auf den Kleinsten der vier, den Mann mit der Hasenmaske. Sein Shirt trug ein kleines Copyrightzeichen auf der Brust. »Das Ding ist von ›Vetements‹. Das kostet bestimmt so hundertachtzig, hundertneunzig Euro. Für ein T-Shirt! Und schau dir die Schuhe an. Das sind Alpha Edge 4D, Kostenpunkt dreihundert Euro das Paar.«

Erstaunt zog Gemma die Augenbrauen hoch. »Können das nicht Kopien sein?« Sie dachte an die vielen Straßenhändler, die auf Mallorca kiloweise gefälschte Markenware verkauften. Shirts und Jacken, Handtaschen und Schuhe, Schmuck und Sonnenbrillen.

»Nein«, sagte Manu. »Die Fälschungen sind immer nur von diesen Standard-Edelmarken. Prada, Armani, Gucci. Das hier sind echte Kennerstücke. Es lohnt nicht, die zu fälschen, weil die meisten Touris ja gar nicht wüssten, dass das total angesagte Brands sind.«

»Und woher weißt du das?« Gemma betrachtete Manu, wie immer gekleidet in seinen Gesundheitslatschen, einem ausgewaschenen karierten Baumwollhemd und weiten bunten Hosen aus dem Indienshop.

Zu ihrem Erstaunen wurde er ein bisschen rot. »Na ja, mein neuer Freund hat so einen Modeblog, weißt du? Einen für Männer. Da schreibt er über solche Marken, und da bekomme ich einiges mit.«

Gemma staunte immer mehr. Ihr Öko-Kumpel Manu war mit einem Marken-und-Konsum-Fetischisten zusammen. Wo die Liebe hinfällt.

»Und welchen Verdacht hast du?«

»In einem meiner Kurse ist so ein Kerl, der hat solche Klamotten an. Die Größe stimmt auch, der ist eher ein Zwerg. Ich bin sicher, dass er das ist.« Manu tippte wieder auf das Foto. »Er heißt Antoni Munar. Du weißt schon, die Bankiersfamilie. Banca Munar.«

Munar war, wie allen auf Mallorca, auch Gemma ein Begriff. Die reichste Familie der Insel.

Sie kniff die Augen zusammen. »Sehr gut kombiniert. Fast zu gut. Woher glaubst du nun wirklich zu wissen, dass Munar zu der Bandera Negra gehört?«

»Du hast mich erwischt.« Manu lachte. »Okay, okay, ich habe Gerüchte gehört, dass er dabei ist. Aber ich habe tatsächlich auch das T-Shirt erkannt.« Er strahlte Gemma an. »Der Kurs fängt gleich an. Komm doch einfach mit. Vielleicht ist er ja da.«

Gemma stand auf. »Was für ein Kurs ist es?«

»›Ecocriticism in popular culture‹. Ein Sommerkurs, in diesem Jahr stehen lauter Umweltthemen auf dem Programm. Auf Englisch.«

Die beiden schlenderten über den Campus und betraten das Vorlesungsgebäude, Manu hielt Gemma am Arm fest.

»Siehst du? Da ist er.« Er zeigte auf einen recht kleinen jungen Mann, der mit einem Rucksack auf dem Rücken am Eingang des Seminarraumes stand. Der Student unterhielt sich mit drei anderen jungen Männern. Alle vier waren in Schwarz gekleidet.

»Na, wenn ich da nicht gleich die ganze Mannschaft erwischt habe«, sagte Gemma zufrieden. Sie machte heimlich ein Foto von der Gruppe und wollte schon auf sie zusteuern.

»Moment«, sagte Manu. »Quid pro quo. Für diese Information hilfst du bei meiner Gruppe mit, okay?«

Wortlos griff Gemma in Manus Tasche, nahm einige Flugblätter heraus und schlenderte zu den Männern hinüber. Sie hielt ihnen ein Flugblatt entgegen.

»Macht ihr mit? Große Aufräumaktion am Strand.«

Die Männer waren in Gemmas Alter und lächelten die große, hübsche junge Frau erfreut an.

»Hey.« Antoni Munar nahm das Flugblatt und warf einen Blick darauf. »Müll sammeln. Wie süß«, sagte er arrogant. »Gehörst du zu dem Öko?« Er wies auf Manu, der an ihnen vorbei in den Hörsaal ging.

»Ich mache da ein bisschen mit«, sagte Gemma. »Ist doch wichtig, sich zu engagieren, findet ihr nicht?«

Die vier sahen sich an und grinsten. »Ja, finden wir auch«, sagte einer der Männer. Er trug eine Brille und hatte sehr schlechte Haut.

Gemma ergriff die Gelegenheit, sich vorzustellen. »Ich bin Gemma, fünftes Semester Chemie, und ihr?«

Den Namen von Antoni kannte sie schon, er stellte sich als Toni vor. Der junge Mann mit der Brille hieß Ruben, die beiden anderen Luca und Xavier. Nur Toni, Ruben und Luca studierten an der Universität, Xavier murmelte etwas davon, über den Sommer zu Besuch zu sein.

»Kommst du mit rein?«, fragte Ruben, als der Dozent erschien und die Hörsaaltür schließen wollte.

Gemma schüttelte den Kopf. »Ist nicht mein Kurs«, sagte sie, hatte sich umgedreht und wollte in Richtung Ausgang gehen, als Munar sie am Ärmel festhielt.

»Wollen wir mal einen Kaffee trinken und du erzählst mir mehr von eurer Müllsammelaktion? Gibst du mir deine Telefonnummer?«

Sie tauschten ihre Nummern aus. Das hatte ja gut geklappt.

Danach fuhr sie schnurstracks zur »Mallorca Zeitung«, deren Redaktionsräume gegenüber dem Hafen von Portixol lagen. Sie grüßte den Portier, fuhr mit dem Lift in die vierte Etage und schlüpfte durch die Tür ins Großraumbüro.

Diego Meier saß an einem Schreibtisch, vertieft in seinen Artikel. Er war drei Jahre älter als Gemma und auf Mallorca geboren, als Sohn einer Mallorquinerin und eines Deutschen. Er kam auch aus Llucmajor und war der Bruder von Gemmas Schulfreundin Lina. Diego war mal sehr verliebt in Gemma gewesen, hatte aber das Feld geräumt, als ihm klar wurde, dass der Polizist Héctor das Rennen gemacht hatte.

Mit Wangenküsschen begrüßte Gemma ihn und erkundigte sich nach Lina.

»Ach, die«, sagte Diego lang gezogen und fuhr sich durch das kurze blonde Haar. Lina war nach der Schule nach Deutschland zum Studieren gegangen und hatte seitdem wenig von sich hören lassen. »Ehrlich gesagt, ich weiß es nicht. Sie klingt ganz munter, wenn sie anruft. Kommt gut voran im Studium, sagt sie, hat einen Job. Aber ich habe das blöde Gefühl, als wäre da was im Busch.«

Diego war schon zu Schulzeiten ein besonders fürsorglicher großer Bruder gewesen, der immer Angst hatte, dem Schwesterchen könnte etwas passieren. Er hörte das Gras wachsen, was Lina anging. Wenn er sagte, da ist was im Busch, dann war da was im Busch.

Plötzlich machte sich Gemma ebenfalls Sorgen. »Soll ich sie mal anrufen? Vielleicht erzählt sie mir was?«

Diego lächelte. »Wäre mir lieb. Ich bin ganz unruhig. Aber raus damit, warum bist du hier?«

Er machte sich keine Illusionen, was Gemmas Besuche bei ihm betraf.

Gemma zückte ihr Smartphone und zeigte ihm das Foto von den vier jungen Männern, das sie heimlich auf dem Campus aufgenommen hatte.

»Du als Reporter kennst doch jeden. Weißt du zufällig, wer das ist?«

Diego betrachtete das Foto eingehend, zog es mit zwei Fingern groß und runzelte die Stirn.

»Ich kenne bestimmt nicht jeden auf der Insel, aber die vier Burschen hier, die kenne ich sehr wohl. Der Kleine ist Antoni Munar, von der Munar-Familie, Bankierssohn. Der mit der Brille: Ruben Ros. Die von dem Hotelkonzern. Der mit den Locken ist Luca Fuster, der andere Xavier Fuster, Brüder. Vom Hotelkonzern Fuster, zu dem gehören auch die Delia-Hotels.« Er wies auf den Screen des Smartphones. »Das sind die Söhne der drei reichsten Familien auf der Insel. Und dein lieber Héctor dürfte über die Jungs dicke Akten in seinem Polizeipräsidium haben. Das sind ganz schöne Früchtchen, habe ich gehört.«

21

Entgegen Diegos Ankündigung waren die Akten der vier jungen Männer überraschend schmal.

In der Jefatura saß Gemma neben Héctor und klickte sich durch den Polizeicomputer. Es hatte zwar einige Anzeigen gegeben – Vandalismus, Ruhestörung, Verkehrsdelikte, sogar Körperverletzung –, aber keine Verurteilung. Die Jungs hatten nicht nur reiche Familien, sondern auch ausgezeichnete Anwälte.

Gemma hatte Héctor zwar von ihren Ermittlungen zu den Aktivisten berichtet, aber er wehrte ab.

»Jemand hat Gerüchte gehört, hat ein T-Shirt erkannt und hat eine Vermutung, wem das T-Shirt gehören könnte. Das reicht nicht für eine Vorladung.«

»Vielleicht kann Oma da weitermachen«, sagte Gemma, griff zum Telefon und berichtete Johanna, was sie erfahren hatte.

Miguel steckte den Kopf in die Tür von Héctors Büro. »Der Beschluss ist da. Aber nur für Magaluf«, sagte er und verschwand wieder.

»Sehr gut.« Héctor nahm sein Telefon in die Hand. »Wir dürfen uns die Aufnahmen aus der Überwachungskamera ansehen. Von der Disco, aus der Irina verschwunden ist.«

»Ihr habt euch die Aufnahmen noch nicht angesehen?«, fragte Gemma fassungslos.

»Du bist lustig. Dafür müssen wir erst nachweisen, dass es eine Straftat gegeben hat. Wir brauchen eine richterliche Verfügung und lauter solchen Kram«, erklärte Héctor. »Europäische Datenschutzgrundverordnung und so weiter. Die Polizei kann nicht einfach hingehen und sich wahllos und ohne Begründung Überwachungsvideos angucken.«

Er telefonierte mit dem Sicherheitschef der Diskothek, der ihm versprach, das entsprechende Material sofort zu schicken. Kurze Zeit später hatte er die vier Dateien auf seinem Rechner.

»Irina ist zwischen ein und zwei Uhr von ihren Freundinnen

weggegangen, um sich eine Cola zu kaufen«, sagte er mit Blick auf die Protokolle. »Die Disco hat vier Bars.«

Gemma klickte die Dateien der Kameras an den Bars an und suchte den Zeitraum.

Die Qualität der Aufnahme war unterirdisch. Gemma versuchte, das Bild digital zu verbessern, aber es wurde nur ein bisschen besser. Gedränge, Menschen kamen und gingen zu den Theken, viele blonde Frauen, junge Männer, trinkend, lachend. Einige waren bereits so betrunken, dass sie von Freunden gestützt werden mussten. Erst die dritte Datei brachte ein Ergebnis.

»Da, das könnte sie sein«, rief Gemma und stoppte die Aufnahme.

Héctor nahm noch einmal das Foto aus der Akte, verglich und nickte.

»Sie kommt von links, stellt sich an die Bar«, sagte Gemma und starrte gebannt auf den Bildschirm.

Irina sah sich immer wieder um. Dann ließ sie sich auf einen Hocker gleiten und sprach mit dem Barkeeper, der ihr gleich danach eine Cola brachte. Sie bezahlte, blieb aber mit dem Rücken zur Theke sitzen, wippte mit dem Fuß zum Takt der Musik.

Ein Mann mit einer dunklen Baseballkappe näherte sich, den Schirm tief ins Gesicht gezogen, er war auf dem Überwachungsvideo nicht zu erkennen. Er stellte sich neben Irina und sprach sie an. Sie wirkte erst überrascht, lachte gleich danach.

Die beiden unterhielten sich eine ganze Weile. Eine Gruppe junger Männer schob sich vor die beiden. Als sie vorbeigegangen waren, konnte man noch sehen, wie der Mann etwas hinter Irinas Rücken in ihr Colaglas kippte, dann brachte der Barkeeper auch ihm eine Cola.

Die beiden prosteten sich zu und tranken. Kurz danach wirkte Irina plötzlich benommen. Sie stand vom Barhocker auf, wankte. Der Kappenmann stützte sie, Irina stolperte. Schließlich legte der Mann ihren Arm um sich und zog sie in Richtung Ausgang. Sie verschwanden vom Bildschirm.

»Ob er auch der Mörder ist, wissen wir nicht«, sagte Héctor.

»Aber eines ist klar: Er hat Irina unter Drogen gesetzt und entführt.«

»Schnell«, sagte Gemma. »Wo ist die Aufnahme vom Eingang?«

Héctor hatte die Datei schon herausgesucht.

Irina und der Kappenmann waren zu sehen, Zeitstempel ein Uhr siebzehn. Der Mann stützte Irina immer noch, trug sie fast aus der Disco. Den Kopf hielt er gesenkt, auch auf dieser Aufnahme war sein Gesicht nicht zu sehen. Niemand nahm von ihnen Notiz. Sie verschwanden aus dem Blickfeld der Kamera.

Gemma und Héctor durchstöberten sämtliche Aufnahmen nach dem Mann. Er tauchte hier und dort auf, schien etwas zu suchen, doch er war kein einziges Mal zu erkennen.

Héctor seufzte. »Ahnst du, was ich denke?«

»Ich ahne, was du denkst. Er wusste, wo die Überwachungskameras sind. Er kannte sich dort aus.«

Héctor rief Daniela Mendoza an. »Auf dem Gemeinschaftsserver liegt Videomaterial, ich habe an einigen Stellen unseren Verdächtigen markiert. Lass die Aufnahmen optimieren«, bat er.

»Moment«, sagte Gemma. »Vielleicht ist das Material aus dem ›Beachclub‹ ja besser? Wollen wir uns das nicht erst ansehen?«

Kopfschüttelnd schloss Héctor die Dateien. »Der Richter hat uns nur einen Beschluss für die Überwachungskamera in der ›Mega-Disco‹ gegeben. Nicht für Laura Hofstetter und den ›Beachclub‹. Weil dort eben nicht klar ist, ob überhaupt eine Straftat vorliegt.«

Gemma zog die Augenbrauen hoch. »Soll das heißen, wir müssen warten, bis die Frau tot irgendwo im Graben liegt, bevor wir uns das Video ansehen dürfen?«

»Genau das heißt es«, sagte Héctor.

22

Johanna stand im Ankleidezimmer und wählte ihre Robe aus. Es war Zeit für eine kleine Undercoverrecherche, fand sie. Gemma hatte ihr von ihren Ermittlungen und den jungen Aktivisten berichtet, nun wollte sie selbst übernehmen.

Ein Telefonat mit Rick Riera, Juwelier aus Palma, hatte sie auf die richtige Idee gebracht. An diesem Abend fand eine Benefizgala statt, an der die Superreichen der Insel teilnehmen würden. Ein echtes Highlight mit echten Reichen. Keine C-Promis, keine Partystars. Nur Geldadel.

Rick Riera war eingeladen, und er hatte zugesagt, Johanna mit auf seine Gästeliste zu nehmen. Der Sechzigjährige verdankte ihr seine Existenz, wie er immer wieder betonte, nachdem Johanna vor vielen Jahren einen Überfall auf sein Geschäft aufgeklärt hatte. Riera wäre damals beinahe im Knast gelandet, weil die Polizei fest von einem fingierten Überfall und Versicherungsbetrug ausgegangen war. Doch Johanna konnte Täter und Hintermänner aufstöbern und den unschuldigen Juwelier entlasten.

Sie nahm ein langes cremefarbenes Seidenkleid aus dem Schrank, dazu ein passendes winziges Handtäschchen, das ein keckes Vögelchen aus Perlen zierte.

Sehr gut, dachte sie, zog sich um, schminkte sich dezent und zog nicht allzu hohe goldfarbene Sandaletten an. Sie war bereits fertig, als Riera draußen hupte.

Wie immer saß der Chauffeur auf dem Beifahrersitz des Bentleys, und der Juwelier lenkte selbst. Wozu er einen Fahrer beschäftigte, war Johanna nie klar geworden.

Riera begrüßte sie begeistert und fuhr los. »Meine Liebe, ich habe dir ein bisschen Schmuck mitgebracht, damit du unter all den Christbäumen nicht auffällst«, sagte er lachend.

So hielten sie es oft. Immer wenn Johanna in ihrer Rolle als »reiche Alte« unterwegs war, versorgte Riera sie mit dem nötigen Geschmeide, damit sie glaubwürdig wirkte.

Die Christbäume, so nannte Riera die reichen Damen, die bei solchen Gelegenheiten ihre schönsten Schmuckstücke ausführten.

Johanna sah neben sich in den Fußraum der Rückbank. Sie nahm das Kästchen auf und öffnete es. Eine mehrreihige Perlenkette aus milchig schimmernden, gleichmäßigen Perlen lag darin, dazu ein Perlenarmband, das einen höchst aufwendigen, mit Brillanten besetzten Verschluss besaß.

»Perlen gehen immer«, befand Riera. Er blickte in den Rückspiegel und blinzelte zufrieden. Er selbst trug wie immer einen blendend weißen Leinenanzug. Johanna hatte ihn noch nie in anderer Kleidung gesehen. Er hatte ihr einmal erklärt, dass er als Geschäftsmann jeden Tag Hunderte von Entscheidungen zu treffen habe.

»Das kostet Energie und Kraft«, hatte er erklärt. Deshalb habe er einige Gewohnheiten automatisiert, um für unwichtige Themen diese Energie zu sparen, zum Beispiel für die Frage, was er morgens anziehen könnte.

»Ich trage immer nur Anzüge in Weiß, und der Fall ist für mich erledigt«, hatte er ihr gesagt.

»Wo genau fahren wir eigentlich hin?«, fragte Johanna.

»Zum Anwesen der Familie Ros.« Riera bog auf die Autobahn nach Palma ab. »Bei Port d'Andratx, sehr schöne Lage, direkt über dem Meer.«

Er schwärmte ein bisschen von der Aussicht und der geschmackvollen Einrichtung, die auch bei Superreichen eher Glückssache sei.

»Du ahnst nicht, was ich da immer wieder für Katastrophen sehe. Teuer und protzig und ab-so-lut geschmacklos. Aber der alte Ros, der hat ein Händchen für schöne Sachen.«

»Machen das nicht meist die Ehefrauen?«

»Oh, das ist tragisch, ja, tragisch. Antònia Ros, so hieß sie, starb vor zehn Jahren. Depressionen. Selbstmord. Da war Ros dann allein mit den beiden Jungs. Wie hießen sie noch? Der eine heißt Rafel, der andere so ähnlich. Ramon? Nein«, er überlegte. »Ruben, so heißt er.«

Riera bog ab auf die Ringautobahn und gab Gas.

»Doch es kam noch schlimmer. Der ältere Sohn starb ebenfalls. Drogen oder so etwas, Ros hat die Sache damals ziemlich unter Verschluss gehalten, das ist nun sechs oder sieben Jahre her. Und der jüngere ist etwas auf die schiefe Bahn geraten, hat allerhand dummes Zeug angestellt.« Er überholte einen Lkw, scherte wieder links ein.

»Was denn für dummes Zeug?«, fragte Johanna, doch Riera schüttelte den Kopf.

»Das weiß ich nicht mehr. Es gab Gerüchte. Ich kann mich nur erinnern, dass es hieß, dem Jungen fehlen Mutter und großer Bruder.«

Riera fuhr von der Schnellstraße ab, fädelte sich durch Port d'Andratx und hielt sich am Hafen rechts. Oben am Hügel angelangt, fuhr er über eine kleine Nebenstraße den Bergrücken entlang, bis er zu einem reich verzierten schmiedeeisernen Tor gelangte. Ein livrierter Pförtner eilte herbei, um zu öffnen.

»*Hola, Josep*«, grüßte Riera.

»*Buenas tardes, Señor Riera.*« Der Mann trat beiseite, damit der Bentley passieren konnte. Josep hatte ein Glasauge, wie Johanna im Vorbeifahren feststellte, als er ihr höflich zulächelte.

Das Anwesen – und diesen Namen hatte der Gebäudekomplex mehr als verdient – hockte auf einer Felsnase über dem Meer. Auf dem Hof reihte sich bereits Luxuswagen neben Luxuswagen, Bentley, Porsche, Aston Martin, Ferrari. Daneben waren Pavillons aufgebaut, um die ankommenden Gäste gleich mit einem Getränk oder einem Häppchen zu versorgen.

Johanna raffte ihr Kleid und hangelte sich aus dem Bentley. Solche Wagen waren nichts für ältere Leute, befand sie, nahm ihren Gehstock und ergriff Rieras Arm, den er ihr galant entgegenhielt. Nach einigen Schritten hatten sie den Gastgeber erspäht.

Amancio Ros, vierundfünfzig Jahre alt, Herr über ein Hotelimperium mit Häusern in ganz Europa. Obwohl er noch gar nicht so alt war, wurde er stets nur »der alte Ros« genannt.

Er trug das weiße Haar lang bis auf die Schultern, war schlank und braun gebrannt. In seinem schick zerknautschten hellen Leinenanzug und den nackten Füßen in den weichen Lederslippers wirkte er mehr wie ein Künstler und weniger wie ein Konzernchef.

»Rick! Wen hast du mir da mitgebracht?«, rief er und eilte herbei.

»Meine gute Freundin Johanna aus Deutschland«, sagte Riera.

Ros ergriff Johannas Hand und deutete einen Handkuss an. »Ich freue mich sehr.«

Johanna lächelte ihm freundlich zu. »Ich freue mich auch sehr, dass der gute Junge mich mitgenommen hat«, sagte sie mit so zittriger Altfrauenstimme, dass Riera sie verdutzt ansah.

Sie hatten vereinbart, sie einfach als »Johanna aus Deutschland« vorzustellen. Wer eine Perlenkette für zweihunderttausend Euro um den Hals trug, gehörte zum Club, ohne dass allzu viele Fragen gestellt wurden.

Nach kurzem Geplauder wurden die beiden in die Eingangshalle entlassen und aufgefordert, sich zu der Party »im vorderen Garten« zu gesellen. Der vordere Garten entpuppte sich als kleiner Park, direkt auf der Spitze der Klippe. Eine Band spielte Beatles-Songs, Helfer stapelten auf der Bühne Schatullen voller Schmuck, Golfgarnituren und Antiquitäten. Die Schätze sollten später versteigert werden, der Erlös war für die Drogenhilfe Mallorca gedacht.

Der Gehstock zitterte bei jedem Schritt, als Johanna voranhumpelte.

»Ist dir nicht gut?«, fragte Riera besorgt. »Du sprichst auch so komisch.«

Johanna raunte ihm ins Ohr. »Vorsichtsmaßnahme. Ich will mich gleich ein bisschen im Haus umsehen. Wenn mich einer erwischt, bin ich nur die tattrige, demente Alte, die sich in der Klotür geirrt hat.«

Riera sah sie immer noch besorgt an.

»Hoffentlich bereue ich das hier nicht«, murmelte er und

nahm zwei Gläser Champagner von dem Tablett, das ihnen eine Kellnerin reichte.

Johanna schüttelte den Kopf. »Ich trinke nicht im Dienst.« Sie wippte ein bisschen zu »Love Me Do«.

Beatles, das war ihre Zeit gewesen. »Yesterday« war in den Charts, als sie damals auf ihre erste Mission geschickt wurde. Lange war das her. In letzter Zeit musste sie immer öfter an Dimitri denken. Woran das wohl lag? Sie wurde vermutlich alt.

Johanna seufzte und humpelte zielstrebig auf den großen jungen Mann zu, der an einem der hübsch geschmückten Tischchen lehnte, die im Garten aufgereiht standen. Er tippte auf seinem Smartphone.

»Ah, junger Mann. Sie sind Ruben, nicht wahr?«, begrüßte sie den Sohn des Gastgebers.

Sie hatte ihn sofort erkannt. Der arme Junge war nicht gerade eine Schönheit, musste sie feststellen. Im Kopf verglich sie automatisch die Videosequenzen, die Gemma ihr von Irinas Kidnapper geschickt hatte, konnte aber keine Ähnlichkeit feststellen. Der Entführer hatte breitere Schultern, eine völlig andere Körperhaltung und war kleiner. Vielleicht war dieser Bursche einer der Aktivisten, der Entführer war er jedenfalls nicht.

Ruben Ros lächelte Johanna überrumpelt an, während er von seinem Smartphone hochblickte.

»Sehr erfreut«, sagte er, obwohl Johanna sich überhaupt nicht vorgestellt hatte.

»Habe ich ein Glück«, rief sie und griff ein wenig wackelig nach seinem Arm. »Der Sohn des Gastgebers ist frei. Führen Sie mich mal ein bisschen herum, junger Mann.« Schon hatte sie ihn gepackt.

Ruben wirkte nur kurz verunsichert, dann sagte er galant: »Aber gern. Was möchten Sie denn sehen?«

Johanna ließ sich das Haus, den vorderen Garten und den Südgarten zeigen. Sie merkte sich, wo sich die Räume des Jungen befanden. Geschickt lenkte sie das Gespräch auf das Thema Tourismus.

»Schrecklich, dass im Sommer so viele Leute auf der Insel sind, nicht?« Alle Strände überfüllt, die Straßen voll mit diesen komischen kleinen Mietautos.«

Ruben nickte höflich. »Ganz furchtbar. Auf der anderen Seite, wir sind Hoteliers. Wo wären wir, wenn es keine Touristen gäbe?« Er lachte auf. »Darf ich fragen, woher Sie kommen?«

»Wir stammen aus Köln«, sagte Johanna maniriert, als gäbe es da ein ganzes Adelsgeschlecht derer von Miebachs, die in Köln residierten. »Aber wir haben auch hier einen Sitz, bei Llucmajor. Ein altes Landhaus.« Sie dachte an ihre kleine Finca, die sie soeben zum ländlichen Anwesen hochgelogen hatte.

»Bei Llucmajor. Wie schön«, sagte Ruben. »Nettes Örtchen. Leider nichts, wo man hingehen könnte.«

Da hat er recht, dachte Johanna. Was Llucmajor tatsächlich fehlte, waren vollkommen überteuerte In-Lokale. Es gab eine Reihe sehr guter Restaurants, aber keine Schickimicki-Treffs.

Ruben zog sie wieder auf die Terrasse, die zum vorderen Garten führte.

»Die Versteigerung beginnt gleich. Vielleicht steigern Sie ja mit?«

Erst jetzt bemerkte Johanna den Schriftzug über der Bühne.

»Fundació Rafel Ros« stand dort in großen Lettern, darunter in kleinerer Schrift »In Zusammenarbeit mit der Drogenhilfe Mallorca«.

»Rafel, das war dein Bruder, richtig?«, fragte Johanna leise und sah Ruben an. Der blieb genauso kühl und höflich wie zuvor.

»Ganz recht. Mein verstorbener Bruder.«

»Das muss damals schlimm für dich gewesen sein. Es waren die Drogen, nicht?«

»Sehr schlimm. Überdosis. Hätte nicht passieren dürfen«, antwortete Ruben kurz. »Darf ich Sie nun allein lassen? Für die Versteigerung muss ich zu Vater.«

Er verschwand in der Menge und erschien dann im hinteren Bereich der Bühne.

Während Vater und Sohn die Versteigerung eröffneten,

machte sich Johanna, so tattrig es ihr möglich war, auf den Weg ins Haus. Sie hatte sich gemerkt, wo sich die Räume des jungen Ros befanden, da wollte sie einen Blick hineinwerfen.

Ruben gehörte der ganze Westflügel des Hauses, seine Anwesenheit war sichtbar durch die vielen verstreuten Besitztümer eines jungen Mannes: Sneakers, Kapuzenpullis, ein Laptop, ein Baseballschläger, eine Karaoke-Anlage, ein Longboard.

Johanna schlich durch die Zimmer. Die Tür eines imposant großen Kleiderschranks stand halb offen. Vorsichtig zog sie die Tür weiter auf.

Der Junge besaß hauptsächlich schwarze Kleidung, die wüst übereinandergeworfen aus dem Schrank quoll. In dem Haufen erspähte Johanna etwas Bräunliches. Sie zog daran und hielt eine Tigermaske in Händen.

Das zumindest war nun klar: Der unansehnliche junge Mann war offenbar Mr. Tiger, der Wortführer der Aktivisten. Sie zog ihr Smartphone hervor, fotografierte die Maske und legte sie zurück in den Stapel.

Hinter sich hörte sie ein leises Räuspern. Erschrocken zuckte sie zusammen, fing sich aber gleich wieder und drehte sich um. Dort stand ein livrierter Butler und beobachtete sie erstaunt.

»Interessant, was die jungen Leute alles haben, was?«, sagte sie und stupste mit dem Gehstock an das Longboard. »Ich habe mich wohl verlaufen auf dem Weg zum Waschraum, aber ich fand es so spannend hier.« Sie tippelte in kleinen Schrittchen zur Tür. »Wenn Sie so freundlich wären, mich zu den Damentoiletten zu geleiten?«

Der Butler tat wie geheißen. Johanna wartete, bis er wieder zu seinen Pflichten zurückkehrte, dann rief sie Gemma an.

»Check! Ich habe den Tiger aufgespürt«, raunte sie in Geheimagenten-Manier in den Hörer. »Mission accomplished.«

23

Sophie war stinksauer. @travelina2000 hatte mittlerweile mehr als fünfzigtausend Follower mehr als sie, und sie konnte die Kuh nicht ausstehen. Beim letzten Influencer-Treffen hatte die dumme Nuss ständig von ihren Geheimtipps gequatscht, und dass man als Travel-Instagramer total viel arbeiten und recherchieren müsse, um immer die coolsten Locations zu finden. Und alle anderen so: Oh, die ist ja so toll. Dabei sah die noch nicht mal gut aus, fand Sophie.

Die Dreiundzwanzigjährige schnappte sich Rucksack und Selfiestick aus dem Mietwagen und machte sich auf den Weg. Was die kann, kann ich auch, dachte sie.

Es war erst sieben Uhr morgens, aber Sophie wollte lange vor den Touristen am Caló des Moro sein. Die Location trendete derzeit, hatte sie gesehen. Ein paar coole Selfies machen, Sophie im knappen Bikini, allein in der menschenleeren, kristallklaren Bucht, Hashtag lovemylife, Hashtag dreambeach, Hashtag alwaystraveling. Und anschließend nichts wie weg. Spätestens um neun Uhr war es brechend voll, so ein Foto wollte ja keiner sehen.

Sie stolperte in ihren Flip-Flops über den steinigen Weg hinunter zum schmalen Strand. Sand gab es kaum noch, stellte sie fest, aber Felsen, und das Wasser war okay, schön türkis, passend zum roten Bikini.

Prüfend balancierte sie auf den Steinen hin und her, um den besten Winkel für das Foto zu finden. Es war erbärmlich, dass sie die Bilder allein machen musste, sie war schließlich nicht irgendwer, sondern unter den Top Ten der Travel-Influencer in Deutschland. Und dann bricht sich dieser Idiot Marvin das Bein und kann nicht mitfliegen.

Mit düsteren Gedanken über ihren Fotografen machte sich Sophie auf den Weg zu der kleinen Landzunge, die felsig und mit dichtem Gebüsch überwuchert ins Meer hineinragte. Von dort hätte sie sicherlich ein tolles Motiv, mit der blauen Bucht im Hintergrund.

Vorsichtig stapfte sie den kleinen Trampelpfad entlang zur Landzunge. Hier lag überall irgendwelcher Müll rum, da konnte man doch kein Foto machen. Sie könnte sich aber auf die Kiste dort hinten stellen, da wäre der Winkel besser, und man sähe weniger Müll und mehr vom Wasser.

Mühsam schob sie sich durch das Gestrüpp zur Kiste. Und starrte hinein. Hashtag achduscheisse. Eine tote Frau.

Sophies Kopf schwirrte. Was nun? Sie griff schon zum Smartphone, um die Polizei zu rufen, doch sie hielt inne.

Das gute Kind war schon tot, das sah ein Blinder. Jetzt wäre die Gelegenheit, @travelina2000 zu übertrumpfen, und zwar deutlich.

Sophie kämpfte sich zurück zur Bucht und sah auf die Uhr. Es war fünf Minuten vor acht, die meisten ihrer Follower waren noch nicht online. Sie wartete bis halb neun und beobachtete nervös die Ankunft der ersten Badegäste in der Bucht. Hoffentlich kam keiner von denen auf die Idee, über die Landzunge zu spazieren. Aber die Touristen waren vollauf damit beschäftigt, ihre Sonnenschirme und Matten auf den Felsen zu platzieren.

Um halb neun atmete Sophie durch, schaltete ihr Smartphone auf Liveaufnahme, Hashtag followmearound, und streamte die nächsten Minuten direkt in ihre sozialen Kanäle.

»So, ihr Lieben, hier ist eure Sophie! Eure Reise-*Chica*, live aus Mallorca. Ich habe für euch einen absoluten Geheimtipp, die Caló des Moro.« Sophie plapperte und schwenkte ihr Smartphone über die Bucht.

Die ersten Likes trudelten ein. Die Community war wach und bereit, ihr live zu folgen.

»Super Location, oder? Ich gehe mit euch mal diesen Pfad entlang, mal sehen, wo der hinführt.« Sie kicherte albern und überlegte fieberhaft, wie sie den Leichenfund nun am besten inszenierte.

»Ooops, eine Kiste. It's Unboxing-Time! Wollen wir mal gucken, was drin ist?« Sophie hielt das Smartphone vor sich und stolperte das zweite Mal durch das Gebüsch zu der Kiste. Unboxing-Time, so ein Schwachsinn, dachte sie ärgerlich. Sie hätte sich vorher besser überlegen sollen, was sie sagt. Aber live ist live, das kann man nicht wiederholen.

Sie hielt das Smartphone vor sich auf den Weg, um dann die Kamera langsam auf den Inhalt der Kiste zu richten, sie zoomte und kreischte im richtigen Moment los. »Oh my God! Oh my God! Das ist ja eine Leiche!«

Oscarreife Performance, fand sie und hielt weiter die Kamera auf das Gesicht der toten Frau gerichtet. »Oh my God!« Sie schrie und schrie.

Durch das Geschrei waren die Badegäste in der Bucht auf sie aufmerksam geworden. Zwei Männer in Shorts rannten über den Trampelpfad auf sie zu. Der ältere der beiden warf einen Blick in die Kiste, dann entriss er Sophie umstandslos das Smartphone. Er wählte den Notruf, benachrichtigte in fließendem Spanisch die Polizei und warf Sophie das Telefon wieder zu. Beide Männer hatten alle Hände voll zu tun, die restlichen Badegäste daran zu hindern, ebenfalls über die Landzunge zu trampeln, um zu sehen, was es dort für einen Aufruhr gab.

In dem Durcheinander schnappte sich Sophie ihren Rucksack und schob sich langsam durch die Menge zurück zur Bucht, eilte den kleinen Hügel hinauf und lief zu ihrem Mietwagen. Sie checkte ihre Kanäle. Gut zehntausend Views innerhalb von wenigen Minuten. Rasende Reisereporterin Sophie. Das soll @travelina2000 erst einmal nachmachen.

24

Die schlimmsten Befürchtungen des Krisenstabs waren wahr geworden – auch die zweite Frau war tot. Gleichzeitig war in Magaluf eine weitere Vermisstenmeldung aufgegeben worden, die genau ins Schema passte. Joyce Reed, zwanzig Jahre alt, blonde Britin.

Robla hatte den Krisenstab einberufen und sogar Johanna und Gemma dazugeholt. Neben Héctor saßen bereits Arnau Àlvarez und Miguel Perez, Catalina Taverner, Jaume Blanc und Gabriel Ferrer im Konferenzraum.

Der richterliche Beschluss für die Überwachungsvideos aus dem »Beachclub« und das Material waren soeben eingetroffen, sie sahen es sich zusammen an.

Catalina klickte in die Datei, nach kurzem Suchen hatte sie Laura Hofstetter gefunden. Sie beobachteten, wie sich Laura um zwei Uhr elf in die Schlange an der Bar stellte. Als sie das Bier in der Hand hatte, sah sie sich um und setzte sich an einen leeren Tisch in der Nähe der Bar. Sie trank das Bier in zwei Zügen aus, stellte sich erneut in die Schlange und kaufte noch ein Bier, mit dem sie sich wieder an den leeren Tisch setzte. Ein Mann mit einer dunklen Kappe beugte sich über Laura, redete mit ihr. Sie lächelte ihn an. Er prostete ihr zu. Die beiden unterhielten sich, offenbar hatte der Mann Laura etwas gefragt, denn sie drehte sich um und zeigte auf den hinteren Bereich der Disco.

Der Krisenstab beobachtete, wie der Mann, unbemerkt von Laura, etwas in ihr Bier schüttete. Danach prostete er ihr wieder zu. Laura trank und zeigte bald darauf die gleichen Ausfall-erscheinungen wie Irina. Sie versuchte, vom Tisch aufzustehen, und knickte sofort wieder ein. Der Mann half ihr auf und schob sie in Richtung Ausgang. Sein Gesicht war wieder kein einziges Mal zu erkennen.

»Sind das Bild von dem Kerl und die Info zum zweiten Mord schon an die Presse gegeben?«, fragte Robla.

Héctor nickte. »Hat die Pressestelle vor ungefähr einer Stunde rausgeschickt.«

Das Team zog nahezu zeitgleich die Smartphones heraus, um zu überprüfen, was die Presse aus der Nachricht gemacht hatte.

Roblas Handy klingelte, er nahm ab, lauschte, schließlich verließ er mit großen Schritten den Raum.

Gemma hatte bereits einen aktuellen Artikel zu den Morden aufgerufen. Sie hielt ihren Screen so, dass Héctor mitlesen konnte. Die ersten Onlinemagazine hatten schon reagiert, stellte er fest. »Der Teufel von Mallorca« titelten die Medien, die Roblas Formulierung sofort übernommen hatten. »Zwei Urlauberinnen getötet – ist es ein Serienmörder?«

Garniert war das Ganze mit dem praktisch unkenntlichen Bild aus der Videoaufnahme. Man sah eigentlich nur einen dunklen Fleck und erahnte eine Baseballkappe.

Die Menschheit kann zum Mars fliegen, aber keine Überwachungskameras bauen, die den Namen auch verdienen, dachte Héctor. Hoffentlich werden es nicht noch drei Tote.

Gabriel Ferrer telefonierte gerade mit den Kollegen in Magaluf und berichtete, was über die dritte vermisste Frau bereits bekannt war. »Sie ist diesmal nicht aus einer Disco verschwunden. Die Freundinnen wollten gestern Abend gegen zehn Uhr in eine Bar, Joyce Reed blieb draußen und wollte einmal um den Block gehen, weil ihr schlecht war. Sie ist nicht in die Bar nachgekommen und seitdem weg. Sie hatte den einzigen Schlüssel zum Ferienapartment, deshalb schwören die Freundinnen, dass sie nicht weggegangen wäre, ohne ihnen den Schlüssel zu geben. Und sie habe nie Alkohol getrunken, weil sie wegen einer Panikstörung starke Medikamente nimmt, die sich nicht mit Alkohol vertragen. Ach ja, und das Handy ist aus. Wir können es also nicht orten.«

Alle sahen sich an. »Das ist aber ein ganz anderes Muster«, sagte Catalina.

»Ganz anders«, echote Jaume. »Nicht aus einer Disco entführt und viel früher am Abend. Schon um zehn Uhr.«

»Hat die Bar eine Überwachungskamera am Eingang?«, fragte Gemma.

Héctor verzog den Mund. »Hat sie, aber …«

»… der Beschluss ist noch nicht da«, beendete Gemma seinen Satz und schüttelte ungeduldig den Kopf.

Daniela Mendoza von der Kriminaltechnik war ebenfalls zu dem Meeting geladen, um die ersten Erkenntnisse zu Laura Hofstetter mitzuteilen. Sie hastete herein und entschuldigte sich für die Verspätung. »Ich musste erst mit Vega sprechen«, und Héctor ahnte, warum das so lange gedauert hatte.

Daniela ergriff das Wort. »Das Vorgehen ist das gleiche«, erklärte sie. »Das Opfer Laura Hofstetter war in einer baugleichen Kiste aufgefunden worden, analog zum Mord an Irina Andrejew.«

Immer wenn Daniela nervös war, fing sie an, in Behördensprache zu reden, wusste Héctor. Er lächelte ihr freundlich zu, goss ihr einen Kaffee ein, tat ein wenig Milch dazu, wie sie es mochte. Dann schob er ihr die Tasse hin. Sie lächelte zurück und entspannte sich ein bisschen.

»Es gab keine Schleifspuren, wir gehen davon aus, dass die Kiste zum Fundort getragen wurde. Es war wieder eine handelsübliche Transportkiste.«

»Was genau wird in solchen Kisten transportiert? Ich meine, wer auf der Insel setzt die ein?«, fragte Miguel Perez.

»Leider jeder, der etwas Empfindliches oder Hochwertiges transportiert. Glasflaschen, Keramik, Gläser mit Soßen oder Gewürzen, Ersatzteile für Maschinen und so weiter.« Daniela nahm einen Schluck Kaffee. »Die Kisten gelangen fast immer gefüllt mit den Waren auf die Insel, sie werden aber auch leer in Baumärkten verkauft. Sie sehen alle ähnlich aus, haben aber kleine bauliche Unterschiede. Und auch in dieser Kiste waren winzige Splitter. Ich gehe davon aus, dass in beiden Kisten Geschirr transportiert wurde.«

Diese Information ist auf einer Insel voller Keramiksouvenirs, Restaurants und Hotels mit viel Geschirrbedarf noch nicht ganz zielführend, aber immerhin, dachte Héctor.

»Der Fundort war ansonsten voller Spuren, da scheinen etliche Leute herumgetrampelt zu haben«, fuhr Daniela fort. »Aber nichts, was mich aufmerken ließe. Es hat ja seit Wochen nicht geregnet, es ist alles knochentrocken. Weder hier noch bei dem Fundort von Andrejew gab es Reifen- oder Fußabdrücke.« Sie zog ein Protokoll aus ihrer Aktentasche. »Ich habe auch mit Bruno gesprochen. Der Mord geschah wieder auf die gleiche Weise, das Opfer war mit Handschellen gefesselt worden, die unter Strom genommen wurden. Wir haben wieder Knochenbrüche durch die Traktion beim Stromschlag, beide Unterarmknochen sind gebrochen, beide Oberschenkelknochen. Die Todesursache war allerdings in diesem Fall ein Kammerflimmern, das zum Herzstillstand führte.«

»Hatten die beiden Toten eigentlich Drogen genommen oder Alkohol getrunken?«, fragte Gabriel Ferrer.

»Irina Andrejew hatte null Promille, Laura Hofstetter einen niedrigen Wert, sie kann höchstens ein oder zwei alkoholische Getränke zu sich genommen haben«, sagte Daniela mit Blick auf ihre Unterlagen. »Keine Drogen gefunden. Was mit K.-o.-Tropfen ist, kann ich nicht sagen, ihr wisst ja, dass die sich sofort abbauen und sich schon nach kurzer Zeit nicht mehr nachweisen lassen.«

Die Runde murmelte Zustimmung, dieser Fakt war hinlänglich bekannt.

»Hat sie andere Verletzungen?«, fragte Catalina, sekundiert von Jaume, der »Oder Hinweise auf Missbrauch?« hinzufügte.

Daniela schüttelte den Kopf. »Nichts dergleichen. Natürlich Brandwunden dort, wo die Handschellen die Haut berührt haben. Die standen ja unter Strom. Wir sind uns übrigens sicher, dass es Handschellen waren, die Form der Brandwunden spricht dafür.« Sie räusperte sich. »Aber ansonsten war sie völlig unversehrt. Keine Vergewaltigung, keine Schläge ins Gesicht, nichts.«

»War der Deckel der Kiste geschlossen, als der Strom angeschaltet wurde?«, fragte Johanna. »Kann man das feststellen?«

Daniela nahm noch einen Schluck Kaffee. »Gut, dass du fragst, das wollte ich noch hinzufügen. Ja, in die Kisten war jeweils ein Loch gebohrt, vermutlich für das Stromkabel. Der Deckel muss geschlossen gewesen sein, das sieht man an den Brüchen und an den Hautabschabungen am Deckel.«

»Das ist seltsam«, sagte Johanna nachdenklich. »Er wollte sie töten, aber er wollte nicht dabei zusehen.«

Nach diesem Satz saßen alle verstört im Konferenzraum, als Robla von seinem Telefonat wieder ins Zimmer kam.

»Was ist los mit euch, macht ihr Mittagspause?«, fragte er unwirsch in die schweigende Runde. Er wies auf sein Handy. »Ich hatte Verstärkung aus Madrid angefordert. Kommt aber nur ein Fallanalytiker. Muss ein toller Hecht sein, Madrid ist voll des Lobes. Heißt Adrian Ortega. Sitzt schon im Flieger und ist gleich da.« Er nuschelte, jetzt zu einem anderen Meeting zu müssen, bellte: »Ballester, übernehmen«, und verließ den Raum.

Héctor hatte den Verdacht, dass Robla sie gerade angelogen hatte. Er hatte nie im Leben Verstärkung angefordert, das würde ja bedeuten, er habe die Sache nicht im Griff. Héctor vermutete, dass Madrid vielmehr umgekehrt ihnen den hochgelobten Fallanalytiker aufs Auge gedrückt hatte, um ihnen auf die Finger zu gucken.

Einer mehr ist auf jeden Fall gut, dachte er optimistisch.

25

Die Ankunft des Profilers keine Stunde später entpuppte sich als Überraschung für alle Beteiligten. Héctors Krisenstab saß immer noch im Konferenzraum, als der Empfang anrief.

»Ortega ist da, ist auf dem Weg zu euch.«

Héctor eilte zur Tür, um den Profiler zu begrüßen, als ihm mit schnellem Schritt eine junge Frau entgegenkam. Ihr Haar war zu einem perfekten Pferdeschwanz zusammengefasst, der so aussah, als sei er schwarz lackiert. Sie trug einen maßgeschneiderten anthrazitfarbenen Hosenanzug mit einer weißen Bluse darunter, dazu High Heels. Unter ihrem Arm klemmte eine Aktentasche aus Lackleder, hinter sich her zog sie einen kleinen metallenen Rollkoffer. Sie wirkte wie aus dem Modekatalog für Businessfrauen, Héctor schätzte sie auf Anfang dreißig.

»Hallo, ich bin Adrian Ortega«, sagte sie und streckte Héctor ihre Hand entgegen. Sie sprach das »Adrian« englisch aus.

Héctor sah sie mit offenem Mund an und schüttelte langsam die dargebotene Rechte. »Ähm, Héctor Ballester«, sagte er vorsichtig.

»Ich sehe, man hat mal wieder versäumt mitzuteilen, dass ich eine Frau bin«, bemerkte Adrian Ortega kühl. »Das ist immer ein großer Aha-Effekt für alle.«

Sie wandte sich zu der Gruppe um, die ebenso verblüfft wie Héctor dasaß und sie anstarrte. »Bevor ihr euch wundert, mein Vater ist ›Rocky‹-Fan.«

Johanna und Gabriel nickten wissend, doch die anderen Anwesenden waren wohl zu jung, um die Anspielung deuten zu können.

Johanna erklärte: »Ein alter Film mit Sylvester Stallone, in dem er den Boxer Rocky spielt. Seine Freundin heißt Adrian. Das ist eine tolle Szene, wenn Rocky zum Schluss, als er den Kampf verloren hat, immer wieder ihren Namen brüllt. ›Adriaaaan! Adriaaaan!‹«, machte sie den Schrei nach.

Adrian nahm die schicke Aktentasche und stellte sie auf den Tisch. »Genau wegen dieser Szene. Man sagte mir, ich sollte gleich zum Treffen des Krisenstabs kommen?«

»Nun, da bist du. Herzlich willkommen«, sagte Héctor lächelnd. Er hatte sich wieder gefangen.

Adrian schaute noch einmal in die Runde, alle sahen sie erwartungsvoll an. Ihr Blick blieb an Gemma hängen, wanderte von ihrem zerzausten Zopf über das verwaschene Shirt hinunter zu den ausgefransten Shorts. Sie drehte sich wieder zu Héctor um.

»*Das* ist der ganze Krisenstab? Ihr habt zwei Morde, oder sehe ich da was falsch? Vielleicht einen Serienmörder? Und du sitzt hier mit Anfängern und Rentnern?«

Sie betrachtete noch einmal die jungen Polizisten, Gemma in ihrem Strand-Outfit, Gabriels zerschlagene Nase, seine grauen Schläfen und Johannas Gehstock.

»*Das* ist vollkommen richtig«, sagte Héctor säuerlich. Er mochte es nicht, wenn jemand sein Team kritisierte, bevor es überhaupt sein Können unter Beweis stellen konnte. »Außerdem sind das ziemlich fähige Anfänger und Rentner.«

Er hatte gerade ein Déjà-vu, denn solche Einschätzungen ohne Rücksicht auf Verluste kannte er bereits von Gemma. Jetzt hatte er zwei von der Sorte im Team.

Er bot Adrian einen Stuhl an. Anschließend fasste er die beiden Fälle und die neuesten Erkenntnisse für sie zusammen.

»Er hat sie also entführt und getötet, wollte sie aber nicht sterben sehen«, sagte Adrian. »Das ist seltsam.«

»So weit waren wir auch schon«, schnappte Gemma.

Adrian beachtete sie gar nicht. »Was ist das für eine Spur mit diesem schwarzen Konfetti?«, fragte sie in die Runde.

Johanna und Gemma schilderten, wie sie die Aktivisten ermittelt hatten. »Es dürfte sich bei der Gruppe um Antoni Munar, Ruben Ros, Luca und Xavier Fuster handeln«, schloss Johanna. »Das ist aber nur eine Vermutung. Ziemlich sicher können wir nur bei Ruben Ros sein.«

Adrian musterte Gemma und Johanna kühl. »Ich halte ja

nicht viel von Privatermittlern«, sagte sie zu Héctor gewandt. »Handhabt ihr das hier immer so? Und auch noch Undercover-recherchen, das fliegt uns vor Gericht doch um die Ohren.«

»Wir müssen immerhin nicht dauernd erst Anträge ausfüllen, bevor wir handeln. Wir schlagen sofort zu«, sagte Gemma mürrisch, und Héctor wünschte, sie hätte es nicht gesagt.

»Genau das meinte ich«, sagte Adrian kühl. »Das fliegt uns um die Ohren.«

Um das Thema zu beenden, berichtete Héctor kurz von den weiteren Ermittlungen. Weder die Befragungen der Familien und Freunde noch die Suche nach Zeugen in Magaluf und an der Playa de Palma hatte auch nur die geringste Spur ergeben. Auch die Untersuchung der Beweismittel, die Kisten und die Kleidung der toten Frauen, hatte kein konkretes Ergebnis gebracht. Die Handys der Frauen waren sofort nach der Entführung ausgeschaltet oder zerstört worden, sie hatten sie weder gefunden, noch konnten sie sie orten.

Während Héctor sprach, klickte sich Adrian im Schnelldurchlauf durch die Überwachungsvideos. Als er geendet hatte, saß sie mit halb geschlossenen Augen auf ihrem Stuhl. Gemma wollte etwas sagen, doch Adrian hob die Hand. »Still jetzt. Ich denke.«

Das ganze Team saß fünf Minuten schweigend da, mit verschränkten Armen. Alle starrten die Profilerin skeptisch an.

Hoffentlich kommt da bald was, dachte Héctor inständig. Sie hatten zwei Morde aufzuklären und nicht die Zeit, stundenlang einfach nur dazusitzen.

Schließlich öffnete Adrian die Augen wieder. »Den Videos nach zu urteilen ist es ein jüngerer Mann. Höchstens vierzig, mindestens siebzehn oder achtzehn. Eher älter, um die dreißig. Verhält sich selbstsicher, sehr geschickt. Als sei er es gewohnt, sich in Menschenmassen zu bewegen. Er muss sehr gut aussehen. Beide Frauen lassen sich sofort von ihm ansprechen, sind gewillt, mit ihm zu flirten.«

»Vielleicht ist er auch sehr charmant oder witzig«, warf Johanna ein. Sie hatte stets humorvolle, intelligente Männer den

Schönlingen vorgezogen. Schönlinge konnten schnell langweilig werden.

»Eher nein«, sagte Adrian. »Die Frauen lächeln gleich zurück, als er sie anspricht. Er hat gar keine Zeit zum Witzigsein, sie sind sofort begeistert von ihm. Ich habe den Eindruck, er macht das nicht zum ersten Mal. Es klappt zu gut. Gibt es keine ähnlichen Fälle? Vielleicht auf dem Festland? Irgendwo anders?«

Héctor schüttelte den Kopf. »Ich habe eine Abfrage bei den Kollegen in Madrid und bei Europol gemacht. Da war nichts.«

»Merkwürdig. Er muss einen Wagen haben und den irgendwo in der Nähe bei den Discos geparkt haben. Es war ein Risiko, so öffentlich zu agieren. Aber dass ein Mann mit einer sichtlich betrunkenen Frau im Arm in Magaluf und an der Playa nicht bemerkt wird, dürfte zu seinem Plan gehört haben. An jedem anderen Ort wäre er aufgefallen, aber nicht auf den Partymeilen. Da gehört das zum Straßenbild. Wenn er noch einmal zuschlägt, dann nur dort, an diesen beiden Plätzen.«

»Wir haben schon an alle Discos weitergegeben, sie sollen Durchsagen machen. Dass die Frauen auf ihre Getränke aufpassen, auf sich gegenseitig achten sollen. Sie machen es auch, hat der Gaststättenverband gesagt«, berichtete Gabriel.

Adrian fuhr fort. »Die Opfer hatten Druckstellen und Lungenquetschungen, steht in euren Berichten. Sie mussten in Embryonalstellung in den Kisten liegen, weil die Dinger nicht groß genug waren, um sich auszustrecken. Das heißt, er hat sie vermutlich schon im Wagen in die Kisten gelegt. Er muss einen großen Wagen haben, vermutlich einen Kombi oder Transporter. Und er hat einen Rückzugsort. Ein eigenes Haus, abgelegen, aber mit Stromversorgung. Beide waren bei Bewusstsein, als er sie getötet hat. Sie werden geschrien haben. Er musste sich sicher sein, dass niemand sie hören kann, also wird das Haus keine Nachbarn haben.«

Adrian sah sich auf dem Tisch um, nahm sich eine Flasche Mineralwasser und öffnete sie geschickt mit ihrem Kugelschreiber.

»Dass die dritte Vermisste zur Serie gehört, ist fraglich. Sein Vorgehen hat zweimal wunderbar funktioniert, warum sollte er es jetzt anders machen? Entweder haben sich für ihn Rahmenbedingungen geändert, oder Joyce Reed gehört nicht zu den Opfern.«

»Er könnte das Foto von sich in den Zeitungen gesehen haben, und deshalb schlägt er nicht mehr in der Disco zu?«, schlug Arnau vor.

»Das Foto haben wir erst heute Morgen in die Presse gegeben, Joyce ist gestern Abend verschwunden«, erinnerte Gemma ihn. Arnau wirkte geknickt und schwieg.

Adrian schloss die Augen noch einmal und öffnete sie kurz danach wieder. »Er wollte nicht sehen, wie sie starben. Es ist nichts Sexuelles. Es geht ihm um Macht. Das Gefühl, einfach durch einen Knopfdruck ein Leben auslöschen zu können, als würde er das Licht ein- oder ausschalten. Nebenbei.« Sie runzelte die Stirn. »Aber es gibt ein Muster. Es waren immer junge, hübsche, blonde Frauen. Es muss eine junge blonde Frau in seiner Umgebung existieren, die er dominieren oder bestrafen will und nicht kann.«

Der Krisenstab schwieg beeindruckt. Einige dieser Themen hatten sie auch schon diskutiert, aber bislang hatte niemand die Erkenntnisse so strukturiert zusammengefasst. Skeptisch verzog Gemma den Mund, sagte aber nichts.

Adrian ist zwar arrogant, dachte Héctor. Aber wer richtig gut ist, darf auch arrogant sein. Er sah auf die Uhr, es war beinahe acht Uhr abends. Alle waren seit morgens auf den Beinen und hatten an den Ermittlungen gearbeitet.

»Okay, morgen früh geht es weiter. Catalina und Jaume, ihr fahrt nach Magaluf und geht mit den Kollegen dort auf die Suche nach Zeugen zu der dritten Vermissten, Joyce Reed. Miguel und Gabriel, ihr sucht weiter nach Hinweisen zu unseren Beweismitteln. Finden wir noch mehr zu den Kisten heraus? Zu den Handschellen? Zu dem schwarzen Konfetti aus dem Fall Andrejew? Johanna und ich überprüfen die Alibis von unseren Aktivisten. Und Gemma und Adrian, ihr geht zusammen noch einmal alle bisherigen Ermittlungen durch. Vielleicht haben wir irgendetwas übersehen.«

Er hoffte sehr, dass seine Freundin und die Profilerin ihre klugen Köpfe zusammensteckten und sie sich nicht gegenseitig einschlugen. Müde räumte er Unterlagen und Laptop zusammen und stopfte alles in seine Tasche.

Johanna hielt ihn zurück, als er den Raum verlassen wollte. »Bitte, kommst du mit zum Abendessen? Ich habe Ortega eben spontan eingeladen und es sofort danach bereut.« Sie lächelte schwach. »Du kannst mich mit den beiden Intelligenzbestien nicht allein lassen. Ich weiß nicht, was ich tun soll, wenn sie sich zerfleischen.«

Das konnte Héctor nur zu gut verstehen. Er wusste es allerdings auch nicht.

26

Beni saß auf den Zinnen seiner Festung im Mondschein und dachte angestrengt nach. Er hatte seinen Bau tagelang nicht verlassen, um das kaputte Mädchen nicht allein zu lassen. Morgen würde er nach Illetes gehen müssen. Wasser holen, etwas zu essen. Eine Spange für das schöne Haar. Und etwas gegen den Geruch.

Er hatte lange nicht an Ona gedacht. Versucht, nicht an sie zu denken. Sie hatte auch so schönes Haar gehabt. Er hatte sie gern frisiert, ihr Spangen und Bänder ins Haar gesteckt.

Auf Ona hatte er nicht gut genug aufgepasst. Er hatte sie nicht retten können. Das sollte ihm nicht noch einmal passieren.

Er umrundete die Traverse, ging vorbei an den Resten des Geschützpivots und stieg hinab in den Deckungsgraben. Er hatte dort kürzlich eine Eisenstange entdeckt, die wollte er holen. Er hatte es gut verstanden, warum die Erbauer diese Häuser so gebaut hatten, hier im Graben. So würde er auch Häuser bauen. Versteckt vor allen fremden Blicken, tief im Boden. Schade, dass die Dächer alle Löcher hatten, dass niemand die Häuser noch brauchte.

Im Deckungsgraben lagen leere Dosen, Fensterkreuze, Plastikflaschen. Beni suchte, wenig später hatte er die Eisenstange gefunden. Daneben lag ein rostiges Messer, das nahm er auch mit. Er wusste selbst nicht recht, was er damit wollte. Sie verteidigen vielleicht. Vor den Ratten, den wilden Katzen.

Er hatte oft daran gedacht, Ona einfach zu folgen. Es wäre so leicht. Ein Boot stehlen, hinausfahren und sich ins tiefe Meer sinken lassen. Weit draußen. So wie Ona.

Jetzt ging das nicht mehr. Dann wäre das Mädchen ganz allein und ohne Schutz vor Ratten, vor der Dunkelheit.

Er brauchte etwas zu essen und etwas Schönes für das Mädchen. Und vielleicht würde er auch ein wenig Geld erbetteln und daheim anrufen. Am Hotel gab es noch einen Münzsprecher, einen der wenigen, die geblieben waren. Er hatte Mama und Papa schon lange nicht mehr angerufen. Nur damals einmal, als Ona weg war. Wusste er die Nummer noch? Er dachte nach. Die Zahlen wirbelten durch seinen Kopf.

Beni hatte sich, lang ist es her, mal auf seinen Verstand verlassen können. Doch es war alles weg, stattdessen war der Kopf voller Watte, voller Quark. Es rutschte alles hin und her, weich und konturlos. Ohne eine Spur zu hinterlassen. Ohne dass er einen dieser weichen Gedanken hätte festhalten können.

27

Die Kapmargeriten ließen die Köpfe hängen, im Pool schwammen tote Insekten, und auf dem Weg vom Auto zur Terrasse zertrat Johanna drei der schwarzen Palmkäfer. Sie sahen aus wie dicke dunkle Knöpfe.

So geht es nicht, dachte sie düster. Der Laden, die Fälle, es ist zu viel. Sie war nicht mehr die Jüngste. Und Gemma war auch nicht die geborene Hausfrau. Was sie bräuchten, wäre ein Gärtner.

Sie seufzte. Auf der Terrasse hockte Gemma, tippte etwas auf dem Laptop und wirkte mürrisch.

»Héctor muss nicht kochen heute. Ich habe kalte Vorspeisen gekauft, das muss reichen«, sagte Johanna, als sie die Einkäufe begutachtete, die sie auf die Terrasse gestellt hatte.

»Warum hast du eigentlich diese Angeberin eingeladen?«, fragte Gemma. Sie wirkte verärgert. »Haltet alle die Klappe, ich muss nachdenken«, äffte sie die Profilerin nach.

Johanna musste sich ein Lachen verkneifen. »Du bist doch nicht etwa neidisch?«

Sie ahnte, was in ihrer Enkelin vorging. Gemma war es gewohnt, dass sie stets die Klügste im Raum war. Es war selbstverständlich für sie. Und da kam so eine gelackte Schlaumeierin aus der Hauptstadt und war genauso klug.

Die beiden zusammen wären ein unschlagbares Ermittlerteam, dachte Johanna und machte sich daran, die Vorspeisen auf Teller zu verteilen. Gemma kam und half. Sie hatte sich wieder ein wenig beruhigt.

Adrian und Héctor trafen fast zeitgleich mit den Dienstwagen ein und parkten auf dem gekiesten Hof hinter dem Haus.

»Sie haben es aber schön!«, rief Adrian, als sie die Orangen- und Mandelbäume sah, die blühenden Oleanderbüsche, die hübschen Zwergpalmen und den kleinen Pool, der in einer ehemaligen Zisterne untergebracht war. Der Mond war über dem Randaberg aufgegangen und tauchte den Garten und die Terrasse in ein magisches Licht.

»Woher haben Sie denn dieses Prachtstück von Finca?« Offenkundig versuchte sie, ihr ruppiges Auftreten in der Konferenz wieder etwas wettzumachen.

»Oh, Haus und Grundstück gehörten dem Mordopfer unseres letzten Falles«, sagte Johanna freundlich.

»Ach, das ist ja spannend. Haben Sie den Fall gelöst?«

»Haben wir«, antwortete Gemma kühl, die gerade dazukam. »Wir Anfänger und Rentner haben doch glatt diesen Fall gelöst. Es waren sogar zwei Fälle.«

Sie hat offenbar nicht vor, Adrian ungeschoren davonkommen zu lassen, dachte Johanna.

»Entschuldige, ich habe das vorhin nicht so gemeint. Ich sage manchmal einfach, was ich denke. Nicht sehr höflich, befürchte ich.«

Héctor lachte. »Gemma kann das auch sehr gut.«

Bevor jemand auf die Idee kam, dieses verminte Thema noch weiter zu vertiefen, servierte Johanna die Vorspeisen. Sie hatte würzigen blutroten Serranoschinken gekauft, eingelegte Oliven und Kapern, dazu einen Trempósalat mit Meeresfrüchten, saftige sonnengereifte Tomaten, *sobrasada* und Brot.

Alle griffen zu, während Héctor Adrian über ihre Tätigkeit als Fallanalytikerin ausfragte. Sie hatte eine charmante Art, erzählte spannend von aufregenden Fällen und Ermittlungen. Johanna und Héctor hingen an ihren Lippen, während Gemma weiter missmutig ihr Brot in Olivenöl tunkte und recht wenig sagte. Als Héctor über eine besonders gelungene Episode laut lachte, sah Gemma ihn wütend an.

Johanna schmunzelte in sich hinein. Zum ersten Mal erlebte Gemma, was Eifersucht ist. Das musste für einen durch und durch vernunftgesteuerten Menschen eine interessante Erfahrung sein. Große Gefühle.

Hoffentlich übertreibt Héctor es nicht, dachte sie.

28

Johanna holte aus und hieb dem Mann ihren Gehstock über den Schädel. Der Hüne stöhnte vor Schmerz und suchte rasch hinter einer Zwergpalme Schutz.

»Das reicht jetzt!«, rief er und hielt sich abwehrend die Hände über den Kopf.

Johanna ließ von ihm ab. Der Mann kam langsam hinter der Palme hervor und schälte sich aus seinem wattierten Schutzanzug. Er hieß Dieter Puck, genannt Pucki, und war einer der besten Kampfsporttrainer Mallorcas.

Pucki rieb sich die Schläfe und klopfte Johanna anerkennend auf die Schulter. »Das war ein guter Schlag.«

Er drehte sich zu den vier weiteren Senioren um, die die Schlägerei interessiert beobachtet hatten.

»Fest zuschlagen«, schärfte er den älteren Herrschaften ein, die zu dieser frühen Stunde auf dem gekiesten Hof von Johannas Finca standen und ebenfalls Gehstöcke in den Händen hielten. »Nutzt das Überraschungsmoment aus.«

Walter Becker, ein Mittsiebziger in kariertem Hemd und weißer Jogginghose, machte einen Ausfallschritt nach vorn. Er hieb den Stock durch die Luft und rief laut »Da! Und da!«, während er seine Gehhilfe auf die Häupter unsichtbarer Gegner sausen ließ. Bevor er den Lavendel im Blumenbeet neben der Einfahrt köpfen konnte, stoppte Johanna ihn.

»Was *macht* ihr da?«, rief Gemma von der Terrasse. Sie hielt eine Kaffeetasse in der Hand und rieb sich verschlafen die Augen.

»Selbstverteidigung für Senioren, mein Kind«, informierte Johanna sie.

Pucki stöhnte. »Ich wusste allerdings nicht, dass deine Großmutter eine Kampfmaschine ist.« Er rieb sich noch immer den Kopf, Johanna hatte ihm trotz des wattierten Anzugs einen ordentlichen Hieb verpasst. »Liegt wohl bei euch in der Familie.«

Gemma trainierte ebenfalls bei ihm Kampfsport und war die

Beste in seinem Kurs. Sie schüttelte den Kopf und ging wieder ins Haus.

Die Senioren übten noch eine Weile mit Pucki, bis Johanna schließlich die Stunde beendete. Héctor würde sie gleich abholen. Sie hatte am Vorabend irritiert festgestellt, dass er nicht bei ihnen übernachten wollte, sondern sich nach dem Essen verabschiedete und heimfuhr.

»Ist bei euch alles in Ordnung?«, hatte sie Gemma gefragt, aber außer einem Nicken keine Antwort erhalten.

»Warum machst du das?«, fragte Gemma, als Johanna wieder ins Haus kam.

»Ich will im Training bleiben«, sagte Johanna. Sie tupfte sich die schweißnasse Stirn mit einem Handtuch ab. Sie war nicht überrascht, dass Gemma von den Trainingsstunden noch nichts mitbekommen hatte. Sie trainierten sehr früh, wenn Gemma noch schlief.

Die sah sie misstrauisch an, sagte aber nichts.

Johanna hatte sich gerade für ein Twinset in einem pudrigen Hellgelb entschieden, als Héctor vorfuhr. Sie beobachtete, wie er und Gemma sich ein wenig distanziert begrüßten. Dann stieg sie in Héctors Dienstwagen, um mit ihm die Fährte zu den Aktivisten wiederaufzunehmen.

»Lass uns über S'Aranjassa fahren«, schlug Johanna vor. »Die kleine Bäckerei dort hat hervorragende *ensaïmadas*, ich nehme welche mit.«

Héctor machte eine abwehrende Geste. »Bitte nicht. Wenn du welche kaufst, muss ich auch welche kaufen. Ich liebe *ensaïmadas*.«

Johanna lachte. »Ist ja gut. Also kaufen wir keinen Süßkram.« Héctors Diätplänen wollte sie nicht im Weg stehen. Sie erkundigte sich auch bei ihm, ob zwischen Gemma und ihm alles in Ordnung sei, und erntete ebenfalls nur ein Nicken. Es ging sie auch überhaupt nichts an, entschied Johanna.

In Port d'Andratx bogen sie wieder am Hafen rechts ab und schlängelten sich über die kleine Bergstraße zum Ros'schen Anwesen.

»Oh, Señora Johanna aus Deutschland«, sagte Amancio Ros galant, als sie mit Héctor vor der Tür stand. »Und auch noch in Begleitung der Polizei.« Er schüttelte Héctor die Hand. »Was kann ich für Sie tun?«

»Wir würden gern Ihren Sohn sprechen. Ruben«, sagte Héctor.

Ros blinzelte kurz, lächelte dann aber wieder. »Oh, hat der Bursche etwas angestellt? Er ist nicht da, leider. Wollte Freunde treffen, glaube ich. Er ist zwanzig, da meldet man sich nicht mehr beim Vater ab.« Er wandte sich an Johanna. »Sie waren also vorgestern nicht nur die charmante Begleitung von Señor Riera, wie? Sie hatten die Gelegenheit, sich etwas umzusehen, wie ich von Patrice hörte.« Patrice war offenbar der Butler, der Johanna in Rubens Räumen erwischt hatte. Ros' Stimme klang nun schärfer.

»Ich hatte mich nur auf dem Weg zu den Waschräumen verlaufen«, hauchte Johanna unschuldig.

Ros wandte sich um und führte seine Gäste von der Eingangshalle in einen großen, hellen und geschmackvoll eingerichteten Wohnraum. Wandhohe Fenster gaben den Blick frei auf die Terrasse, den vorderen Garten und die Felsnase, dahinter das blaue Meer. Es war ein überwältigender Anblick.

»Setzen Sie sich doch«, sagte Ros und bot Johanna und Héctor den Platz auf einem tiefen Sofa an. Er selbst setzte sich lässig auf einen Hocker am marmorumsäumten Kamin.

Typisch Konzernchef, dachte Johanna. Er will immer etwas höher thronen als der Rest. Freundlich schlug sie den Platz im tiefen Sofa aus und entschied sich ebenfalls für einen erhöhten Hocker.

»Kennen Sie die Bandera Negra?«, fragte sie unvermittelt.

»Ach du je.« Ros lachte auf. »Was soll das denn sein?«

»Die Aktivistengruppe, die gegen den Massentourismus protestiert. Sie haben sicher davon gelesen. Tiermasken, Rauchbomben und so weiter. Sie wollen die Insel und die Arbeiterklasse von der Diktatur des Massentourismus befreien.«

Ros gab Patrice, der leise ins Zimmer getreten war, einen Wink und wandte sich wieder seinen Gästen zu.

»Ja, davon habe ich gelesen. Die wilde Jugend. So war ich früher auch.« Er schmunzelte jovial.

»Ihr Sohn scheint Teil dieser Gruppe zu sein«, sagte Johanna.

»Aha. Nun, ich weiß davon nichts. Und wenn es so sein sollte, dann hätte er meine volle Unterstützung.«

»Aber Sie leiten einen Hotelkonzern«, sagte Héctor erstaunt. »Und sind gleichzeitig gegen den Massentourismus?«

»Widersprüche.« Ros stand auf und ging zum Fenster. Er blickte hinaus, als er weitersprach. »Widersprüche machen den Menschen aus, nicht? Mir gehört ein Hotelkonzern, und gleichzeitig sehe ich, was der Massentourismus aus den Orten macht, in die die Urlauber in Scharen einfallen. Ich bin Kapitalist.« Er lachte und schob sich eine Strähne des schulterlangen weißen Haares aus der Stirn. »Und ich bin gleichzeitig ERC-Mitglied.«

Die Esquerra Republicana de Catalunya, die Republikanische Linke Kataloniens, kurz ERC, war eine pankatalanisch-linksnationale Partei, deren langfristiges Ziel vor allem ein unabhängiger katalanischer Staat war.

»Ich wäre Ihnen aber verbunden, wenn Sie das für sich behalten könnten. Die Investoren hören das nicht gern. Beides nicht.«

Johanna und Héctor starrten ihn an.

»Wie Sie meinen«, sagte Johanna. Ihr Blick fiel auf ein gerahmtes Foto, das auf einem der Beistelltische stand. Darauf zu sehen war Ros mit zwei Jungen, das Foto war mehrere Jahre alt. Ros hatte noch dunkle Haare, Ruben war vielleicht dreizehn oder vierzehn, der andere Junge achtzehn oder neunzehn. Das musste Rafel sein, ein hübscher junger Mann mit einem weichen Mund und tiefen Grübchen in den Wangen.

»Vermisst Ruben seinen Bruder sehr?«, fragte Johanna, ohne zu wissen, wie sie auf die Frage kam.

Ros zuckte zusammen und fing sich gleich wieder. »Ich denke, ja, Jungs erzählen nie so viel. Es ist allerdings schon lange her.«

»Darf ich fragen, was damals passiert ist?«

»Rafel war so wie alle Jugendlichen, hat gern Unsinn gemacht, auch mal Drogen ausprobiert. Leider hat er nicht aufgepasst. Es war eine Überdosis«, sagte Ros knapp. »Haben Sie sonst noch Fragen?«

»Können Sie uns sagen, wo Ruben in der Nacht vom 1. auf den 2. August und in der Nacht vom 4. auf den 5. August war? Und gestern Abend?«, fragte Héctor.

»Na, na«, sagte der alte Ros scharf. »Worum geht es eigentlich konkret? Ich denke, die Gruppe hat nur Spruchbänder hochgehalten – und Sie tun so, als hätten sie sonst was angestellt, so wie Sie fragen.«

»Wissen Sie es nun oder nicht?«, insistierte Héctor.

Ros klingelte nach dem Butler, Patrice erschien und brachte ein Tablett mit Erfrischungen. Eis, Gläser, Weißwein, Cola und Wasser. Geschickt platzierte er Gläser und Getränke auf dem Tisch.

»Wann hat Ruben diese Gamer-Nacht hier veranstaltet?«, fragte Ros beiläufig.

»Das war am 1. August«, antwortete Patrice prompt. »Die jungen Herrschaften blieben bis etwa zwei Uhr morgens, ich habe ihnen aufgewartet.«

»Also in der Nacht von Donnerstag auf Freitag?«

Patrice nickte. »Der junge Munar war da und die beiden Fusters. Sie haben ein Spiel namens Fortnite gespielt, wie ich der Konversation entnehmen konnte.«

»Wissen Sie auch noch, wo Ruben in der Nacht von Sonntag auf Montag war?«, fragte Johanna.

»Soweit ich mich erinnere, hatten sie Gäste an dem Abend«, sagte Patrice. »Die Torrents mit ihrer Tochter. Ruben saß bei ihnen, um halb drei gingen alle, und wir gingen zu Bett.«

Ros breitete die Arme aus. »Kann ich sonst noch mit etwas helfen? Nehmen Sie doch bitte eine Erfrischung.« Er wies auf die Getränke. Johanna und Héctor lehnten ab.

»Was ist mit gestern Abend?«, fragte Johanna.

»Gestern war der junge Herr allein. Er wolle etwas für die Universität lernen, sagte er mir.«

»Hat er das?«, fragte Johanna lächelnd.

»Nein.« Patrice lächelte zurück. »Er hat die halbe Nacht ferngesehen. Es gab wohl eine spannende Serie. Ich habe es bemerkt und mir erlaubt, ihm Popcorn zu bringen.«

Johanna und Héctor verabschiedeten sich. Nach der Adresse der Munars brauchten sie nicht fragen, die topmoderne Villa der reichen Familie war inselweit bekannt.

Auf dem Weg schwiegen sie, bis Johanna schließlich sagte: »Einen Versuch war es wert.«

Im Haus der Bankiersfamilie in Son Vida war nur Antoni Munars Schwester Maria anwesend, die nicht wusste, wo ihr Bruder steckte. Auf Johannas Frage sagte sie, dass er gestern Abend bis elf Uhr beim Basketballtraining gewesen sei. Sie bestätigte auch, dass Toni in der Nacht vom 1. zum 2. August bei Ruben Fortnite gespielt hatte, in der Nacht von Sonntag auf Montag habe er krank im Bett gelegen.

»Hat sich den Magen verdorben«, sagte Maria Munar, die ungefähr zwanzig Jahre alt sein mochte. »Ich habe ihm Tee gebracht, er war ganz grün im Gesicht. Da habe ich unseren Arzt gerufen. Der kam so gegen zwei Uhr nachts und blieb bis drei.« Sie gab ihnen die Telefonnummer des Doktors.

Als sie wieder im Auto saßen, rief Héctor den Arzt an, der bestätigte, dass er in besagter Nacht einen Hausbesuch bei Toni Munar getätigt hatte.

Die Fusters besaßen einen Stadtpalast in Palma, mit Sicht auf die Kathedrale und den Hafen. Sie waren nicht erbaut über den Besuch. Lola und Mauro Fuster saßen auf ihrer eleganten Dachterrasse und tranken Tee aus zierlichen Gläsern, als das Dienstmädchen Johanna und Héctor ankündigte. Ihre Söhne waren ebenso wenig daheim wie Ruben und Antoní. Lola Fuster hatte Haare auf den Zähnen und telefonierte sofort mit ihrem Anwalt, nachdem Johanna und Héctor sich vorgestellt und ihr Anliegen kundgetan hatten.

»Meine Söhne sind keine Aktivisten«, zischte sie. »Was erlauben Sie sich? Luca studiert hier, und Xavier ist auf einer Privatuniversität in der Schweiz.«

Das würde die beiden nicht davon abhalten, sich Tiermasken

aufzusetzen und Rauchbomben zu zünden, dachte Héctor, doch er verkniff sich den Kommentar. Die Alibis der jungen Männer waren jedoch lupenrein.

Auf dem Weg zur Jefatura ließ Héctor Johanna fahren und schaltete auf dem Handy eine Telefonkonferenz mit dem Krisenstab.

Keine Spur von Joyce Reed. Niemand in der Disco konnte sich an sie erinnern, die Freundinnen und Angehörigen konnten sich keinen Reim darauf machen, wo sie stecken könnte. Die Sorte Holzkisten wurde auf der Insel viel verwendet, vor allem von Hotels und Restaurants, die Geschirr geliefert bekamen, aber auch von anderen Unternehmen. Die Handydaten der jungen Frau ergaben, dass ihr Smartphone sofort nach der Entführung ausgeschaltet oder vernichtet worden war. Und das schwarze Stück Papier war noch einmal analysiert worden. Es schien tatsächlich Konfetti zu sein, doch zum Erstaunen aller Anwesenden war schwarzes Konfetti üblicher, als sie gedacht hatten.

»Zu Halloween hat die ›Mega-Disco‹ in Magaluf massenweise davon bestellt und verwendet. Es wurde aus großen Trögen an der Decke auf die Tanzenden fallen gelassen«, berichtete Miguel. Damit hatte sich auch diese Spur erledigt.

Adrian und Gemma hatten sich nicht in die Konferenz eingeklinkt, und keiner wusste, wo sie steckten.

Großartig, dachte Héctor, hoffentlich haben sie sich nicht gegenseitig massakriert.

Es war bereits später Nachmittag, und sie waren nicht vorangekommen.

»In einer halben Stunde Lagebesprechung«, gab er an alle weiter und informierte Robla.

»*Wen* habt ihr befragt?«, raunte der in den Hörer. Er klang wieder einmal wütend.

»Amancio Ros, die Munar-Tochter und die Fusters«, sagte Héctor. »Die Jungs haben alle vier Alibis für die Tatzeitpunkte.«

»Und das Ganze aufgrund von Vermutungen? Weil irgendein Öko Gerüchte gehört hat? Weil deine Privatdetektivin ohne

Durchsuchungsbeschluss in Privaträume eingedrungen ist und irgendeine Maske gefunden hat? Und da gehst du hin und äußerst wilde Verdächtigungen gegenüber den reichsten Familien der Insel?« Robla flüsterte immer noch. »Ich sitze in einem Meeting. Gnade dir Gott, wenn ich hier fertig bin.« Dann legte er auf.

Héctor ließ das Handy sinken. Leider hatte Robla nicht ganz unrecht.

29

Der Krisenstab hatte sich wieder im Konferenzraum versammelt, zu Héctors Erleichterung hatte Robla abgesagt, er habe noch einen Termin, hieß es. Gerade wollte Héctor fragen, wo Adrian und Gemma steckten, als die beiden hereinkamen.

»Wir haben neues Videomaterial bekommen«, rief Adrian, startete den Beamer an der Kopfseite des Raumes und stöpselte ihr Smartphone ein. »Wir haben es selbst noch nicht gesehen.«

»Und was für Material soll das sein?«, fragte Héctor.

»Adrian hatte die, ähm, gute Idee, auf dem Überwachungsmaterial nach Leuten zu suchen, die an dem Abend gefilmt haben«, berichtete Gemma. »Also nicht Täter und Opfer auf den Videos zu suchen, sondern Leute, die ihre Handys in die Richtung der beiden gehalten haben.« Ihr war anzumerken, dass sie wider Willen beeindruckt war.

»Und man konnte einen Barkeeper sehen, der seinen Kollegen gefilmt hat«, fuhr Adrian fort. »Der hat ein bisschen Show mit den Flaschen gemacht. Und genau davor stand Irina mit diesem Typen in Baseballkappe. Moment.« Sie suchte nach der richtigen Stelle der Datei. »Wir waren den halben Nachmittag am Telefon, um den Kellner zu finden. Der hat zwar heute frei, aber Gemma hat ihn aufgespürt. Er hat uns das Video eben geschickt.«

Offenbar haben die beiden sich nicht damit aufgehalten, Krieg zu führen, sondern effektiv gearbeitet, dachte Héctor. Er lächelte Gemma liebevoll an, die ihn jedoch nicht beachtete.

Der Beamer sandte die Szene an die Wand des Konferenzraumes. Zu sehen war der Barbereich der »Mega-Disco« in Magaluf. Die Aufnahmequalität war mit Ton und deutlich besser als die der Überwachungskameras. Die Bässe wummerten, Frauen kreischten, Männer grölten. Es war Hochstimmung. Laserblitze zuckten durch die Halle.

»Showtime!«, rief der Barkeeper, der nun ins Bild kam. Er

jonglierte mit drei Flaschen, warf ein Cocktailglas in die Luft und fing es geschickt auf. An der Theke im Hintergrund war Irina zu sehen, die dort an ihrer Cola nippte und sich umdrehte, dann saß sie eine Weile mit dem Rücken zur Theke da. Aus der Menge drängte sich ein Mann mit Baseballkappe auf dem Kopf zu ihr durch. Er sprach mit ihr, war aber nicht zu erkennen. Der Barkeeper wirbelte direkt vor ihm mit den Flaschen herum.

»Geh doch weg«, murmelte Catalina aufgeregt, alle anderen machten »Schsch«.

Ein weiterer Barkeeper verdeckte die Sicht, während er die Bestellung des Verdächtigen aufnahm. Der Barmann stellte eine Cola auf die Theke. Irina und der Unbekannte prosteten sich zu. Als der Barkeeper eine ausladende Bewegung machte und den Drink kunstfertig vom Shaker in ein Cocktailglas fließen ließ, drehte der Kappenmann sein Gesicht aus Reflex kurz in die Kamera.

Johanna und Gemma keuchten auf.

»Kennt ihr den Mann?«, fragte Héctor.

Und ob sie den kannten, zumindest von einer Fotografie. Aus dem Video entgegen blickte ihnen das hübsche Gesicht von Emilio Curra, dem vermissten Kellner aus Port d'Andratx.

30

»Ich weiß sogar, wo diese Kappe ist«, stöhnte Gemma, nachdem sie alle Informationen, die sie bereits über Emilio Curra gesammelt hatte, an den Krisenstab weitergegeben hatte. »Ich habe sie gesehen. Sie liegt in Emilios Auto auf dem Beifahrersitz.«

Sofort telefonierte Héctor mit den Kollegen in Port d'Andratx, um den Wagen sicherstellen zu lassen. Er wies Arnau an, ein Foto von Emilio Curra an alle Dienststellen zu geben und eine Fahndung nach dem Kellner auszulösen.

»Aber noch nicht an die Presse geben«, sagte er, als Arnau hinausging, um seinen Auftrag zu erledigen. »Nicht dass er uns noch untertaucht oder abhaut.«

»Wir wissen nun, wer der Entführer ist«, stellte Catalina fest.

»Was wir noch nicht wissen, ist allerdings, woher er den Wagen hatte, mit dem er die Frauen fortgebracht hat. Er hat selbst nur ein sehr kleines Auto, da passt eine solche Kiste nicht hinein«, ergänzte Jaume, der gerade eine Halterabfrage beim spanischen Verkehrsamt gemacht hatte. »Auf ihn gemeldet ist jedenfalls nur die kleine Seat-Möhre.«

»Und wo er die Morde verübt hat, falls er auch der Mörder ist«, sagte Adrian. »Gemma berichtet, er habe nur ein kleines Zwei-Zimmer-Apartment in Port d'Andratx. Er könnte einen Komplizen haben.«

»Er scheint sehr viel Geld zu haben, woher auch immer«, bemerkte Gabriel. »Hunderttausend Euro sind kein Pappenstiel. Er kann also auch noch einen weiteren Wagen besessen und ein Haus gemietet haben. Vielleicht war die Stellung als Kellner nur eine Tarnung, um nach außen möglichst unverfänglich zu wirken.«

»Und warum hat er den Job jetzt aufgegeben?«, fragte Gemma. »Er entführt Irina und drei Tage später Laura, tötet beide. Zeitgleich mit Lauras Entführung verschwindet er, Lauras Leiche wird entdeckt. Wieder drei Tage später wird Joyce entführt, wir wissen allerdings nicht, ob sie auch sein Opfer ist. Nehmen wir mal an, ja.« Sie räusperte sich. »Warum hat er sich abgesetzt? Damit zieht er doch viel zu viel Aufmerksamkeit auf sich, wenn er plötzlich und ohne Begründung nicht mehr im Bistro erscheint.«

Alle saßen da und grübelten schweigend, als das Telefon im Konferenzraum die Stille durchbrach. Catalina nahm ab, sagte ein paarmal »Nein!« und »Was du nicht sagst!« und legte wieder auf.

»Das war Andratx. Sie haben einen Toten im Straßengraben gefunden, auf dem Weg von Andratx nach Estellencs. Und dieser Tote sieht genauso aus wie Emilio Curra. Sie haben ihn durch unser Fahndungsfoto identifizieren können.«

Jefe Robla sah zufrieden aus. »Täter identifiziert. Täter gefunden. Täter tot. Besser kann es kaum laufen«, befand er, als Héctor in seinem Büro stand und ihn auf den neuesten Stand brachte.

Robla griff zum Hörer, beraumte die nächste Pressekonferenz ein. »In einer Stunde, hören Sie?«, blaffte er Jorge Sanchez an, den Leiter der Presse- und Öffentlichkeitsarbeit der Policía Nacional. »Noch heute Abend!«

Jorge Sanchez war ein gut frisierter Mittdreißiger mit Hipsterbärtchen, aber von begrenztem Verstand. Héctor hatte immer den Verdacht, man habe ihn zum Pressemann ernannt, weil er sich auf Fotos neben dem Polizeipräsidenten so gut machte. Im Polizeidienst selbst war Sanchez, obwohl er den Rang eines Inspector Jefe bekleidete, nicht zu gebrauchen. Héctor hatte kürzlich noch mit einer deutschen Kollegin telefoniert, die ihm versichert hatte, dies sei in ihrer Dienststelle nicht anders. Sandra Ortiz, Hauptkommissarin aus Hamburg, hatte gelacht. »Die Presseheinis sind doch immer diese glattgebügelten Typen, die man aus anderen Dienststellen in die Behördenkommunikation weggelobt hat, damit sie keinen Schaden mehr anrichten können.« Es war wohl ein internationales Phänomen, bei dem es aber auch Ausnahmen zu geben schien, denn Sandra hatte die Kollegen in München ausdrücklich gelobt.

»Allerdings ist da noch die dritte vermisste Frau«, gab Héctor zu bedenken, als Robla sein Telefonat beendet hatte. »Wir haben sie immer noch nicht gefunden. Möglicherweise gibt es also ein weiteres Opfer. Obwohl Adrian sagt, es sei ungewöhnlich, dass er nach zwei erfolgreichen Morden die Methode ändert.«

Robla seufzte schwer und schob abwesend Papiere auf seinem Tisch hin und her. Héctor rückte den Besucherstuhl direkt vor Roblas Schreibtisch und setzte sich.

»Und wir glauben, dass er nicht allein war. Adrian sagt, er

habe vermutlich einen Komplizen. Einen Komplizen mit einem Lieferwagen und einem einsam gelegenen Haus.«

»Adrian sagt, Adrian sagt«, machte Robla ihn nach. »Jetzt ist aber Schluss mit Adrian! Mit Madrid im Haus!«

Héctor hatte es ja geahnt. Nicht Robla hatte Verstärkung angefordert, sondern Madrid hatte ihnen auf die Finger gucken wollen.

»Wir brauchen sie aber noch. Wir müssen herausfinden …«

»Das bekommst du doch bestimmt allein hin mit deiner Gurkentruppe. Du hast die Leute ausgewählt, also sieh zu, dass du klarkommst. Der Fall ist erst einmal gelöst.« Robla wedelte, als wolle er Héctor wie eine lästige Fliege verscheuchen. »Und nun los. Wir beeindrucken jetzt die Presse.«

Er ließ Taten folgen und sparte nicht mit Eigenlob, als er kurz danach den Journalisten mitteilte, der Fall sei gelöst, schnelle Ermittlungserfolge, clevere Strategien, alles im Griff.

Von dem Redeschwall war Héctor noch ganz benommen, als er im Foyer der Jefatura auf Adrian traf. Die war allerdings auf hundertachtzig und hielt ihm ihr Smartphone entgegen, auf dessen Screen die Eilmeldung zu lesen war: »Teufel von Mallorca geschnappt! Jefe Robla: ›Die Insel kann aufatmen.‹«

»Ihr seid sofort damit an die Presse gegangen?«, fragte sie wütend.

»Na ja, Robla wollte einen schnellen Ermittlungserfolg verkünden …«

»Aber wir wissen doch noch viel zu wenig.« Adrian rang verzweifelt die Hände. »Er hat eine junge Frau entführt. Das ist alles, was wir wissen. Hat er sie ganz sicher auch getötet? Hat er beide getötet? Keine Ahnung. Hat er allein gehandelt? Eher nicht. Wo ist die dritte Vermisste? Keiner weiß es.«

Héctor seufzte. »Ja, alles richtig. Aber …«

»Nichts aber«, zischte Adrian. »Vielleicht gerät der Komplize in Panik und tötet das dritte Opfer, bevor wir es finden können.« Sie atmete schwer. »Wenn der Täter ein psychopathischer Irrer ist, wovon man ausgehen kann, wird er durch so eine Schlagzeile richtig wütend. Weil er nämlich denkt, für seine

Taten erntet sein Komplize den ganzen Ruhm. Und dann wird er umso brutaler wieder zuschlagen.«

Beunruhigt sah Héctor sie an. Sie wirkte nun selbst ein bisschen irre.

Adrian atmete tief durch. »Aber wie auch immer. Müsst ihr selbst herausfinden. Dein toller Chef schickt mich nämlich wieder zurück nach Madrid. Ich wäre ja fertig, meinte er. Der Fall sei erledigt.«

Sie marschierte wütend davon, bevor Héctor noch ein Wort sagen konnte. Und Joyce Reed wurde noch vermisst. Der Fall war ganz und gar nicht erledigt.

32

Wie sehr Robla sich irrte, zeigte sich erst am nächsten Tag. Es war Samstag, dennoch saß ein Teil des Krisenstabs in der Jefatura, um weiter an dem Fall zu arbeiten und die vermisste Frau zu finden. Catalina, Jaume, Gemma und Héctor hatten dicke Pötte mit Kaffee vor sich stehen und wollten noch einmal den Stand der Ermittlungen zusammenfassen, als wieder das Telefon klingelte. Erneut waren die Kollegen aus Andratx in der Leitung. Héctor stellte auf laut.

»Wir haben hier eine Kiste mit einer toten Frau«, sagte der Kollege, der sich als Cristian Sanz vorgestellt hatte. »Und zwar genau dort, wo wir auch die Leiche von eurem Teufel gefunden hatten.«

»Was?«, riefen alle durcheinander.

»Genau dort? Was meinst du damit?«, fragte Héctor.

»Das, was es heißt. Die Kiste lag keine zehn Meter entfernt im Graben.«

»Und das hat die Kriminaltechnik und auch sonst keiner mitbekommen, als ihr die Fundstelle von Emilio Curra untersucht habt?«

»Sieht so aus.« Cristian Sanz machte noch nicht einmal den Versuch, sich zu rechtfertigen.

Das Team schwieg, dann fragte Héctor noch einmal: »Und wie kommt es, dass ihr die Kiste jetzt gefunden habt?«

»Weil Àngel Perez darauf bestanden hat, die Fundstelle weiträumiger zu untersuchen und Beweismittel sicherzustellen. Da haben wir die Kiste entdeckt.«

Es wurde Héctor langsam zu dumm, dem Kollegen alles aus der Nase ziehen zu müssen. »Habt ihr auch schon Erkenntnisse, oder muss ich das alles einzeln abfragen?«

»Ist ja gut. Wir sind ziemlich im Stress. Es ist Sommer«, sagte Sanz und wirkte dabei seelenruhig. »Sie hatte eine Wunde am Kopf. Àngel sagt, das war bei den anderen nicht so. Lag aber dennoch in einer Kiste, Knochen vermutlich gebrochen. Woran sie gestorben ist, wissen wir noch nicht, sie ist aber schon auf dem Weg zur Autopsie. Da ist euer Emilio Curra auch schon eingetroffen. Mehr haben wir nicht, Ende und aus.«

Sanz hatte aufgelegt.

»Ein anderes Muster, schon wieder«, sagte Catalina.

»Wunde am Kopf«, präzisierte Jaume. Dass die beiden wie siamesische Zwillinge kommunizierten, ging Héctor allmählich auf den Zeiger.

Er rief Bruno Vega an, der nicht ans Telefon ging. Natürlich nicht. Stattdessen kam Gabriel Ferrer in den Raum gestürzt.

»Was ist denn bei euch los? Es ist ständig besetzt, sagt Llucmajor. Die hatten nur meine Durchwahl und haben bei mir angerufen!«

»Und welche Hiobsbotschaft hat Llucmajor für uns?«, fragte Héctor. Ihm schwante Schlimmes.

»Die haben heute Nacht eine junge Frau aufgesammelt, die eine ziemlich wilde Geschichte erzählt. Ist von einem Typ mit Lieferwagen entführt worden, der ihr einen Knüppel über den Schädel geschlagen hat. Und – nun kommt es – der habe sie in eine Kiste verfrachtet. Details weiß ich nicht. Aber eines weiß ich: Sie konnte ihm entkommen!«

Héctor starrte ihn an. »Wo ist die Frau?«

»Hier in Palma im Krankenhaus.«

»Und warum rückt Llucmajor erst jetzt damit heraus?« Er sah auf die Uhr, es war elf Uhr vormittags.

»Weil sie bewusstlos war. Ist jetzt erst aufgewacht und hat die Story losgelassen.«

»Was für eine Frau? Deutsch, englisch, spanisch?«

Schulterzuckend wies Gabriel auf sein Smartphone. »Das haben sie mir leider nicht dazugesagt. Die waren selbst ziemlich aufgeregt, vor allem auch, weil bei eurem Krisenstab ständig die Leitung belegt war.«

Héctor schüttelte ärgerlich den Kopf. Da war man im 21. Jahrhundert und Wache Llucmajor tat so, als gebe es nur eine Telefonleitung auf der Welt. Hatten die Kollegen schon einmal von Handys gehört?

»Gemma, wir fahren sofort hin. Falls sie Englisch, Deutsch oder meinetwegen Klingonisch spricht, kannst du dolmetschen.«

Als sie zum Wagen eilten, wandte Gemma sich um.

»Sie ist ihm entkommen«, sagte sie nur und lächelte.

33

Als sie ins Krankenzimmer kamen, lag die junge Frau im Bett, nippte vorsichtig an einem Orangensaft und wirkte erstaunlich munter, trotz des dicken Verbandes um den Kopf.

Héctor und Gemma stellten sich vor.

»Oh, eine Dolmetscherin brauchen wir gar nicht, Señor Inspector«, sagte Anna Maria Degenkamp. »Spanische Mutter, deutscher Vater. Wir können spanisch sprechen.«

Sie berichtete den beiden, wie sie am Abend mit ihren Freundinnen in die »Mega-Disco« in Magaluf gegangen war.

»Aber es war mir zu laut, zu voll. Ich habe den beiden gesagt, dass ich draußen bin und Luft schnappe. Ich hatte auch Kopfschmerzen. Allerdings nicht so wie jetzt.«

Zuerst sei sie ein bisschen hin- und hergegangen, doch auf der Straße vor der Disco sei ebenso viel los gewesen. »Da bin ich in die Seitenstraße. Die war dunkel, es war ruhig. Ich war völlig in Gedanken und hab gar nicht richtig darauf geachtet, wo ich langgehe.«

Sie stellte ihren Orangensaft ab und machte eine heftige Schlagbewegung mit dem Arm. »Und zack! War alles dunkel. Und das Nächste, was ich gemerkt habe, war: Ich liege in einer Kiste, ich bin gefesselt, und es ruckelt. Ich war in einem Auto.«

»Und dann? Was hast du gedacht? Was hast du getan?«, fragte Gemma gespannt. Es war erst wenige Monate her, da war sie in einer ganz ähnlichen Situation gewesen. Doch zum Glück waren Héctor und ihre Großmutter gekommen und hatten sie gerettet.

»Na ja, ich habe probiert, die Handschellen abzustreifen, ging nicht. Und ich habe versucht, diese Kiste zu öffnen, ging auch nicht.«

Vorsichtig setzte sich Gemma zu ihr aufs Bett. »Wie ging es weiter?«

»Der Wagen fuhr ziemlich schnell. Ist irgendwann vermutlich mit dem Reifen an den Bordstein gekommen oder so. Auf jeden Fall hat es total geruckelt, die Kiste ist richtig ein bisschen hochgehüpft. Und dabei scheint das Scharnier aufgesprungen zu sein. Keine Ahnung. Auf jeden Fall ließ sich der Deckel öffnen, ich bin raus und hab gesehen, ich bin in so einem Transporter. So einen haben wir auch im Boxverein, für das Equipment bei den Kämpfen.«

»Boxverein?«, fragten Gemma und Héctor gleichzeitig.

Anna Maria lächelte. »Ja, ich bin Amateurboxerin, Fliegengewicht.« Sie fasste sich an den Kopfverband und ließ sich wieder zurücksinken.

Ihre Handknöchel hatten rote Streifen dort, wo die Handschellen gesessen hatten.

»Mann, tut das weh. Also, ich bin zur hinteren Tür gekrabbelt und habe gewartet, bis der Wagen langsamer fuhr. Ich habe die Tür irgendwie trotz der Handschellen aufbekommen und mich rausfallen lassen. Das war an einem Kreisverkehr. Hab mich aufgerappelt, bin gerannt und hab dabei um Hilfe geschrien wie blöd, da sind an einem Haus Leute auf die Straße. Und zum Glück bin ich dann erst bewusstlos geworden. Die haben mich offenbar ins Haus geholt, den Notarzt gerufen und die Bullen.« Sie zögerte. »Die Polizei, meine ich natürlich.«

»Gut gemacht«, sagte Gemma bewundernd. »Das war wirklich gut reagiert und mutig.«

»Glück gehabt«, entgegnete Anna Maria realistisch. »Der hat wohl gedacht, er hätte mich richtig ausgeknockt. Aber ich habe einen ziemlich harten Schädel.« Sie klopfte vorsichtig auf den Verband. »Mein Kampfname ist ›Iron Maiden‹.«

»Kannst du dich an irgendetwas erinnern? Wie der Transporter von außen aussah?«, fragte Héctor.

»Der Wagen war weiß. Ein Toyota-Transporter«, sagte Anna Maria. »Und es stand irgendetwas drauf, an der Seite. Das habe ich gesehen, als ich mich beim Weglaufen kurz umgesehen habe. Aber ich weiß echt nicht, was.«

Héctor notierte mit. »Wie sah der Täter aus?«

Anna Maria grübelte. »Der Mann, tja. Es war stockduster

in der Seitenstraße, ich habe ja kaum mitbekommen, dass da überhaupt jemand war.«

Gemma und Héctor beobachteten, wie sie die Augen schloss und sich konzentrierte.

»Ich ging da lang. Jemand stand in einer Parklücke zwischen den Autos, ich habe ihn gar nicht beachtet. Und als ich an ihm vorbei war, habe ich plötzlich den Schlag gespürt und bin umgefallen. Sein Gesicht habe ich nur aus den Augenwinkeln wahrgenommen. War irgendwie komisch.«

Anna Maria öffnete die Augen wieder. »Sorry, Leute, besser kann ich es nicht sagen, es ist alles weg.«

»Inwiefern komisch?«, fragte Héctor.

»Ich weiß es nicht. Vielleicht habe ich mir das auch nur eingebildet. Es war dunkel, und das Gesicht wirkte irgendwie komisch. Gar nicht menschlich.«

»Sah er vielleicht wie ein Tier aus?«, fragte Gemma.

Verwundert runzelte Anna Maria die Stirn. »Hm. Möglich. Irgendetwas passte da nicht. Aber mehr weiß ich nicht.«

Héctor und Gemma sahen sich an.

Der Arzt kam herein und scheuchte den Polizisten und die Detektivin aus dem Zimmer. »Sie braucht wirklich Ruhe«, sagte er.

Héctor und Gemma gingen zurück zum Krankenhausparkplatz.

»Sie hat nur überlebt, weil sie so durchtrainiert ist. Eine Kämpferin«, stellte Héctor trocken fest.

»Er war mit ihr in Llucmajor auf dem Weg nach Algaida. Was um Himmels willen hatte er da vor? Hat er dort irgendwo seinen Rückzugsort, wo er die Frauen tötet?«, fragte Gemma.

Héctor kramte in seiner Hosentasche nach dem Wagenschlüssel. »Es wird sein, wie Adrian gesagt hat. Er hat irgendwo ein eigenes Haus, wo er nicht beobachtet werden kann. Abgelegen, ohne Nachbarn. Das Problem ist nur: Die ganze Gegend dort ist voller winziger Sträßchen mit abgelegenen Häusern, Gehöften, Fincas. Da suchen wir nächstes Jahr noch.«

Sie erreichten Héctors Dienstwagen.

»Glaubst du, der Mann hat eine Tiermaske getragen?«, fragte Gemma.

Héctor öffnete den Wagen und rieb sich die Augen. »Ich weiß es nicht«, sagte er erschöpft. »Sie weiß es nicht, also weiß ich es auch nicht.«

Héctor brachte es nicht über sich, sich wieder dem missmutigen Bruno Vega zu stellen, um Näheres über den toten Kellner und Joyce Reed zu erfahren. Stattdessen schickte er Gabriel Ferrer, der nach einer Dreiviertelstunde mit hochrotem Kopf zurückkehrte.

»Beinahe hätte es noch einen Mord gegeben«, sagte er und schüttete sich mit so viel Schwung Kaffee ein, dass die Hälfte danebenging. »Irgendwann liegt Vega erschlagen zwischen seinen Leichen und die halbe Jefatura wird unter Verdacht stehen.«

Den verschütteten Kaffee tupfte er halbherzig mit einigen Servietten auf, setzte sich und berichtete.

Joyce Reed hatte, genau wie Anna Maria Degenkamp, einen Schlag auf den Kopf erhalten. Nicht tödlich, aber ausreichend, um sie für Stunden außer Gefecht zu setzen. Sie starb ebenfalls durch Herzversagen nach einem Stromschlag, wurde ebenfalls in einer Kiste gefunden.

»So weit, so schlimm.« Gabriel setzte sich auf. »Jetzt kommt es aber. Die Autopsie des Kellners hat zwei Dinge ergeben. Erstens: Er ist erschlagen worden. Ja, er wurde auch von einem Wagen angefahren. Aber zuerst hat ihm jemand so auf den Kopf gedroschen, dass er starb. Und danach ist er vermutlich auf die Straße gelegt und überfahren worden. Da hat wohl ein Amateur versucht, es nach einem Autounfall aussehen zu lassen.«

Gabriel nahm einen Schluck Kaffee.

»Und zweitens: Er lag dort schon seit einigen Tagen. Vega ist nicht ganz sicher, es ist ja auch ungewöhnlich heiß im Moment. Aber ganz sicher kann Emilio Curra weder Joyce noch Anna Maria angegriffen haben. Da war er nämlich schon lange tot.«

»Das heißt, wir haben wirklich einen zweiten Täter«, sagte Gemma atemlos. »Er hat nicht die Methode geändert. Es ist ein anderer Mann, der eine neue Methode anwendet.«

Ein weiteres Mal griff Gabriel zur Kaffeekanne, diesmal war

er beim Einschenken vorsichtiger. »Unser zweiter Mann kann oder will offenbar die Frauen nicht aus den Discos entführen. Er wartet, bis eine in einer stillen Gasse an seinem Wagen vorbeikommt, und schlägt sie bewusstlos.«

»Vielleicht ist er unter Menschen schüchtern oder sieht nicht gut genug aus, um Frauen auf den ersten Blick von sich zu begeistern«, mutmaßte Héctor.

»Jetzt könnten wir Adrian gebrauchen«, sagte Gemma, und Héctor betrachtete sie erstaunt.

»Was denn?«, fragte Gemma mürrisch zurück. »Ich muss sie ja nicht mögen, aber sie hat echt was auf dem Kasten.«

Es geschehen noch Zeichen und Wunder, dachte Héctor.

»Wir haben gar keinen Anhaltspunkt«, sagte Gemma. »Außer diese vage Aussage von Anna Maria, der Mann könne eine Maske getragen haben.«

»Fang bloß nicht wieder mit den Aktivisten an«, sagte Héctor scharf. »Robla hat mir strikt verboten, die Familien noch einmal mit Verdächtigungen zu belästigen. Und sie haben alle Alibis für praktisch jede Nacht, in der eine Frau entführt wurde. Die Aktivisten sind raus.«

Pilar Sánchez tat der Rücken weh, als sie endlich Feierabend machen konnte. Es war Samstagabend. Im Hotel drehten alle Gäste völlig durch. Im Aufzug war einem Hotelgast schlecht geworden. Und ausgerechnet Pilar war Beatrice von der Rezeption über den Weg gelaufen, die jemand suchte, der die Schweinerei wieder beseitigte. Pilar war es so satt.

Am schlimmsten waren die jungen Briten und Russen, die hinterließen jeden Tag einen Saustall im Zimmer. Leere Flaschen, Scherben, vergossene Getränke auf dem Boden, der Balkon übersät von Zigarettenstummeln. Die Dänen, die Schweden und die Deutschen gingen noch, die waren halbwegs ordentlich. Die Norweger waren ordentlich und gaben Trinkgeld, die waren ihr am liebsten.

Als Zimmermädchen hatte sie mal eine Festanstellung gehabt. Tausendzweihundert Euro im Monat, plus Urlaubsgeld, plus Weihnachtsgeld. Doch die Regierung hatte dann das Arbeitsrecht gelockert, um die Arbeitslosigkeit zu bekämpfen, hieß es. Das sollte Firmenchefs ermuntern, mehr Leute einzustellen, hatten sie gesagt. Pilars Chef und viele andere Hoteliers hatten aber etwas ganz anderes gemacht: Sie entließen alle Zimmermädchen, Kellner und Köche, um sie gleich danach wieder einzustellen, aber diesmal über Zeitarbeitsfirmen. Jetzt verdiente Pilar nur noch achthundert Euro im Monat. Ohne Zulagen, ohne Sicherheit. Außerhalb der Saison und wenn sie krank wurde, war sie arbeitslos.

Acht Stunden pro Tag, vierundzwanzig Zimmer pro Schicht. Pilar spülte den Eimer aus, der nach Erbrochenem stank. Ihr wurde schlecht, sie lehnte sich an die gekachelte Wand in der Spülküche und versuchte, langsam zu atmen. Sie griff sich an die Brust. Der Knubbel war noch da.

Das darf nicht sein, dachte sie, nicht das auch noch.

Sie spülte den Eimer noch einmal aus, dann zog sie sich um,

schlüpfte in die ausgetretenen Sandalen und nahm ihre Handtasche.

Auf dem Weg vom Hotel zur Bushaltestelle schlenderte sie vorbei an dröhnenden Bars, die Playa de Palma feierte den Sommer. Der Tourismus bringe Arbeitsplätze, hatten sie gesagt. Das stimmte zwar. Leider aber nur einen schlecht bezahlten, unsicheren Arbeitsplatz für Pilar.

Sie fasste einen Plan: Sie wollte ihrer kleinen Tochter ein Geschenk mitbringen. So einen Haarreifen mit blinkenden Lichtern, wie sie die Straßenverkäufer in den Partymeilen anboten. Sie drückte sich durch die Menschenmassen der Carrer del Pare Bartomeu Salvà, die von den deutschen Touristen Schinkenstraße genannt wurde, und suchte Ibra. Der Straßenverkäufer aus dem Senegal war jeden Abend da, er machte ihr für das billige Glitzerzeug, das er im Angebot hatte, immer noch einen extraguten Preis. Die beiden kannten sich bereits seit zwei Jahren.

Pilar fand Ibra vor dem »Bierkönig«, er begrüßte sie freudig.

»Pilar, meine Schöne, gehst du heute mit mir aus?«, rief er galant.

Sie schüttelte den Kopf. »Nein, mein Lieber. Wie immer gehe ich brav nach Hause zu meinem Kind.« Sie musste selbst lachen. Da war sie eine Frau von fünfunddreißig Jahren, geschieden, frei, und alles, was sie am Abend tat, war daheimsitzen. »Was nimmst du für den Haarreif?«

Sie feilschten lachend, zum Schluss schenkte Ibra ihr den Reif. »Aber nur, wenn ich ihn dir aufsetzen darf.« Er schob Pilar den blinkenden Reif ins Haar. »Wie eine Königin!«

Die beiden hatten nicht bemerkt, dass sich vier schwarz gekleidete Gestalten in Tiermasken unter die Feiernden gemischt hatten. Das Quartett rollte direkt am Eingang der Schinkenstraße ein Spruchband aus. Bevor jemand davon Notiz nehmen konnte, zündeten sie mitten im Getümmel Böller, Leuchtraketen und Rauchbomben.

Innerhalb von Sekundenbruchteilen brach Panik aus. Schreiende Menschen drängten entsetzt die schmale Gasse hinauf, rissen sich gegenseitig um, trampelten übereinander hinweg.

Pilar wollte laufen, fiel aber über einen Rucksack, der stehen gelassen worden war. Sie spürte, wie jemand auf ihren Rücken trat, hörte die Rippen knacken. Schmerz durchfuhr sie. Mühsam versuchte sie, sich aufzurappeln, wegzukriechen. Doch immer mehr Menschen rannten die enge Gasse entlang, stolperten im Gedränge über sie hinweg.

Ich werde zertrampelt, dachte Pilar in Todesangst. Ein Stiefel zertrat ihren rechten Arm, entsetzt sah sie, wie der blanke Knochen aus dem abgeknickten Handgelenk ragte.

»Mama«, wimmerte Pilar. »Mama, hilf mir.«

Der nächste Tritt raubte ihr den Atem. Ein Mann war mit seinem ganzen Gewicht auf sie gestürzt, ihre gebrochenen Rippen stießen in die Lunge, das Blut sprudelte über ihre Lippen. Pilar rang nach Luft, alles wurde schwarz.

Verzweifelt hatte Ibra versucht, seinen kleinen Straßenstand vor der trampelnden Menge zu retten. Er bückte sich gerade, als die Front der fliehenden Menschen auf ihn traf und ihn umriss. Am Boden liegend sah er auch Pilar stolpern und fallen. Entsetzt musste er zusehen, wie jemand auf sie trat, wie ein Mann über ihr stürzte und Pilar unter sich begrub.

Er wollte zu ihr und ihr helfen, doch er kam nicht mehr hoch. Immer mehr Menschen setzten in Panik über ihn hinweg. Er versuchte, sich ganz klein zu machen, um möglichst wenig Fläche zu bieten. Die Menge drängte sich in die Seitenstraßen, nach und nach kehrte Ruhe ein.

Ibra rollte sich auf den Bauch und kroch zu Pilar. Ihre Augen waren starr und leer, ihr Körper zerschmettert.

Siebzehn Verletzte und eine Tote zählten die Rettungskräfte, die zuerst an der Playa eintrafen. Jemand hob den hübschen, billigen, immer noch blinkenden Haarreif auf und warf ihn weg.

36

Ruben Ros, Antoni Munar, Luca und Xavier Fuster wurden sofort zur öffentlichen Fahndung ausgeschrieben, inklusive aller Fahrzeuge, die den Familien gehörten. Héctor war es egal, was Robla ihm genehmigt oder verboten hatte. An der Playa war ein Attentat verübt worden, Rauchbomben hin oder her. Und es gab nur diese vier Verdächtigen.

Es war schließlich die Policía Local Calvià, die den Range Rover, zugelassen auf Amancio Ros, ein paar Kilometer hinter Magaluf stoppte und die vier jungen Männer mit auf die Wache nahm.

Héctor hatte sich sofort in den Wagen gesetzt und traf kurze Zeit später ein, die Station der Lokalpolizei befand sich in einem Industriegebiet an der Autobahn Ma-1.

Ros, Munar und die Fusters waren sofort getrennt worden, wie Héctor feststellte.

»Sehr gut«, lobte er den Kollegen von der Lokalpolizei, Dario Grec.

»Wir sind ja keine Anfänger«, gab der Mittdreißiger zurück. »Wir haben sie auch durchsucht, alle sauber«, fuhr er fort, was bedeutete, dass die jungen Leute weder Waffen noch Drogen bei sich hatten.

»Handys?«, fragte Héctor.

»Haben wir einkassiert.« Grec wies auf eine Kiste, in der die Telefone lagen, ordentlich in Plastiktüten und mit Namen etikettiert.

»Sehr gut«, sagte Héctor noch einmal.

So vorbildlich agierten nicht alle Kollegen. Erst kürzlich war ein Mordprozess in Valencia geplatzt, weil die Polizisten vergessen hatten, dem mutmaßlichen Täter das Handy sofort wegzunehmen. Es war ihm gelungen, belastendes Material zu löschen und Komplizen zu alarmieren, die die Beweismittel verschwinden ließen.

»Das Auto war übrigens leer«, sagte Grec. »Keine Leuchtraketen, keine Masken, keine Spruchbänder. Ich wollte es nur sagen.«

Héctor dachte nach. Die Verdächtigen hätten ausreichend Zeit gehabt, alles irgendwo in einer Mülltonne verschwinden zu lassen.

»Die Anwälte von Munar und den Fusters sind bereits da. Ros lässt sich von seinem Vater vertreten.« Grec schloss die Tür zum Zellentrakt auf.

»Von seinem Vater?«, fragte Héctor erstaunt.

»Ja. Er ist nicht nur Konzernchef, sondern auch zugelassener Anwalt. Ein Mann mit vielen Talenten«, sagte Grec lakonisch.

Héctor beschloss, bei Munar anzufangen. Der junge Mann saß bleich und zusammengesunken in der Zelle, neben ihm stand mit verschränkten Armen ein grauhaariger Anwalt. Héctor grüßte und setzte sich neben Antoni Munar.

»Wissen Sie, warum Sie hier sind?«, fragte er.

Munar zuckte die Achseln.

Héctor schwieg und wartete.

Der Anwalt, der sich als Señor Gonzalez vorstellte, runzelte die Stirn. »Wenn das eine Befragung sein soll, sollten Sie etwas fragen. Oder zum Beispiel mitteilen, warum Sie meinen Mandanten verfolgen und seine Familie nach Alibis für irgendwelche Abende fragen. Warum er festgehalten wird.«

Héctor schwieg weiter. Dann sagte er schließlich: »Ihr habt mit euren Rauchbomben eine Massenpanik ausgelöst. Es ist ein Mensch gestorben.«

Toni schlug die Hände vors Gesicht. »*Dios*«, schluchzte er.

Sein Anwalt trat dazwischen. »Mein Mandant hat nichts dergleichen getan. Er hat mit seinen Freunden einen Ausflug unternommen. Er war vielleicht in der Nähe der Playa, aber er hat weder Rauchbomben gezündet, wie Sie sagen, noch hat er irgendeine Panik ausgelöst.«

Mittlerweile waren Tonis Augen tränennass. »Wir sind nur spazieren gefahren«, sagte er leise.

Héctor wandte sich zum Gehen. An der Tür drehte er sich

noch einmal um. »Ihr seid in eine Geschwindigkeitskontrolle geraten – auf der Flucht, was? Sonst würdest du kaum zugeben, an der Playa gewesen zu sein. Das werden wir herausfinden. Ich frage gleich die Kollegen von der Lokalpolizei.«

Als er ging, hörte er Toni wieder schluchzen.

Luca und Xavier Fuster erzählten die gleiche Geschichte. Beide wurden von Anwälten der unangenehmsten Sorte vertreten. Zurückgegeltes Haar, braun gebrannte Lederhaut, strahlend weiß überkronte Gebisse. Diez und Herrero von der Kanzlei Diez, Herrero & Partner. Sie drohten Héctor sofort mit Dienstbeschwerden.

»Mein Mandant hat sich nichts, aber auch gar nichts zuschulden kommen lassen. Wir gehen auf der Stelle wieder. Aber zuerst werde ich José fragen, ob es bei Ihnen so üblich ist, unbescholtene Bürger festzunehmen.«

Damit hatte Herrero überdeutlich gemacht, dass er mit Héctors Chef Robla per Du war.

In der vierten Zelle warteten Ruben Ros und sein Vater. Ruben saß aufrecht auf der schmalen Pritsche, sein Vater stand mit roten Augen neben ihm. Der Mann hatte offenbar geweint. Als Héctor den Raum betrat, atmete Ros durch und ging in Angriffsstellung über.

»So«, sagte er gefährlich leise. »Ich werde meine Kontakte in Madrid in Kenntnis setzen, wie hier vorgegangen wird.« Er zeigte mit dem Finger auf Héctor. »Ihre Leute schleichen sich mit Vorwänden unberechtigt in mein Haus. Brechen in unsere Privaträume ein. Konstruieren daraus die absurdesten Beschuldigungen. Und Sie kommen und fragen nach Alibis!«

Er machte eine Kunstpause und holte wieder mit dem Finger aus.

»Und jetzt, wo sich eine Ihrer vielfältigen Anschuldigungen als null und nichtig erwiesen hat, wo Sie den Mörder dieser armen Mädchen gefunden haben, da denken Sie sich die nächste Anschuldigung aus! Mein Sohn soll ein Attentäter sein. Geht es auch eine Nummer kleiner bei Ihnen?«

Bevor Héctor etwas sagen konnte, fuhr Ros fort. »Mein Sohn

ist weder Mörder noch Attentäter noch sonst etwas. Er ist Student und zufällig der Sohn eines der reichsten Männer auf der Insel. Sie wollen wohl unbedingt einen großen Fisch fangen, was?«

Bei diesem hervorragenden Schauspiel des wütenden Vaters, der nur seinen unschuldigen Sohn beschützte, saß Ruben unbeteiligt daneben und schwieg. Jetzt grinste er.

»Vielleicht ist der Señor Inspector ja Kommunist und hasst Reiche?«, schlug er vor.

»Vielleicht lässt der Señor Inspector euch von der Kriminaltechnik untersuchen?«, sagte Héctor trocken.

»Ihr habt garantiert noch Spuren von den Leuchtmitteln und Rauchbomben an Händen und Kleidern. Das Zeug haftet ewig, da reicht es nicht, sich einmal die Hände zu waschen.«

»Oh, das werden Sie ganz sicher nicht tun«, sagte Ros maliziös.

In diesem Moment kam Dario Grec herein, der Héctor zuvor in Empfang genommen hatte.

»So, das war's. Es können alle gehen«, sagte er.

»Moment, auf keinen Fall!«, protestierte Héctor.

»Und ob. Anweisung von oben. Keine ausreichenden Beweise, die Jungs länger festzuhalten oder zu untersuchen. Und *adios*.«

37

Gemma hatte eine Weile gebraucht, um sich zu überwinden, dann hatte sie Adrian Ortegas Nummer gewählt. Sie hatte ihr von Joyce Reed und Anna Maria Degenkamp berichtet. Adrian schwieg, Gemma wartete geduldig.

»Es gibt also einen zweiten Täter, der anders vorgeht. Er schlägt die Frauen, entführt sie von der Straße.«

Gemma hörte, wie Adrian die Kaffeemaschine bediente und zu jemandem sagte: »Ist dienstlich.« Es klang, als sei sie zu Hause, und zwar nicht allein. Es war Sonntag, fiel Gemma ein. Natürlich war sie zu Hause.

»Er glaubt nun, dass er mit Körperkraft agieren muss. Er traut sich nicht zu, die Frauen ebenso wie Emilio einfach ansprechen zu können. Vermutlich ist er deutlich jünger als der Kellner – oder viel älter«, sagte Adrian.

»Was denkst du über die Aussage von Anna Maria?«

»Ich weiß nicht. Die Angaben zu dem Mann sind viel zu vage. Jemand greift sie an, und sie denkt im Nachhinein, er habe nicht menschlich ausgesehen. Das kann der Situation geschuldet sein.« Es klapperte und klang, als hantiere Adrian mit Geschirr. »Hat sie das tierische Aussehen selbst erwähnt, oder hast du es ihr suggeriert?«

Gemma überlegte. Sie gab zu: »Ich befürchte, ich habe das Thema aufgebracht.«

»Machen Anfänger oft.«

Gemma presste die Lippen aufeinander, erwiderte aber nichts.

Offen gestanden hatte Adrian recht. Dieser Fall zeigte ihr, dass sie noch einiges zu lernen hatte.

Sie berichtete Adrian von der Massenpanik an der Playa, doch Adrian hatte die Fernsehbilder schon gesehen.

»Furchtbar«, sagte sie. »Aber soviel ich weiß, sagt Madrid schon seit Jahren, dass das Sicherheitskonzept dort nicht viel wert ist. Ein Kollege von mir aus der Verhaltensforschung hat ein wissenschaftliches Projekt dazu. Moment.«

Ein Mixer surrte, dann war Adrian wieder am Apparat.

»Mein Kollege sagt immer, der Begriff ›Massenpanik‹ sei eigentlich Quatsch. Die Katastrophe passiere nicht, weil Leute in einen Zustand psychologischer Panik geraten, sondern wegen eines physikalischen Effekts. Wenn es nämlich einfach zu eng wird, zu viele Menschen auf zu engem Raum. Wenn dann eine Bewegung dazu kommt, also zum Beispiel eine Fluchtbewegung, geschieht das Unglück. Er nennt es ›crowd desaster‹. Am gefährlichsten, so sagt er, sei die Flaschenhalssituation. Die Leute kommen nicht mehr oder nicht schnell genug weg, trampeln übereinander.«

»Das heißt, schiere Panik an sich ist gar nicht die Ursache für solche Unglücke?«, fragte Gemma.

»Eher nein. Mein Kollege hat hundertsiebenundzwanzig Fälle analysiert. Er stellte fest, dass Menschen in Notsituationen gar nicht so egoistisch und irrational handeln, wie man vielleicht annimmt. Nur ein Prozent der Menschen handelt gänzlich unüberlegt, panikartig. Ein Prozent, das ist nicht viel … Ich habe Kaffee gemacht«, sagte Adrian zu der Person in ihrer Wohnung.

»Was weißt du noch darüber?«, fragte Gemma, die dieses Thema sehr spannend fand.

»Tja, ungefähr zehn Prozent der Menschen in Gefahrensituationen handeln als Anführer. Als Leitfiguren, an denen sich andere orientieren. Man weiß übrigens vorher nicht, wer in einer solch extremen Situation zum Anführer taugt und wer nicht. Das ist jemandem weder anzusehen noch sonst etwas. Es kann passieren, dass eine kleine zarte Person zum Anführer wird, ein großer starker Kerl dagegen zu dem einen Prozent gehört, das völlig zusammenbricht und zu gar keiner logischen Handlung in der Lage ist. Weitere zehn Prozent reagieren sensibel in Gefahrensituationen, die rennen beim kleinsten Anzeichen einer Gefährdung sofort los. Und sehr viele, achtzig Prozent, folgen blind der Masse.«

Das kam Gemma bekannt vor. Ihrer Erfahrung nach folgten die meisten Menschen blind der Masse, egal, worum es ging.

»Bist du noch da?«, fragte Adrian.

»Klar.«

»Was wollte ich noch sagen? Ach, ja: Flüchtende folgen übrigens vorhersagbaren Regeln. Wenn Menschen in einer Gruppe fliehen und die Gruppe aufgehalten wird, ins Stocken kommt, dauert es exakt fünfzehn Sekunden, und dann fliehen alle in eine andere Richtung. Es sind immer fünfzehn Sekunden, die unser Gehirn braucht, um zu kapieren, dass es nicht weitergeht. Dazu wählen achtzig Prozent der Menschen als Fluchtweg genau den Weg, auf dem sie zuvor hereingekommen sind. Der ihnen vertraut ist. Und zwar völlig egal, ob er riskanter oder länger ist als der optimale Fluchtweg. Deshalb werden Markierungen für den Notausgang fast immer ignoriert. Wenn das nicht zufällig auch der Weg ist, in dem die Menschen in eine Situation gelangt sind, kann man Fluchtausgänge so viel markieren, wie man will – die Leute laufen einfach da raus, wo sie reingekommen sind. Und dabei orientieren sie sich an der Herde, das heißt, sie laufen da raus, wo auch alle anderen rauslaufen wollen. Oft werden optimalere Fluchtwege oder weitere Ausgänge überhaupt nicht wahrgenommen.«

»Krass. Und so was untersucht ihr da auch bei der Fallanalyse?«

»Ja sicher. Wir machen viel Verhaltensforschung.«

Gemma schwieg so lange, dass Adrian irgendwann fragte: »Hast du noch eine Frage? Sonst helfe ich hier beim Frühstückmachen.«

»Du hast Besuch«, stellte Gemma fest.

»Ja, mein Großvater. Er lebt in Vinaceite, das ist bei Saragossa. Hast du noch einen Großvater?«

»Nein, zumindest keinen, den ich kenne.«

Die Eltern ihres Stiefvaters kannte Gemma zwar flüchtig, bezeichnete sie jedoch nie als Oma oder Opa. Es waren unangenehme Leute. Abweisend und kühl, fand Gemma. Sie waren außerdem nie mit der Wahl ihres Sohnes einverstanden gewesen, eine Frau mit Kind zu heiraten. Mit so einem seltsamen Kind auch noch.

»Oha, Familiengeheimnisse«, sagte Adrian. »Das ist immer besonders spannend. Hast du denn noch eine Frage?«

»Ja, habe ich. Du hast alle Ermittlungen zu Ruben Ros, Toni Munar und den Fusters mitbekommen oder hast die Berichte gehört oder gelesen. Das heißt, wir haben allerhand ermittelt, aber keinen einzigen stichhaltigen Beweis gefunden, dass einer von ihnen an den Morden oder dem Anschlag an der Playa beteiligt war. Trotzdem haben wir alle das Gefühl, als wäre da was. Was sagen deine Verhaltensforscher denn dazu?«

Adrian lachte. »Ich kann dir ziemlich sicher sagen, was die Staatsanwaltschaft dazu sagt. Nämlich, dass ihr euch auf sie eingeschossen habt, obwohl kein echter Beweis gegen die Jungs spricht. Es hat mich nicht gewundert, dass Héctor sie wieder gehen lassen musste. Kein Richter hätte auf Grundlage von genau gar nichts und wieder nichts einen Haftbefehl oder eine Durchsuchung genehmigt.«

Mürrisch musste Gemma zugeben, dass Adrian da wohl recht hatte.

Adrian fuhr fort. »Aber ich weiß, was du meinst. Ihr habt ein Bauchgefühl, eine Intuition. Ihr verwendet also Wahrnehmungsinterpretationsmuster. Das Unterbewusstsein sammelt viel mehr Informationen, als das Bewusstsein aufnehmen kann. Diese ganzen Informationen werden unbewusst verarbeitet, und der Verstand schaltet sich dazu, wenn das Unterbewusstsein der Ansicht ist, eine Lösung gefunden zu haben. Diese Lösung dringt dadurch ins Bewusstsein, und man weiß überhaupt nicht, wie man eigentlich auf den Gedanken gekommen ist.«

»Wir liegen also richtig, wissen aber nicht, warum?«

»Tja, das Problematische am Bauchgefühl ist leider die Bewertung. Wenn eine zunächst nicht begründbare Entscheidung positiv ausfällt, sagt man oft, man habe eben intuitiv richtiggelegen. Wenn es hinterher nicht stimmte, was das Bauchgefühl einem sagte, hat man eben einen Fehler gemacht. Leider ist an dem Prozess zu wenig der Verstand beteiligt. Man kann auch intuitiv falschliegen.«

Gemma lachte. »Ich danke dir. Wir bleiben in Verbindung, ja?«

»Gern«, antwortete Adrian und legte auf.

Gemma notierte einige Sätze auf kleinen Zetteln und schob diese hin und her. In ihr keimte ein Gedanke, nur ganz klein. Sie hatte nie über Berufswünsche nachgedacht, es schien immer klar zu sein, dass sie Johanna beerben würde. Aber das, was Adrian da machte, fand sie hochinteressant.

Ihr Blick fiel auf eine Zeitung, die auf dem Terrassentisch lag. In diesem Moment fiel ihr ein, dass sie Diego versprochen hatte, seine Schwester Lina in Deutschland anzurufen. Auch er hatte da ein Bauchgefühl gehabt. Sie setzte das Vorhaben sofort in die Tat um.

»Gemma?«, hörte sie Linas verschlafene Stimme. Es war elf Uhr vormittags, für Studentin Lina also praktisch noch mitten in der Nacht. »Schön, dass du anrufst.«

»Lina, geht es dir gut?«, fragte Gemma streng ihre alte Schulfreundin. Wie gewöhnlich fackelte sie nicht lang.

»Was ist das denn wieder für ein Kasernenton?«, fragte Lina.

»Diego sagt, mit dir wäre irgendwas. Und du weißt, dass er immer recht hat. Also. Was ist los?«

Sie hörte, wie Lina sich aufrappelte. »Diego sagt das?«

Es war lange still in der Leitung. Dann hörte Gemma ein leises Schluchzen.

»Was ist denn los?«, fragte Gemma nun sanfter.

»Ich will nach Hause«, sagte Lina heulend. »Ich habe Heimweh.«

»Setz dich doch einfach in den Flieger und komm«, schlug Gemma erstaunt vor. Wo war nur das Problem?

»Aber ich muss doch das Studium fertig machen. Und ich habe einen Job und alles. Aber ich finde es furchtbar. Ich will wieder nach Llucmajor und Sonne und Meer.«

Manchmal standen sich Leute wirklich selbst im Weg, fand Gemma.

»Pass auf, ich sage Diego, dass du für eine Weile bei ihm ein-
ziehst. Du kannst dich bis nächste Woche an der Uni in Palma
einschreiben, gleich fürs Wintersemester. Ich erledige das für
dich. Und einen Job für dich habe ich auch schon, die ›Chicaria‹
in Port d'Andratx sucht eine gute Kellnerin.«

Lina schluchzte noch ein bisschen, versprach, darüber nachzudenken, und legte auf.

Gemma war auf dem Weg zum Auto, als Lina schon wieder
zurückrief. »Weißt du was? Genauso mache ich es. Ich hau hier
in den Sack und komme zurück.«

Diego und sein Bauchgefühl hatten richtiggelegen. Über ihre
eigene Intuition war sich Gemma noch nicht ganz im Klaren.

38

Am Nachmittag schlenderte Beni durch Illetes, um neue Möbel zu finden. Er hatte sich vorgenommen, auch den Tunnel einzurichten, damit das kaputte Mädchen es etwas schöner hatte. Vielleicht fand er sogar ein Haarband.

Zuerst ging er seine Lieblingsstellen ab. Pol vom kleinen Imbiss hatte oft etwas zu essen für ihn. Am großen Hotel gab es Müllcontainer mit lauter tollen Sachen, halb volle Shampooflaschen, duftendes Sonnenöl, Kämme, Schlappen, viele fabelhafte Dinge, die die Urlauber aus unerfindlichen Gründen weggeworfen hatten. Er holte eine blaue Kappe aus dem Container, die setzte er auf. Ein guter Tag.

Auch die Papierkörbe rund um das Hotel begutachtete er. In einem lag eine rote Schleife, ganz glitzrig und hübsch. Er steckte sie ein. In einem anderen Papierkorb fand er eine Tageszeitung, so gut wie neu, die steckte er auch ein. Dann schlenderte er zu Pol Serranos Imbiss. Der gutmütige Mittvierziger grüßte Beni freundlich.

»Na, wo steckst du denn? Hab dich ja ein paar Tage nicht gesehen.«

»Ich habe eine neue Freundin, auf die musste ich aufpassen«, sagte Beni und zeigte Pol die Schleife. »Die ist für meine Freundin.«

»Sehr schön, das freut mich für dich. Warte, ich hol dir was.«

Pol verschwand im Imbiss und erschien wieder mit einem Teller voller Sandwiches mit Schinken und Käse.

Beni hatte sich inzwischen an eines der Tischchen vor dem Lokal gesetzt und die gerettete Zeitung aufgeschlagen. Die Schlagzeile »Der Teufel von Mallorca« prangte dick auf der ersten Seite. Der Artikel war ergänzt mit dem unkenntlichen Foto vom Kappenmann und einem Bild der Kiste, in der Irina Andrejew gefunden wurde.

»Schau mal, in so einer Kiste liegt meine Freundin auch«, sagte er erstaunt.

Pol starrte ihn an, er ließ seinen Blick über die Kappe wandern, dann über den Artikel, der schon einige Tage alt war.

»Was sagst du da?«, fragte er Beni vorsichtig. »Wo wohnst du denn im Moment?«

»Oben im alten Fort, aber sag es keinem, ja? Ich will da allein mit ihr bleiben«, flüsterte Beni. »Ich habe ihr Blumen in die Kiste gelegt, und gleich bekommt sie die Schleife. Sie ist ganz kaputt, weißt du?«

»Wer ist kaputt? Deine Freundin?«, flüsterte jetzt auch Pol, der sich neben Beni gesetzt hatte.

»Ja, ich passe auf sie auf.« Beni widmete sich den Sandwiches. Pol stand auf.

»Warte. Ich hole dir noch mehr«, sagte er und eilte in seinen Imbissladen. Beni sah ihm misstrauisch nach.

Nur Minuten später stoppte ein Streifenwagen mit quietschenden Bremsen vor dem Laden, doch da war Beni schon weg.

39

»Was hat er gesagt? Er hätte auch ein kaputtes Mädchen?«
Agente Valeria Petit von der Wache in Calvià stand vor Pol
Serranos kleinem Imbissladen und sah sich um.

Pol warf die Arme in die Luft. »Ja, genau das. In einer Kiste.
Und er hatte eine Zeitung dabei, mit einem Artikel zu diesem
Teufel von Mallorca.« Er überlegte kurz. »Eine Kappe hatte er
auch auf, wie der Mann auf dem Foto.«

Valeria dachte nach. Sie war bis zum Vortag im Urlaub gewesen, wandern auf Island, und hatte den Fall nicht verfolgt. Aber
die Stichworte Mädchen, Kiste und Kappe sagten ihr etwas.

»Wer ist denn dieser Mann, dieser Beni? Kennen Sie ihn
näher? Seinen Nachnamen?«, fragte sie.

»Seinen Namen weiß ich nicht. Der ist ein ganz armes Würst-
chen«, sagte Pol. »Ein Obdachloser. Bisschen verrückt. Er soll
auf irgendeinem Drogentrip hängen geblieben sein und ist nicht
mehr ganz richtig im Kopf. Alonso Roig vom Hotel nebenan
weiß mehr über ihn, er unterhält sich manchmal mit Beni.«

»Wissen Sie, wo sich Beni jetzt aufhält?«

»Er hat gesagt, er wohne oben im alten Fort. Fuerte de Illetas.
Sie wissen schon, die alte Militärfestung.«

Valeria kannte das Gelände. Sie informierte den Krisenstab in
Palma über den Mann mit Kappe, der behauptete, ein »kaputtes
Mädchen in einer Kiste« zu haben. Anschließend machte sie sich
auf die Suche nach Roig. Es wäre vielleicht besser, Genaueres
über diesen Mann zu erfahren.

Alonso Roig war der Hausmeister des Hotels, in dessen
Abfall Beni so ausgiebig gestöbert hatte, ein gemütlicher Mitt-
fünfziger mit Glatze und Bauchansatz. Er kehrte gerade bei den
Mülltonnen, als Valeria sich näherte.

Ganz außergewöhnlich schöne Augen hat er, stellte sie fest.
Ausdrucksvoll, traurig, mit langen Wimpern.

»Beni, ja, den kenne ich«, sagte Roig mit den schönen Augen

freundlich auf Valerias Frage. »Der hat schlimme Zeiten durchgemacht.«

Er erzählte ihr die ganze Tragödie. Vor drei Jahren hatte Beni mit seiner Freundin Ona in Illetes Urlaub gemacht. Sie waren mit einem Boot hinausgefahren, Ona war ins Wasser gesprungen und nicht mehr aufgetaucht. Beni sprang hinterher und ertrank beinahe bei dem Versuch, seine Liebste zu retten. Die Leute von der Bootsvermietung zogen beide bewusstlos aus dem Wasser, er überlebte, sie nicht.

Danach war Beni nie wieder nach Hause gefahren, sondern einfach dageblieben. An dem Strand, an dem seine große Liebe gestorben war. Lebte erst in einer leeren Hütte am Ortsrand, dann in einem verfallenen Schuppen, jetzt im alten Fort.

»Er hat ein Trauma, seit damals. Hat mit Drogen angefangen und ist zu allem Überfluss auf einem Trip hängen geblieben. Glaube ich zumindest«, schloss Roig.

»Ist er gefährlich? Was meinen Sie?«, fragte Valeria.

»Keine Ahnung.« Roig zögerte. »Eigentlich nicht. Aber er kam Wochen nach dem Tod der Freundin an den Strand und hat mit einer Axt das Mietboot zerhackt, mit dem sie damals hinausgefahren sind.«

»Denken Sie, er könnte Frauen etwas antun?«

»Ich weiß es wirklich nicht. Ich sage doch, er ist verrückt.«

40

Robla hatte ihnen kurzerhand verboten, im Fall der Aktivisten weiterzufahnden, und die Ermittlungen zum Anschlag an der Playa an das Team von Inspector Alicia Navarro gegeben.

»Die dunkelste Nacht der Playa«, hatten die Zeitungen geschrieben. In Madrid war man sich noch nicht sicher, ob die Vorkommnisse als terroristischer Anschlag zu werten waren oder nicht. Da die Massenpanik am Ballermann stattgefunden hatte, wo viele Deutsche Urlaub machten, waren deutsche Journalisten und TV-Teams angereist, um zu berichten. »Die Polizei tappt im Dunkeln«, hieß es in den Artikeln.

Auf dem Smartphone las Héctor noch zwei, drei weitere Meldungen, schließlich legte er das Gerät beiseite. Das ging ihn nichts mehr an, zudem war Navarro eine fähige Kollegin.

Es war bereits Sonntagnachmittag, als der Krisenstab erneut tagte. Héctor wollte mehr über den Kellner Emilio Curra herausfinden und hatte die Kriminaltechnik beauftragt, alle Daten durchzugehen.

Aus den Handydaten von Emilio Curra hatte Daniela Mendoza nun ein Bewegungsprofil erstellt, Emilios PIN hatten sie in seinen Unterlagen im Apartment gefunden. Sie brachte einige große Kartenausdrucke mit in die Sitzung des Krisenstabs.

»Tja«, sagte sie. »Am 1. August ist Curra gegen elf Uhr nach Magaluf gefahren, hat seinen Wagen an den Tennisplätzen geparkt und ist zu Fuß zur Disco.«

Sie legte einen Ausdruck der Karte von Magaluf auf den Konferenztisch und ließ sie herumgehen.

»Er war bis ungefähr ein Uhr in der Disco. Da hat er, wie ihr ermittelt habt, Irina aufgestöbert, betäubt und entführt.« Sie tippte auf die Karte. »Von der Disco ist er nur ein Stück nach links gegangen. Da, wo der Parkplatz vom Hotel ›Es Grau‹ ist. Und dann wieder zum Auto.« Sie zeigte wieder auf die Karte. »Von dort ist er zurück nach Port d'Andratx gefahren.«

Héctor half ihr, die nächste Karte herauszusuchen. Er legte sie auf den Tisch.

»An der Playa das Gleiche«, fuhr Daniela fort. »Er parkt, geht in die Disco, kommt mit der Frau aus der Disco. Es sieht so aus, als ginge er anschließend in das benachbarte Hotel«, sie zeigte auf die Stelle, »und wieder zum Auto. Am Ende fährt er zurück zu seiner Wohnung.«

»Haben wir Aufnahmen von der Eingangshalle des Hotels«, fragte Catalina.

Daniela bejahte. »Aber er war nicht dort, weder allein noch mit der jungen Frau. Wir haben uns das ganze Material angesehen.« Sie zuckte die Achseln. »So genau ist die Funkzellenabfrage manchmal nicht. Das kann schon zehn, zwanzig Meter abweichen.«

»Hat das Hotel eine Tiefgarage?«, fragte Gemma.

Überrascht blätterte Daniela durch ihre Unterlagen. »Weiß ich nicht. Steht hier auch nicht.« Sie nahm sofort ihr Telefon und ging hinaus, um mit dem Hotel zu telefonieren.

»Dort wartete der Komplize«, sagte Arnau. »Er hat die Frauen nur aus den Discos geholt und sofort übergeben.«

Er überflog noch einmal den Ausdruck mit den Zeitstempeln, den Daniela mitgebracht hatte.

»Da, bei Irina zum Beispiel. Um ein Uhr siebzehn verlässt er mit ihr die Disco. Das stimmt auch mit dem Zeitstempel der Überwachungskamera überein. Er geht nach links, das hat nur vier Minuten gedauert. Danach geht er zurück zu seinem Auto.«

Die anderen betrachteten die Karte, während Arnau sprach.

»Da kann er Irina schon nicht mehr bei sich gehabt haben. Das sind knapp sechshundert Meter, er ist in sieben Minuten da gewesen. Er ist schnell gegangen, fast gerannt. Das schafft man nicht mit einem halb bewusstlosen Menschen im Arm.«

Héctor lächelte Arnau erfreut an. Manchmal konnte der Junge richtig klar denken.

»Es hat also jemand dort gewartet, bis Emilio mit der Frau kam«, fasste Gemma zusammen.

Knapp drei Minuten später war Daniela wieder da.

»Eine richtige Tiefgarage hat das Hotel nicht, aber eine Einfahrt für Lieferwagen und Autos von Hotelangestellten. Die ist über eine Schranke und einen Code gesichert, keine Kameras.«

»Wie heißt das Hotel?«, fragte Gabriel.

Daniela studierte die Karte. »Es ist das ›Sun and Stars‹, hat ganz neu aufgemacht.«

Gemma starrte auf ihr Handy. »Ratet mal, zu welcher Kette die Hotels gehören, das ›Es Grau‹ in Magaluf, vor dem Irina verschwunden ist, und das ›Sun and Stars‹, wo Laura verschwunden ist?«

Die anderen sahen sie fragend an.

»Es sind beides Häuser des Ros-Hotelkonzerns.«

»Die halbe Insel steht voller Hotels vom Ros-Konzern«, gab Gabriel zu bedenken.

Alle murmelten Zustimmung. Sie kamen hier nicht weiter.

»Er hört nicht auf«, sagte Johanna. »Die dritte Frau ist tot. Die vierte Entführung ist schiefgegangen. Er wird heute oder morgen wieder losgehen und sich eine Frau holen. Solche Typen hören erst auf, wenn wir sie erwischen.«

»Die Zeit läuft uns davon. Wie wäre es mit einem Lockvogel?«, schlug Gemma vor. »Wir wissen schließlich, wie das Muster aussieht. Jung, blond, Partymädchen.«

Johanna betrachtete sie kritisch. »Du kommst aber nicht auf die Idee, dich selbst vorzuschlagen, oder?«

Auch Héctor hatte einen solchen Verdacht. »Auf gar keinen Fall. Viel zu gefährlich«, sagte er streng. »Ich verbiete es dir schlicht und ergreifend.«

Zu Johannas Erstaunen ruderte Gemma gefügig zurück. »Gut, es war ja nur eine Idee.«

»Lassen wir es für heute gut sein. Geht alle heim, wir brauchen mal einen ruhigen Abend«, ordnete Héctor an. Doch er konnte noch nicht ahnen, wie sehr er sich irren sollte.

41

Gemma wollte sofort zur Finca fahren, Johanna machte noch einen Abstecher in den Laden, um sich Unterlagen für die leidige Buchführung zu holen, mit der sie den Abend zu verbringen beabsichtigte.

Als sie nach Hause kam, stand Bárbara Serras kleiner blauer Wagen im Hof. Johanna bekam ein schlechtes Gewissen. Bárbaras Mutter war schwer krank, und sie überließen dem Mädchen die ganze Zeit auch noch die Verantwortung für den Laden, während sie beide Mörder jagten.

Bárbara kam aus dem Haus und winkte ihr zu. Sie ging zu ihrem Auto und schleppte eine Reisetasche zur Terrasse.

»Ziehst du bei uns ein?«, rief Johanna ihr zu, als sie aus ihrem Wagen stieg.

»Habt ihr Platz für mich?« Bárbara lachte herzlich. Sie war eine hübsche junge Frau mit langen schwarzen Haaren, etwas kleiner und kurviger als Gemma. Sie stellte die Tasche ab. »Nein, ich habe Klamotten mit. Gemma braucht eine Verkleidung«, sagte sie.

Johanna lief es kalt über den Rücken.

»Kind, du wirst nicht in diese Disco fahren und den Lockvogel spielen«, rief sie streng ins Haus, wo Gemma rumorte.

Als sie auf die Terrasse kam, erschrak Johanna tüchtig. Sie hatte ihre Enkelin im Leben noch nicht mit Lockenwicklern gesehen.

»Héctor und ich sind dagegen«, sagte sie, nachdem sie sich von dem Anblick wieder erholt hatte.

Gemma befühlte die Lockenwickler. »Schwachsinnige Erfindung, ziept wie verrückt.« Sie wandte sich an Johanna. »Oma, was soll denn passieren? Ich sehe mich nur um. Ich werde keine Getränke von Fremden annehmen, ich gehe in keine dunklen Gassen. Okay? Oder hast du eine andere Idee, was wir tun können?«

Sie öffnete Bárbaras Reisetasche und begann, dünne Sommerkleidchen, enge Tops und Röcke herauszuziehen.

»Außerdem gehst du ständig in Verkleidung los bei deinen Undercovermissionen. Mache ich dann so einen Aufstand?«

Damit war für Gemma die Sache erledigt. Sie hielt ein pinkfarbenes Schlauchkleid vor sich.

»Was man nicht alles tut«, murmelte sie und verschwand mit dem Kleid im Haus.

Bárbara sah Johanna schuldbewusst an. »Oh weh, ich wusste nicht, dass ihr dagegen seid. Gemma rief an und fragte, ob ich ihr für einen Lockvogel-Einsatz mit Discoklamotten aushelfen kann. Sie hat ja so was nicht.«

Trotz ihres Ärgers musste Johanna schmunzeln. Gemma besaß nur übergroße Shirts und ausgebeulte Cargohosen und Jeans oder eben kurz abgeschnittene ausgebeulte Cargohosen und Jeans, die sie im Sommer trug. Jeder Versuch, das Kind in ein hübsches Kleid zu stecken, war gescheitert. Bei diesen Gelegenheiten zischte Gemma immer nur etwas von »Mädchensachen« und »womöglich noch in Rosa« und zog wieder die alten Hosen an.

»Bárbara, hilfst du mir beim Schminken?«, rief Gemma aus dem Haus.

Die junge Frau wandte sich hilfesuchend an Johanna.

»Geh nur. Sie lässt sich ohnehin nicht aufhalten«, sagte Johanna und setzte sich müde auf die Terrasse.

In diesem Moment hupte es draußen auf der Straße, Héctor war angekommen. Er öffnete sich das Tor selbst und fuhr auf den Hof.

»Lass mich raten, sie will diese Lockvogel-Nummer durchziehen?«, fragte er ärgerlich, bevor Johanna etwas sagen konnte. »Ich komme extra her, um sie davon abzuhalten. Obwohl ich weiß Gott anderes im Kopf habe.«

In diesem Moment stöckelte Gemma wieder auf die Terrasse. Statt des zerzausten blonden Pferdeschwanzes trug sie das Haar in wilden Locken. Bárbara hatte ihr ein großes Abend-Make-up aufgelegt. Tiefgründig dunkel geschminkte Augen, feuchtrote

Lippen, die hohen Wangenknochen geschickt betont. Gemmas schlanker, durchtrainierter Körper steckte in einem hautengen Kleid, das knapp unter dem Po endete. Dazu trug sie weiße High Heels, die ihre gebräunten Beine betonten. Sie sah atemberaubend aus.

Héctor schnappte nach Luft. »So gehst du auf keinen Fall vor die Tür!«

Gemma stopfte ihr Handy und ihre Geldbörse in ein winziges weißes Täschchen, das auf dem Terrassentisch lag.

»Sagt wer?«, fragte sie störrisch. »Willst du mir verbieten, in eine Disco zu gehen?«

Héctor legte ihr die Hand auf den Arm. »Bitte, Liebes. Mach nicht immer solche Sachen. Ich komme um vor Angst um dich.«

»Aber …«, begann sie, als Héctors Handy klingelte.

Er telefonierte und wandte sich wieder an die drei Frauen auf der Terrasse. »Sie haben einen Verdächtigen in Illetes, der behauptet, eine Frau in einer Kiste gefangen zu halten. Sie stürmen gleich sein Versteck. Ich muss dahin.«

Im Gehen drehte er sich noch einmal um. »Vielleicht haben wir den Komplizen. Also, bleib daheim und warte, bis ich mich gemeldet habe.«

Er stieg in den Wagen und fuhr davon.

»Vielleicht haben sie ihn, vielleicht auch nicht«, sagte Gemma. »Ich fahre jedenfalls zum ›Beachclub‹ und sehe mich um.«

Bárbara betrachtete sie nachdenklich. »Weißt du was, ich komme mit. Das wirkt auch viel unverdächtiger, wenn wir zu zweit sind.«

»Auf gar keinen Fall«, sagte Gemma.

Johanna seufzte. Woher hatte das Kind nur diesen Hang zum Alleingang?

Zusammen mit Bárbara stand sie auf der Terrasse und blickte Gemma nach, die in dem kleinen Fiat davonfuhr. Ihr war nicht wohl dabei.

Kurz danach klingelte ihr Telefon, es war ihre Nachbarin Angelika Bernhard, die mit ihrem Mann zusammen die Parzelle östlich von Johanna besaß.

»Kannst du vorbeikommen?«, fragte Angelika. »Der Schreiner ist da, und er versteht kein Wort von dem, was ich sage.«

Das war typisch, nicht nur für Angelika, sondern für viele ihrer deutschen Bekannten auf der Insel. Sie sprachen oft kaum Spanisch und waren häufig völlig aufgeschmissen. Interessant war auch die Formulierung, die Angelika verwendet hatte. Es war der Schreiner, der kein Wort verstand, nicht Angelika.

Schmunzelnd sagte Johanna zu und zog los. Als sie um die Ecke bog und die Auffahrt der Bernhards hinaufging, hörte sie Angelikas hohe Stimme schon von Weitem. Sie versuchte immer noch, sich mit dem Mann zu verständigen, und holte dabei ihre mageren Spanischkenntnisse hervor.

Angelikas Mann hatte in der hiesigen Schreinerei ein Regal bestellt und war dann nach Deutschland gefahren, um irgendwelche Geschäfte zu tätigen. Seine Frau hatte er mit dem Schreiner-Problem alleingelassen.

»¿Dónde está mi regalo?«, hörte Johanna Angelika fordernd sagen.

Der Schreiner, ein älterer Mann mit freundlicher Stimme, entschuldigte sich immer wieder vielmals. Johanna musste lachen.

Als sie ankam, sah sie die erschöpfte Angelika und den zerknirschten Schreiner auf dem Hof stehen und vollkommen aneinander vorbeireden. Er versicherte ihr gerade, das nächste Mal ganz bestimmt ein »regalo« mitzubringen, aber diesmal habe er keines dabei.

Der verwirrten Angelika erklärte Johanna, dass »regalo« auf Spanisch mitnichten »Regal« bedeutete, sondern »Geschenk«. Sie hatte also den unglücklichen Schreiner immer wieder gefragt, wo denn ihr Geschenk sei. Und er hatte ihr immer wieder erklärt, er habe heute leider kein Geschenk für sie dabei. Nachdem die Sache aufgeklärt war, holte er erleichtert das neue »estante« aus dem Lieferwagen und baute es auf.

Nicht immer sind Missverständnisse zwischen zwei Menschen so leicht zu beheben, dachte Johanna.

42

Héctor raste in Richtung Illetes, es dämmerte bereits. Während der Fahrt telefonierte er mit Gabriel Ferrer. Der Kollege brachte ihn auf Stand, er war schon vor Ort.

»Wir sind beim alten Fort. Das Gelände ist ziemlich groß, aber wir haben das ganze Areal umstellt.«

»Seid ihr denn sicher, dass er drin ist?«, fragte Héctor.

»Sind wir. Valeria Petit von der Wache in Calvià hat ihn gesehen. Sie war als Erste hier. Sie hat gesehen, wie er in einem Tunnel verschwunden ist.«

»Tunnel?«, fragte Héctor.

»Ja, das ist das reinste Labyrinth. Aber alle Ein- und Ausgänge zur Tunnelanlage befinden sich innerhalb des Areals. Er kann nicht weg.«

In Illetes angekommen, bog Héctor rechts ab in Richtung Fort. Am Wendehammer vor der Einfahrt zu dem alten Militärgelände standen mehr als zwanzig Polizeifahrzeuge.

Er schnappte sich Smartphone, Taschenlampe und seine Waffe, nahm die schusssichere Weste aus dem Kofferraum und zog sie über. Danach machte er sich auf die Suche nach Gabriel.

Sein Kollege stand vor der Zugangsbrücke. Héctor blickte sich um. Er war hier noch nie gewesen. In der Schule hatten sie den Krieg zwischen Spanien und den USA durchgenommen, der Lehrer hatte alte Zeichnungen von dem Fort gezeigt. Heute überwucherten Unkraut und Graffiti die bröckelnden Mauern der alten Festung.

»Wissen wir etwas über den Mann?«, fragte Héctor leise, als er Gabriel erreicht hatte.

»Soll ein Obdachloser sein«, sagte Gabriel. »Ein Imbissbesitzer kennt ihn gut. Der hat uns auch angerufen.«

Kurz blätterte er in seinem kleinen Notizheft, das er in der Hand hielt.

»Beni soll der Mann heißen. Der Imbissbesitzer sagt, dieser

Beni sei auf irgendeiner Droge hängen geblieben. Wäre jetzt ein totaler Psycho mit nur noch einer halben Gehirnzelle.«

Héctor schüttelte den Kopf. »Das passt hinten und vorn nicht zu unserem Verdächtigen. Er ist mit Bedacht vorgegangen, und er muss eine Infrastruktur haben, sagt Adrian. Ein Auto, einen ruhigen Platz, wo er die Morde begehen kann. Und er muss einen Stromanschluss haben. Gibt es Strom auf dem Gelände?« Er sah sich um.

Gabriel zuckte die Achseln. »Ich glaube nicht. Aber er hat gesagt, er hätte ein Mädchen in einer Kiste. Das dürfte verdächtig genug sein, um ihn dingfest zu machen. Und er trug eine dunkle Kappe.«

Héctor betrachtete Gabriel verwundert. »Der mit der Kappe war doch der Kellner?«

Verwirrt zog Gabriel die Augenbrauen zusammen. »Wer weiß, vielleicht haben die ja so eine Art Teamuniform.«

Diese Mutmaßung fand Héctor nun doch etwas weit hergeholt. Er ging in Richtung Fort. »Hoffentlich gibt es hier nicht lauter Missverständnisse. Lass uns mal nachsehen. Hast du Funk?«

Gabriel reichte ihm das Funkgerät.

»Gelände weiter umstellt halten. Fünf Leute zu mir, wir gehen jetzt hinein«, sagte Héctor ins Gerät. Es war nun schon dunkel geworden, die Seekiefern, die das Geländer umstanden, schluckten die wenigen Lichter, die von Illetes auf den Hügel drangen.

Unter den Beamten, die durch das Zwielicht zu Héctor stolperten, war auch Valeria Petit.

»Der Tunnel ist gleich da vorn links«, flüsterte sie. Sie hatte eine Skizze der Tunnelanlage auf dem Smartphone aufgerufen und tippte mit dem Finger auf die Stelle. »Und hier und hier sind weitere Ausgänge.«

Mit Taschenlampe und gezogener Pistole ging Héctor über die Zugangsbrücke und öffnete langsam das eiserne Gittertor. Verlassen lagen die Gebäude des Forts in der anbrechenden Nacht, die Fensterscheiben längst zerborsten, die Dächer eingestürzt. Er tastete sich einige Schritte vor und lauschte. Es war nichts zu hören.

»Sei bloß vorsichtig, da geht es steil runter«, flüsterte Valeria hinter ihm.

Héctor, der gerade weitergehen wollte, hielt inne und leuchtete mit der Taschenlampe. Tatsächlich brach die unkrautbewachsene Ebene ab, vor ihm gähnte ein Abgrund.

Der Anblick im Licht der Taschenlampe ließ ihn staunen. In dem breiten, tiefen Deckungsgraben standen mehrere Häuser, deren Dächer auf der Höhe des Erdbodens endeten. Héctor dachte an den Geschichtsunterricht in der Schule. Diese Gebäude waren der Feindsicht völlig verborgen gewesen und konnten nur durch Steilfeuer erreicht werden, erinnerte er sich.

Er wandte sich nach links zu den Hohltraversen. Dort war der Mann in einem Tunnel verschwunden. Die kleine Gruppe Polizisten stand vor dem Eingang, Héctor leuchtete in den Schlund. Der Tunnel führte nach unten. Links und rechts sah man Öffnungen. Valeria hielt Héctor noch einmal die Skizze vom Tunnelsystem hin.

»Die ersten beiden Öffnungen links und rechts führen zu kleinen Lagerräumen«, flüsterte sie. »Die Öffnungen dahinter sind Eingänge zu weiteren Tunnelgängen. Es ist ein Labyrinth.«

Héctor betrachtete die Skizze. »Gabriel und ich gehen vor. Wir nehmen uns jeden Raum einzeln vor. Ihr sichert hinten ab. Und los.«

Die Polizisten zogen ihre Waffen, hielten die Pistole in der einen, die Taschenlampe in der anderen Hand. Dann stiegen sie hinab in den Höllenschlund.

Vielleicht ist es doch der Teufel von Mallorca, der dort unten auf uns wartet, dachte Héctor.

⁂

Sie wollten ihm das Mädchen wegnehmen. Beni war sich sicher, dass diese Teufel genau das wollten. Ihm das schöne Mädchen rauben. Wieder einmal.

Er griff nach der Kiste und zog sie tiefer in den Bau, um eine Ecke, um noch eine Ecke. Dort war ein Versteck, eine Nische im Tunnel. Es roch schlimm. Er hatte ihr das hübsche Glitzerband ins Haar geflochten. Sie gehörte doch ihm.

Beni konnte hören, wie die Schritte der Fremden im Bau hallten, weit entfernt. Sie waren noch ganz oben am Eingang. Vielleicht fanden sie ihn gar nicht in seiner Nische. Er hatte sie von Weitem gesehen, als er oben auf der Mauer stand. Wagen um Wagen kam den Hügel herauf, eine ganze Armada. Er hatte gewusst, dass sie kamen, um das Mädchen zu holen.

Beni hatte wild in seinen Habseligkeiten gewühlt, um eine Waffe zu finden. Die Eisenstange, ein rostiges langes Messer. Das sollte genügen. Er nahm beides in die Hand und setzte sich neben die Kiste. Wartete.

Sein Herz schlug bis zum Hals.

In all die Watte in seinem Kopf, in diesen grauen Quark aus Gedanken, Gefühlen und Erinnerungen, mischte sich ein kleines, klares Licht. Zum ersten Mal seit Monaten, seit Jahren.

Was tue ich hier?, fragte sich Beni. Wo bin ich und was mache ich?

Er sah an sich hinab. Er trug verschlissene, dreckige Hosen, hatte schwarze Ränder unter den Fingernägeln. Er hockte in einem Tunnel und hatte Waffen in der Hand. Ihm war, als erwache er aus einem Traum.

Seit zwei Jahren hatte er keine Drogen mehr angerührt. Seither kam immer wieder dieses helle kleine Licht. Es blitzte auf und war gleich wieder weg.

Er saß in einem Tunnel, neben ihm lag eine Leiche, wurde ihm bewusst. Die Leute, die er hörte, waren vermutlich von der Polizei und suchten nach dieser Leiche. Es wäre am besten, er machte auf sich aufmerksam, damit sie ihn und die Tote fanden, bevor ein Unglück geschah.

All dies wurde ihm im Bruchteil einer Sekunde bewusst. Beni schüttelte sich. Was war nur los mit ihm, warum verhielt er sich so merkwürdig?

Doch bevor das klare Licht weiter zu ihm durchdrang, hörte

er die Schritte, und die dunkle Watte legte sich wieder über sein ganzes Gehirn.

Sie kommen und holen sie, dachte er. Das werde ich nicht zulassen, um keinen Preis.

Als die Schritte näher kamen, schloss er die Augen. Dann öffnete er sie und stürzte aus seiner Nische hinaus. In den Kampf.

***

Héctor, Gabriel, Valeria und die anderen Kollegen bewegten sich langsam durch den Tunnel. Es war stockfinster, roch muffig und nach Verwesung. Im Licht ihrer Taschenlampen hatten sie die beiden Räume links und rechts des Tunnels durchsucht. Außer einigen leeren Konservendosen und Graffiti an der Wand fanden sie nichts.

Mit der Waffe in der rechten und der Taschenlampe in der linken Hand stolperte Héctor voraus. Der Boden des Tunnels war eben und glatt, doch hier und dort lag etwas: ein Ziegelstein, ein Stück Holz, ein alter Eimer.

Als habe jemand Fußangeln aufgebaut, dachte er.

Sie kamen an eine Abzweigung. Valeria drängte sich zu Héctor vor und zeigte ihm noch einmal die Skizze.

»Ab hier gehen drei Tunnel weiter«, flüsterte sie. »Nach links geht es zu den Munitionsaufzügen, geradeaus kommt erst ein langer Gang, und dann folgen noch zwei Lagerräume, rechts ebenfalls.«

Héctor sah sich die Skizze an.

»Gut. Valeria, du und der Kollege«, er zeigte auf einen breitschultrigen Agente, »ihr geht nach links. Ihr drei«, er wies auf die drei weiteren Männer, »geht geradeaus. Gabriel und ich sehen uns im Tunnel rechts um.«

Die Teams stolperten los in die Dunkelheit. Nun ging Gabriel voraus. Der Gang wurde immer enger, der Geruch nach Verwesung wurde stärker. Héctor glaubte, in einer Nische ein Geräusch registriert zu haben.

»Stopp«, raunte er Gabriel zu.

Stocksteif blieben beide Männer stehen, doch außer den weit entfernten Schritten der anderen Polizisten war nichts zu hören.

Gabriel wandte sich zu Héctor um und wollte etwas sagen, als dieser eine Bewegung wahrnahm.

»Hinter dir!«, rief Héctor.

Gabriel wirbelte herum, als ihn der erste Hieb mit der Eisenstange traf. Seine Taschenlampe fiel herunter. In dem diffusen Licht sah Héctor, wie der Mann, der aus der Nische hervorgestürzt kam, ein Messer hob und auf Gabriel niedersausen ließ.

»Runter!«, brüllte Héctor.

Gabriel warf sich flach auf den Boden.

Héctor richtete Taschenlampe und Pistole gleichzeitig auf den Tunnel vor ihnen. Wie von Sinnen hob der Mann erneut das Messer, um auf den am Boden liegenden Gabriel einzustechen. Héctor schoss dreimal und betete, in dem diffusen Licht im Tunnel nicht aus Versehen Gabriel getötet zu haben. Doch er hatte den Mann getroffen, der zu Boden ging. Gabriel sprang auf, war mit einem Satz über seinem Angreifer, drehte ihn mit einem Ruck auf den Bauch und hatte ihn in Sekundenbruchteilen mit Handschellen gefesselt. Er trat einen Schritt zurück und betrachtete den Mann.

»Wo hast du denn Schießen gelernt?«, fragte er Héctor und schüttelte den Kopf. »Hier im Tunnel hätten uns die Querschläger töten können, uns alle beide.« Er rieb sich die Schulter und betrachtete noch einmal den Mann. »Du hast seine Hüfte getroffen. Deshalb ist er gleich umgefallen.«

»Alles okay bei dir?«, fragte Héctor.

»Halbwegs. Er hat mich mit der Stange an der Schulter erwischt, das Messer ist in die Weste gegangen.« Gabriel wies auf seine Schutzweste, hob die Taschenlampe und leuchtete in die Nische, aus der der Mann hervorgestürzt war. Er keuchte. »Héctor, sieh dir das an.«

Héctor holte das Funkgerät hervor, doch im Tunnel tat das Gerät keinen Mucks. Er sah, wie Valeria und ihr Kollege den Gang entlanggerannt kamen, sie hatten die Schüsse gehört. »Geht hoch, bis ihr wieder Funk habt. Holt den Notarzt. Wir haben alles im Griff«, rief er ihnen zu, umrundete den wimmernden Mann am Boden und trat neben Gabriel, der in die Ecke der Nische wies.

Der Geruch, der aus der Tunnelnische drang, war atemberaubend. Er kam von dem halb verwesten Körper einer Frau mit langen schwarzen Haaren.

43

Gemma war selten am Ballermann, meist nur, wenn Ermittlungen sie auf die Partymeile führten. Sie parkte in einer Seitenstraße und stöckelte zum »Beachclub«, der direkt an der Promenade lag, keine fünfzig Meter vom Eingang der Schinkenstraße entfernt. Sie knickte immer wieder um in den hohen Schuhen.

Völlig idiotisch, so etwas zu tragen, dachte sie. Damit konnte sich doch niemand vernünftig bewegen, geschweige denn rennen.

Die jungen Männer, die ihr auf der Straße entgegenkamen, musterten sie erfreut, riefen »Wow!« und pfiffen anerkennend. Nervös zupfte Gemma an dem engen Kleid, das beim Gehen noch höher rutschte. Sie fühlte sich ganz und gar nicht wohl in ihrer Haut.

Sie schob sich durch die Menge in der Schinkenstraße. TV-Teams hatten sich gegenüber dem »Bierkönig« positioniert, um die Menschen zu dem Anschlag und zu den Frauenmorden zu befragen. Dadurch wurde es in dem Sträßchen so eng, dass Gemma die nächste Massenpanik befürchtete. Die Polizei hatte ihre Streifen massiv verstärkt.

Sie konnte sich nicht vorstellen, dass der Mörder heute zuschlug, es wimmelte nur so vor Journalisten und Polizisten. Sie war vermutlich völlig umsonst hier.

An einem Strommast vor dem »Bierkönig« hatte jemand zwei Fotos befestigt, die das lächelnde Gesicht des Todesopfers zeigten. Blumen lagen davor am Boden, daneben ein elektrisches Grablicht, das umgefallen war. Einer der Straßenhändler hielt inne, stellte das Licht wieder auf, bekreuzigte sich und ging weiter.

Gemma kämpfte sich weiter vor zur Playa, bog nach links ab zur Diskothek. Sie setzte sich auf ein Mäuerchen davor und beobachtete den Eingang. Immer wieder wurde sie von Männern angesprochen, die, mehr oder weniger betrunken, zu gern ihre Bekanntschaft machen wollten.

Ich hätte mir einen Poncho mitnehmen sollen, dachte sie ärgerlich und zupfte noch einmal an dem engen pinkfarbenen Kleid.

Die Inselregierung hatte allerhand neue Gesetze und strengere Benimmregeln erlassen, um den größten Auswüchsen des Partytourismus Herr zu werden, hatte Gemma gelesen. Sie sah sich um. Es stimmte. Die Biergärten waren eingezäunt worden, die Leute durften ihre Getränke nicht mehr mit auf den Bürgersteig oder die Straße nehmen. Die beliebte Happy Hour mit starken Drinks zum Dumpingpreis war verboten worden, doch hier und da entdeckte Gemma Schilder, die weiter damit warben. Es war vermutlich nicht einfach, solche Verbote flächendeckend umzusetzen. Die legendären Sangria-Eimer waren schon längst nicht mehr erlaubt, aber hin und wieder formierte sich Protest, hatte Gemma bei Facebook gesehen. »Wir lassen uns das Eimern nicht verbieten«, hatte eine Gruppe gefordert und zu einem Protest aufgerufen.

Soweit Gemma die Nachrichten verfolgt hatte, war aber wohl niemand diesem Aufruf nachgekommen.

Im Großen und Ganzen war die vor drei Jahren von der Inselregierung in Gang gesetzte Bekämpfung der schlimmsten Touristenauswüchse auf halbem Wege stehen geblieben, wie so viele Dinge auf der Insel. Das lag vor allem an der geringen Stabilität der Regionalregierung. Mal gewann der Linkspakt, machte kurzerhand alle Entscheidungen der vorherigen Regierung rückgängig und begann mit eigenen Projekten. Die wurden jedoch auch nie vollständig ausgeführt, da bei der nächsten Wahl wieder die Konservativen die Mehrheit erlangten und ihrerseits alle Projekte der linken Regierung stoppten. So ging es hin und her, begleitet von Korruptionsskandalen quer durch die ganze Regierungslandschaft. Es wurde praktisch nie etwas von vorn bis hinten durchdacht und durchgesetzt.

Eingehend betrachtete Gemma die Szenerie und war überrascht, wie ungerührt weitergefeiert wurde, trotz der Morde, trotz der Panik, die ausgebrochen war und einer Frau das Leben gekostet hatte.

Bei schrecklichen Ereignissen gab es immer nur ein kurzes, allzu kurzes, Innehalten, anschließend machten alle weiter wie vorher. Es war herzlos. Und vermutlich gleichzeitig eine der Überlebensstrategien der Menschheit. Immer davon auszugehen, dass es einen selbst nicht treffen wird. Vielleicht war es gar nicht mal so dumm.

Gemma stand auf. Kein verdächtiger Mann, keine betrunken aussehenden jungen Frauen, die von verdächtigen Männern verschleppt wurden. Das brachte nichts. Sie musste hineingehen.

Sie stellte sich in die Schlange am Eingang und fuhr vor Schreck zusammen, als ihr jemand die Hand von hinten auf die Schulter legte.

»Bárbara! Was machst du denn hier?«, zischte Gemma.

Bárbara trug enge schwarze Jeans und eine weite Bluse mit Stickereien. »Ich helfe dir«, flüsterte sie verschwörerisch. »Ich wollte schon immer mal mitmachen bei eurem Detektivkram. Ich bleibe auch schön im Hintergrund.«

Wütend funkelte Gemma sie an. »Du verschwindest sofort wieder. Bist du mit dem Auto gekommen? Geh sofort zurück und fahr heim. Nachher passiert dir noch was und ich bin schuld.«

»Du hast mir doch erzählt, er entführt immer nur blonde Frauen.« Bárbara wies auf ihren dunklen Schopf. »Da bin ich doch auf der sicheren Seite.«

»Bitte geh. Ich mache so etwas lieber allein.«

Bárbara seufzte beleidigt. »Okay, okay. Dann fahre ich eben wieder heim. Wie du willst.« Sie drehte sich um und verschwand im Gedränge.

Gemma passierte die Türsteher und stand in der riesigen Halle, in der die Disco untergebracht war. Links auf der großen Bühne stand eine vollbusige Frau im weißen Bikini und machte Stimmung. »Ihr seid so geiiiil!«, japste sie ins Mikro und stimmte einen Song an, den offensichtlich alle Anwesenden außer Gemma kannten. Die Feiernden standen auf den Barhockern und Tischen und sangen mit. Die Stimmung kochte.

Dass die Freundinnen der toten Frauen sich aus den Augen verloren hatten, wunderte Gemma nicht. Leib an Leib stand die Feiermeute, es war völlig unübersichtlich. Die Bässe wummerten, die Lichter zuckten durch die Halle, hier konnte man praktisch niemanden im Blick behalten. Alle schienen in Gruppen gekommen zu sein, nur an den Theken, die in der großen Halle strategisch verteilt waren, standen einzelne Menschen, die Getränke bestellten. Es war klar, warum Emilio seine Opfer an den Bars abgepasst hatte, nur dort gab es die Chance, sie allein zu treffen.

Durch die tanzenden Massen schob sich Gemma bis zur großen Bar in der Mitte der Halle. Sie ergatterte einen Barhocker und sah sich um, suchte die Überwachungskameras. Ja, die Kamera geradeaus, oben am Hallendach, hatte Laura gefilmt, als sie genau an dieser Stelle stand und ein Bier bestellte.

Gemma wandte sich um und bestellte eine Cola beim Barkeeper. Immer wieder sprachen Männer sie an, aber keiner setzte sich zu ihr. Niemand machte Anstalten, ihr etwas in die Cola zu kippen.

Gegen halb drei Uhr traute sie ihren Augen nicht.

Johanna drängte sich durch die Menge zu ihr an die Theke, verschaffte sich mit dem Gehstock Platz. Schließlich stand sie vor ihr.

»Oma, also wirklich. Was willst du denn auch noch hier?«

»Ich wollte nur sehen, ob bei euch beiden alles in Ordnung ist, dein Handy ist aus. Wo ist Bárbara?«

»Ach, du weißt also, dass sie mir gefolgt ist? Ich habe sie wieder weggeschickt, vor drei Stunden schon.«

Erschrocken sah Johanna Gemma an. »Vor drei Stunden? Warum steht ihr Wagen immer noch in der Seitenstraße? Ich habe ihn gesehen, als ich ankam.«

Gemma wurde steif vor Angst. »Nein. Nein. Das kann nicht sein. Sie hat vielleicht einen Bekannten getroffen. Oder ist in eine Bar gegangen.« Sie schluckte. »Zum Glück passt sie mit ihren Haaren nicht ins Muster.«

»Das wollte ich dir gerade mitteilen«, sagte Johanna. »Héctor hat angerufen. Sie haben noch eine tote junge Frau in einer Kiste gefunden. Eine tote Frau mit langen schwarzen Haaren.«

Gemma wurde bleich. »Bárbara!«, rief sie entsetzt. Und rannte los.

44

»Dieser Beni kann nicht einer der Komplizen sein«, sagte Catalina, als der Krisenstab am frühen Montagmorgen wieder zusammensaß.

»Kann er nicht«, echote Jaume. »Er hat keinen Wagen, und wenn ich mir das Vernehmungsprotokoll ansehe, hat er auch kein Gehirn.«

Héctor musste zugeben, dass das zutraf. Er war mit dem Notarzt mitgefahren und hatte noch im Krankenhaus versucht, den Mann zu vernehmen, was nicht gut funktionierte. Beni hatte nur davon gesprochen, dass sie ihm das Mädchen nicht wegnehmen dürften. Sie gehöre ihm, er beschütze sie doch. Mehr war aus ihm nicht herauszubekommen. Der Arzt hatte Héctor weggeschickt, da er sich um Benis Wunde kümmern musste.

Übermüdet saßen Gemma und Johanna in der Besprechung. Sie hatten die ganze restliche Nacht nach Bárbara gesucht, waren in jeder Bar, jeder Disco, jedem Schnellrestaurant an der Playa, hatten in Hotels gefragt, hatten die Familie und alle Freunde angerufen. Bárbara war wie vom Erdboden verschluckt.

Héctor war wütend. Auf Gemma, die nicht auf ihn gehört hatte. Auf Johanna, die Gemma nicht hatte stoppen können. Er hatte eine Fahndung nach Bárbara Serra rausgegeben und hoffte, dass es irgendeinen anderen Grund gab, warum sie in der Nacht nicht mit dem Wagen heimgefahren war. Er kannte die junge Frau gut von seinen Besuchen im Laden und mochte sie sehr.

»Immerhin wissen wir, dass das Muster blond nicht existiert«, sagte Gabriel klarsichtig. »Die Frau im Tunnel war das erste Opfer, wir haben sie nur als Letzte gefunden. Und noch etwas. Sie hatte keine Wunde am Kopf.«

»Vermutlich wurde sie auch betäubt und entführt«, stellte Héctor fest. »Leider wissen wir überhaupt nichts über sie. Keinen Namen, nichts.«

»Hat denn niemand die junge Frau als vermisst gemeldet?«, fragte Johanna leise.

Gabriel schüttelte den Kopf. »Wir sind alle offenen Vermisstenfälle durchgegangen. Sie passt auf keine der Beschreibungen.«

Das war sehr traurig, fand Héctor. Die Frau war nicht viel älter als fünfundzwanzig gewesen, und niemand auf der ganzen Welt merkte, dass sie nicht mehr da war.

»Wie geht es in der Suche nach Bárbara weiter?«, fragte Gemma dazwischen. Sie wirkte elend.

»Wenn du nicht diesen Alleingang durchgezogen hättest, bräuchten wir uns diese Frage gar nicht stellen«, schnappte Héctor unbarmherzig.

Gemma machte ein wütendes Gesicht, stand auf und ging hinaus.

»Ich drehe noch durch«, murmelte Héctor. »Johanna, geh ihr hinterher. Sonst macht sie gleich den nächsten Unfug.«

Die Onlinemagazine hatten bereits erste Berichte zu der Nacht im Tunnel veröffentlicht. »Zweiter Teufel von Mallorca gefasst« hieß es da und »Die Polizei stoppte den Täter mit einem gezielten Beinschuss«.

Héctor verdrehte die Augen. Das mit den »gezielten Schüssen« war ein Punkt, den sowohl Journalisten als auch Publikum und Politiker grundsätzlich und immer falsch verstanden. Jedes Mal, wenn ein Polizist jemand erschoss, kam wieder die Diskussion auf, warum man demjenigen nicht einfach nur ins Bein geschossen habe.

»Mussten sie ihn denn gleich töten?«, fragten dann empört die Zeitungskommentatoren, die Leute in den sozialen Medien und der eine oder andere oberschlaue Politiker.

Héctor hatte oft im Fernsehen gesehen, wie die tollen TV-Kommissare die Täter wunderbar treffsicher ins Bein schossen, woraufhin die Täter drehbuchgerecht umfielen. Daher hatten die Leute vermutlich diese seltsame Vorstellung, ein solches Vorgehen sei machbar oder sinnvoll.

Das war es leider nicht – im Gegenteil. In der Praxis war

ein Beinschuss weder möglich, noch war er klug. Zum einen war es unfassbar schwer, ein bewegliches Ziel überhaupt zu treffen, egal wohin. Beim Schießtraining der Polizei ging es deshalb vor allem darum, einen Angreifer so effektiv und sicher wie möglich auszuschalten. Also trainierten sie Schüsse in den Oberkörper, dort, wo am meisten Fläche vorhanden war, die man treffen konnte. Drei Schüsse. Denn zumindest spanische Polizisten wurden angehalten, überhaupt nur dann die Waffe zu ziehen, wenn Gefahr für Leib und Leben bestand – für sie selbst oder für unbeteiligte Dritte. Aber wenn sie die Waffe zogen, mussten sie sicherstellen, dass derjenige dadurch auch wirklich ausgeschaltet war.

Denn zum anderen waren Täter in einer solchen Konfrontation oftmals bis obenhin voll mit Adrenalin, manchmal dazu noch mit Drogen oder Alkohol. Selbst wenn es möglich gewesen wäre, in solch unübersichtlichen Extremsituationen einen gezielten Beinschuss zu platzieren, liefen die Täter einfach weiter. Das Adrenalin verhinderte, dass sie den Schmerz überhaupt spürten. Das hatte Héctor selbst einmal erlebt, in seiner Anfangszeit als Polizist. Er war mit einem Kollegen zu einer häuslichen Auseinandersetzung gerufen worden, sie fanden das Ehepaar im Garten. Die Frau kauerte an einem Oleanderbusch, ihr Mann stand mit einem Messer einige Meter von ihr entfernt und stürmte gerade los. Der Kollege feuerte, traf aber nur das Bein des Mannes. Bevor sie das Paar erreicht hatten, hatte der Mann seine Frau bereits mit Messerstichen traktiert, sie wäre fast gestorben. Den Beinschuss hatte der Mann, voller Wut und voll mit Koks, noch nicht einmal bemerkt.

Neben dem legendären Beinschuss gab es auch das Missverständnis, ein Messerangriff sei weniger gefährlich als eine gezogene Pistole. Da kommentierten sich die Journalisten auch gern die Finger blutig. Warum hatte der Polizist geschossen, wo der Täter doch *nur* ein Messer hatte?

Ein Messer war eine entsetzliche Waffe, tödlicher als die Pistole. Mit drei schnellen Schritten konnte ein Gefährder bei einem sein, den Hals aufschlitzen, den Bauch aufschlitzen. Ein

Messer hatte einen tödlichen Radius, eine tödliche Wirkung. Mit der Pistole musste man zuerst überhaupt irgendetwas treffen, was oft genug nicht gelang.

Héctor schüttelte noch einmal den Kopf. Kann nicht jemand mal ein Wörtchen mit diesen Drehbuchautoren reden und ihnen sagen, dass sie ihre Schießszenen ein bisschen realistischer darstellen sollten? Gezielter Beinschuss, so ein ausgemachter Blödsinn. Er hatte in einem stockdunklen Tunnel vor allem versucht, seinen Kollegen zu retten. Dass er dem Mann ins Bein geschossen hatte, war blanker Zufall und der Tatsache geschuldet, dass Héctor nicht der allerbeste Schütze war. Gezielt hatte er aufs Herz.

Er ließ das Smartphone sinken und machte sich Sorgen um Gemma. Sie war einfach davongerannt und würde sich vermutlich gleich in das nächste Unheil stürzen.

Hoffentlich passt Johanna diesmal besser auf, dachte er.

45

Als Johanna in die Tiefgarage der Jefatura kam, fuhr Gemma gerade mit quietschenden Reifen im alten Pick-up davon. Eilig stieg Johanna in ihren Fiat 500 und folgte ihr.

Falls sie denkt, sie kann mich im Stadtverkehr abhängen, ist sie schiefgewickelt, dachte sie, gab Gas und entdeckte den Pick-up an der Abbiegung in Richtung Ringautobahn. Doch Gemma hatte nicht vor, sie abzuhängen. Sie fuhr schlicht und einfach nach Hause.

Als beide im gekiesten Hof standen, hatte Gemma Tränen in den Augen. Und sie tat etwas höchst Seltenes: Sie warf sich in Johannas Arme und schluchzte bitterlich.

»Oma!«, weinte sie. »Oma, Bárbara ist weg, und ich bin schuld.«

Johanna drückte sie fest an sich. Nach einer Weile beruhigte sich Gemma wieder.

»Ich rufe Adrian an«, sagte sie, putzte sich die Nase mit dem Taschentuch, das Johanna ihr hinhielt, schritt zur Terrasse, klappte den Laptop auf und gab Adrians Skype-Namen ein.

Binnen weniger Sekunden erschien Adrians Gesicht auf dem Bildschirm. Sie trug die Haare offen und war anscheinend soeben erst aufgestanden.

»Was gibt es?«, nuschelte Adrian. Sie kaute etwas. Kurz darauf sah Johanna einen weiteren Löffel Müsli in ihrem Mund verschwinden.

»Wir haben noch einen Verdächtigen, noch eine Tote und noch eine vermisste Frau«, zählte Gemma auf.

Adrian kaute und schluckte. »Na bravo«, sagte sie. »Das läuft ja bei euch.«

Gemma berichtete ihr alles, was in den vergangenen Tagen passiert war. Adrian loggte sich in den Polizeiserver ein und las parallel die Berichte quer.

Es heißt zwar immer, Multitasking sei ein Mythos, aber jetzt kenne ich jemand, der es wirklich beherrscht, dachte Johanna anerkennend.

»Ihr glaubt also nicht, dass euer Obdachloser auch zu den Tätern gehört? Glaube ich auch nicht. Vermutlich hat er die Frau einfach nur gefunden.« Eine Katze sprang ins Blickfeld von Adrians Laptopkamera. »Weg da, Balboa«, sagte sie.

»Deine Katze heißt Balboa?«, fragte Johanna neugierig. »Das ist psychologisch aber hochinteressant.«

Adrian beachtete den Einwurf überhaupt nicht. Sie hatte bereits die Augen geschlossen und dachte nach.

»Es ist sehr unklar. Der zweite Mann, der zweite Täter, ist vielleicht kein Komplize, sondern der Haupttäter. Emilio Curra sah sehr gut aus. Vielleicht wurde er nur benutzt, um die Frauen anzulocken. Vermutlich wollte er aussteigen, als er merkte, dass sie getötet wurden. Und dann wurde er selbst zum Opfer.«

Johanna fand, dass dies eine ziemlich logische Schlussfolgerung war.

Adrian klickte sich noch einmal durch die Berichte. »Er ist nach der Entführung von Laura Hofstetter gestorben. Da muss ihm irgendwie klar geworden sein, welches Spiel wirklich gespielt wird.«

»Davon gehen wir auch aus«, bestätigte Gemma.

»Was wissen wir über das erste Opfer? Die Frau, die Héctor gestern in dem Tunnel gefunden hat?«

»Gar nichts«, sagte Gemma. »Es hat sie niemand vermisst gemeldet.«

Adrian grübelte. »Vielleicht eine illegale Einwanderin? Aus Südamerika sind doch viele auf Mallorca. Wenn sie ohne Papiere beschäftigt wurde, als Hausangestellte oder Kindermädchen, wagen die Arbeitgeber nicht, sie vermisst zu melden. Und die Familie in Südamerika hat keine Handhabe und kein Geld, hier nach ihr zu suchen.«

»Daran habe ich auch schon gedacht«, sagte Johanna.

»Vielleicht war sie ein Test? Der Täter, die Täter wussten, dass sie nicht so schnell vermisst gemeldet werden würde, sie hätten mehr Zeit gehabt, sie verschwinden zu lassen«, mutmaßte Gemma.

Adrian schloss erneut die Augen. »Und die Aktivisten. Immer wieder kommt ihr zu diesem Punkt, dass es Hinweise gibt. Habt ihr schon die Familien durchleuchtet?«

»Ja«, sagte Gemma. »Wir haben uns die Akten angesehen. Ros, Munar, Fuster. Dumme-Jungs-Streiche, so etwas. Aber nichts Aufsehenerregendes, nichts wirklich Verdächtiges.«

Stirnrunzelnd klickte sich Adrian weiter durch die Akten. »Offenbar ist euch doch etwas entgangen. Familie Ros, vor ungefähr sieben Jahren. Der Sohn ist ein paarmal angezeigt worden. Er hat Tiere gequält. Einmal hat er eine Katze angebunden, mit Benzin übergossen und angezündet. Er bekam eine Jugendstrafe, musste Sozialarbeit leisten.«

»Was?«, rief Gemma. »Aber davon stand nichts in der Akte von Ruben Ros!«

Adrian sah direkt in die Kamera. »Weil es nicht Ruben Ros war, der als Tierquäler verurteilt wurde. Sondern sein Bruder Rafel.«

»Aber … aber der ist doch tot.«

»Ist er.«

»Ist das nicht typisch für Psychopathen?«, fragte Johanna nachdenklich.

»Viele Kriminelle, die als Psychopathen diagnostiziert sind, haben solche Vorfälle in der Kindheit. Tiere töten, Feuer legen, Dinge zerstören.« Adrian las in der Akte. »Ruben war damals dreizehn Jahre alt, Rafel achtzehn. Sie waren mit Schulkameraden auf irgendeiner alten Finca. Da soll es passiert sein. Doch hier steht: Es war Ruben, der von einer Schulkameradin bei der Polizei angezeigt wurde. Allerdings hat sein Bruder Rafel die Tat später gestanden, und die Schulkameradin hat ausgesagt, sie hätte die beiden vielleicht verwechselt. Deshalb ist das nie in Rubens Akte gelandet.«

»Sehr merkwürdig.« Johanna dachte an das Foto, das sie in Amancio Ros' Wohnzimmer gesehen hatte. Der Vater und die Jungs, der eine hübsch, der andere recht unansehnlich. »Die beiden konnte man aber kaum verwechseln. Zumal sie auch unterschiedlich alt waren.«

Adrian zuckte die Achseln. »So steht es zumindest hier in diesem Protokoll.«

»Wie heißt denn diese Schulkameradin?«, fragte Johanna.

Adrian klickte noch einmal. »Carlota Martell.«

»Wo hat der Vorfall mit der Katze stattgefunden? In einer Finca?«, fragte Johanna.

»Ja, ein Grundstück mit einem kleinen Haus. Gehört der Familie Ros. Irgendwo hinter Llucmajor den Randa hoch, *en el quinto infierno*, in der Wallachei.«

»Das ist bei mir in der Nähe. Gib mir die Anschrift«, rief Johanna. »Ich habe eine Idee.«

Adrian gab ihr verwirrt die Adresse und wollte etwas fragen, doch Johanna klappte den Laptop zu. Sie griff nach dem Gehstock, schnappte sich die Autoschlüssel und humpelte zum Wagen.

»Komm schon, Kind. Lass uns gleich los, ich habe eine Ahnung, wo Bárbara sein könnte.«

Gemma fragte nicht lange, sondern sprang in den Wagen und fuhr sofort los. Johanna hatte die Adresse im Smartphone aufgerufen und dirigierte.

Sie nahmen die Straße von Llucmajor in Richtung Algaida und bogen noch vor der Steigung zum Randaberg rechts ab in eine kleine Seitenstraße.

Johanna warf einen Blick auf das Smartphone. »Jetzt links«, sagte sie.

Der Weg führte sie in eine noch kleinere Straße, die sich nun in Serpentinen den Berg hinaufwand, links und rechts nur Kiefern und Gebüsch.

»Hier soll noch eine Finca sein?«, wunderte sich Gemma. Sie beide kannten das Sträßchen, es führte hinauf zum Santuario de Gàrcia, einem alten Kloster.

In einer Straßenbiegung, versteckt zwischen Büschen, gab es tatsächlich eine schmale Auffahrt, die über einen steinigen Pfad zu einem geschlossenen Tor führte.

Gemma hielt an. »Diese Auffahrt habe ich vorher noch nie bemerkt.«

»Fahr da vorn zwischen die Kiefern«, sagte Johanna. »Wenn jemand kommt, muss man uns ja nicht gleich bemerken.«

Gemma ließ den Wagen zwischen die Bäume rollen. Sie stiegen aus und liefen ein Stück auf der Straße zurück.

»Nun wäre wohl der Moment, wo wir die Polizei rufen sollten«, meinte Johanna.

»Das hättest du machen sollen, bevor wir losgefahren sind.«

»Ich schreibe Héctor lieber eine Nachricht, dass er eine Streife schicken soll. Wenn wir tatsächlich etwas finden, wäre es besser, er weiß schon Bescheid. Und dann gehen wir rein«, entschied Johanna.

»Sie sollen einen Notarzt mitbringen. Sicher ist sicher.«

Gemma hatte das komische Gefühl, dass Johanna richtiglag mit ihrer Annahme, sie könnten Bárbara hier finden. Als die junge Boxerin Anna Maria Degenkamp verschleppt worden war, hatte der Täter genau diese Straße hoch nach Algaida genommen.

Sie gingen langsam die Auffahrt hoch und lauschten. Es war alles still. Durch das schmiedeeiserne Tor spähte Gemma in den Garten. Das Gelände war auf einer Seite mit einer hohen Mauer, auf der anderen Seite mit Maschendrahtzaun und Stacheldraht eingefriedet. Hinter der Auffahrt führte der Pfad um eine Kurve, dahinter lag, halb von Kiefern verdeckt, ein typisches mallorquinisches Landhaus, zweigeschossig, aus hellem Bruchstein. Es schien niemand da zu sein.

Gemma begutachtete das Tor. »Ich komme da drüber, aber du nicht.«

»Da dürftest du recht haben«, flüsterte Johanna.

Gemma huschte zurück zum Wagen und kam mit einem monströs aussehenden Bolzenschneider wieder.

»Kein Prob«, sagte sie und zwängte sich durch ein Gebüsch, um dahinter ein ordentliches Loch in den Zaun zu schneiden. »Damit man nicht sofort sieht, dass jemand eingebrochen ist.«

Johanna zwängte sich ebenfalls durch das Gebüsch und krabbelte Gemma durch das Loch hinterher. Sie betrachtete den meterlangen Bolzenschneider.

»Kleiner machst du's nicht, was? Woher hast du denn dieses Riesending?«

»Von Oriol, du weißt schon, der eine Klasse über mir war. Der ist bei der Feuerwehr. So was kann man immer brauchen.« Den Bolzenschneider schulternd, richtete sie sich auf.

Sie standen in dem verwilderten Garten der Finca.

»Es scheint nicht oft jemand hier zu sein«, flüsterte Gemma.

Leise bewegten sie sich auf das Gebäude zu. Dahinter war eine große Holzhütte zu sehen, offenbar ein Werkzeugschuppen. Sie gingen um das Haus herum. Alles still. Als sie zum Schuppen schlichen, hob Gemma plötzlich die Hand.

»Ich habe etwas gehört. Ein Wimmern«, flüsterte sie.

Johanna lauschte. Tatsächlich. Ein leises Schluchzen, dann Stille.

»Es kommt aus der Hütte.« Gemma überprüfte die Tür, sie war mit einem Vorhängeschloss gesichert. Sie setzte wieder den Bolzenschneider auf, und nach zwei Versuchen war das Schloss geknackt.

Vorsichtig öffnete Johanna die Schuppentür. Direkt gegenüber an der Wand stand eine Holzkiste. Wieder war ein Wimmern zu hören, es kam aus der Kiste.

»Bárbara?«, flüsterte Gemma und ging langsam in den Holzschuppen. »Diesen Irren ist alles zuzutrauen, hoffentlich gibt es keine Fallen oder Ähnliches«, raunte sie Johanna zu. »Bárbara, ganz ruhig. Wir sind da.«

In diesem Moment bemerkten sie, wie ein Wagen den Hügel hinaufbrummte und vor dem Tor stehen blieb.

»Ich glaube nicht, dass er das Auto gesehen hat, er kam von unten«, zischte Gemma. »Oma, bleib bei Bárbara. Wenn du deinen SMS-Ton hörst, öffne die Tür und komm raus.« Sie schlüpfte aus dem Schuppen.

Johanna harrte aus. Das Tor quietschte leise, als es geöffnet wurde. Der Wagen fuhr wieder an, das Tor wurde geschlossen. Jemand parkte vor dem Haus, eine Autotür klappte.

Dann vernahm sie ein leises »Ping«, der Ton für eine ankommende SMS. Sie nahm ihren Gehstock fest in die Hand und öffnete die Schuppentür.

Keine zehn Meter von ihr entfernt, die Hand noch an der Wagentür, stand ein weißhaariger Mann und sah sie entsetzt an. Es war Amancio Ros.

46

»Sie?« Amancio Ros machte keuchend einen Schritt rückwärts.

»Das könnte ich auch sagen«, antwortete Johanna. »Ich habe ehrlich gesagt Ihren Sohn erwartet.«

Ros schien sich wieder zu fangen. »Mein Sohn!«, sagte er wegwerfend. »Ruben hat hiermit nichts zu tun.«

Hinter ihm stand der weiße Lieferwagen. Johanna bemerkte, wie Gemma von hinten um das Fahrzeug herumschlich.

»Wenn ich von der Polizei wäre, würde ich Sie festnehmen. Wegen Mordes an Irina Andrejew, an Laura Hofstetter, an Joyce Reed, der Entführung von Anna Maria Degenkamp und …«, sie zeigte mit dem Stock auf die Schuppentür, »der Entführung von Bárbara Serra.«

Amancio Ros zuckte zusammen, als er die Namen hörte. »Aber Sie sind nicht von der Polizei. Und ich sehe auch keine Polizei. Señora Johanna, Sie sind doch nicht etwa ganz allein hergekommen?« Er sah sich um, lauschte. »Ich habe ja schon von Riera gehört, dass Sie die Superdetektivin sind. Aber Sie sind nicht mehr die Jüngste, oder? Übernehmen Sie sich gerade nicht etwas?«

Und ob, dachte Johanna.

Amancio Ros beugte sich leicht herab und griff ins offene Autofenster. Als er sich aufrichtete, hatte er eine große Taschenlampe aus Metall in der Hand. Er ging auf Johanna zu.

Sie nahm den Gehstock fest in beide Hände.

Ros blieb stehen und lachte. »Sie wollen kämpfen? Sehr mutig. Jetzt tut es mir fast leid um Sie. Aber es muss sein, das verstehen Sie doch?«

Er wollte weitergehen, als Gemma von hinten heranschlich und ausholte, um Ros den Bolzenschneider über den Kopf zu schlagen. Aber der drahtige Mann hatte offenbar ein Geräusch gehört und sich halb umgedreht. Der Bolzenschneider traf nur seine Schulter. Er sackte zusammen, richtete sich wieder auf und wollte nun auf Gemma losgehen, die ihm umstandslos zwischen die Beine trat.

Mit zwei schnellen Schritten war nun auch Johanna da und hieb Ros den Gehstock über den Schädel. Gemma setzte mit dem Bolzenschneider hinterher. Ros ging wieder in die Knie. Nach weiteren Hieben mit Johannas Gehstock und dem meterlangen metallenen Bolzenschneider blieb er liegen.

Sie hörten in der Ferne die Sirenen der Streifenwagen, die Héctor losgeschickt hatte.

»Die Kavallerie kommt«, knurrte Gemma und stürzte zum Schuppen, um Bárbara zu befreien. Johanna ließ Ros liegen und eilte ihr hinterher.

Gemma kniete vor der Kiste, vorsichtig klappte sie den Deckel hoch. Bárbara öffnete die Augen, sah Gemma und Johanna an, lächelte mit zitternden Lippen und wurde bewusstlos.

»Oma, sie stirbt!«, schrie Gemma entsetzt.

Die junge Frau war furchtbar zugerichtet. Sie hatte einen offenen Bruch am rechten Arm, der Knochen stak aus dem Fleisch. Ihre Hüfte wirkte verdreht, ihr linkes Hosenbein war blutgetränkt, Johanna vermutete einen weiteren offenen Bruch.

Gemma sprang auf und rannte aus dem Schuppen. Die Polizisten waren eingetroffen, ein junger Beamter hockte neben Ros. Eben fuhr auch ein Notarztwagen durch die Einfahrt. Gemma winkte die Sanitäter sofort in den Schuppen zu Bárbara und sah wachsbleich zu, wie die Männer sie behutsam untersuchten, einen Tropf legten, vorsichtig die Brüche schienten und sie auf eine Trage betteten.

»Das sieht schlimm aus«, sagte der Notarzt, als die Sanitäter Bárbara in den Rettungswagen trugen. Er wirkte noch jung, hatte aber schon graue Schläfen. »Wir versetzen sie in ein künstliches Koma, sonst übersteht sie die Schmerzen nicht. Ein Wunder, dass sie überhaupt noch lebt. Das war wirklich höchste Eisenbahn.«

Er schwang sich in den Wagen und fuhr mit den Sanitätern davon.

Ros war wieder zu sich gekommen, er hatte zwei große Platzwunden an der Stirn. Ein zweiter Rettungswagen war bereits unterwegs.

Die Polizisten wandten sich fragend Johanna und Gemma zu.

»Bei uns ist alles gut. Wir kommen gleich zur Jefatura für die Aussage«, sagte Johanna und setzte sich schnaufend auf einen dicken Holzblock, der neben dem Schuppen lag.

Sie sah Gemma an. »Weißt du was, Kind? Ich werde langsam zu alt für diesen Mist.«

47

Amancio Ros legte ein volles Geständnis ab. Adrian Ortega war aus Madrid angereist und übernahm gemeinsam mit Héctor die erste Vernehmung, die den Rest des Tages dauerte.

Ros gab an, er habe den Drogentod seines ältesten Sohnes rächen wollen.

»Da gibt ihm so ein billiges Partymädchen dieses Sauzeug, und auch noch in einer so hohen Dosis. Diese Frau war schuld an seinem Tod, und sie ist gänzlich ohne Strafe davongekommen.«

Héctor erinnerte sich an den Akteneintrag, den er kurz zuvor gelesen hatte. Rafel war achtzehn gewesen, die junge Frau siebzehn. Sie hatten sich in einer Disco kennengelernt, ein bisschen herumgeknutscht. Sie kam aus den Niederlanden. Femke van de Velde aus Rotterdam. Es war Sommer, und der Abend sollte noch lang sein. Sie hatten draußen vor der Disco kristallines Ecstasy gekauft, beide zum allerersten Mal. Und beide hatten keine Ahnung von Drogen. Femke sagte aus, sie hätten sogar noch gegoogelt, wie viel man nehmen dürfte. Sie verschätzten sich beide gründlich. Während Femke im Krankenhaus um ihr Leben kämpfte, starb Rafel schon im Notarztwagen an Multiorganversagen. Die junge Frau überlebte die Überdosierung und wurde wegen »leichtfertiger Verursachung des Todes« und »Verstoß gegen das Betäubungsmittelgesetz« angeklagt. Allerdings war nicht zu ermitteln gewesen, wer von beiden die Drogen gekauft und dem anderen angeboten hatte, deshalb wurde die Anklage letztendlich fallen gelassen. Ros hatte noch eine Zivilklage angestrengt, weil er davon überzeugt gewesen war, dass Femke seinem Sohn die Drogen aufgedrängt hatte, aber auch diese Klage wurde abgeschmettert.

Mit hochrotem Gesicht saß Ros auf dem Vernehmungsstuhl und trank einen Schluck Wasser, ehe er fortfuhr. Emilio Curra habe er bei einer illegalen Pokerrunde in Salzburg getroffen und sofort gesehen, dass er ein hoffnungsloser Spieler war, einer, der gerade dabei war, sich um Kopf und Kragen zu spielen, und immer nur verlor.

»Ich habe ihm Geld geliehen. Ich sammle solche Leute. Es kann manchmal ganz gut sein, wenn es Menschen gibt, die einem was schulden.«

Er hatte mitbekommen, wie Emilio sich immer tiefer in Schulden verstrickte und sich schließlich aus Österreich absetzte.

»Und wo treffe ich ihn zufällig wieder? In Port d'Andratx, direkt vor meiner Haustür«, sagte Ros amüsiert. »Er flirtete mit einer jungen Frau im Bistro, als ich ihn per Zufall entdeckte. Wollte nur rasch einen Espresso trinken, da steht er da in Kelleruniform und macht schöne Augen. Da hatte ich die Idee.«

Ros habe Emilio gedroht, den wütenden Russen und Saudis, die in Salzburg auf ihr Geld warteten, zu verraten, wo er steckte. »Ich habe ihm ein Angebot gemacht. Wenn er mir hilft, ein paar Mädchen aufzugabeln, bekommt er das Geld und kann seine Schulden bezahlen. Er war so verzweifelt, dass er eingeschlagen hat.«

Es sei ganz einfach gewesen. Emilio habe Partymädchen angesprochen und im richtigen Moment ihre Drinks mit K.-o.-Tropfen versetzt. Dann habe er die Frauen aus den Lokalen geschleppt, auf den Partymeilen gebe es so viele Alkoholleichen, die von Freunden gestützt werden, das fiel überhaupt nicht auf. Der Hotellieferwagen war jeweils in der Nähe geparkt. Emilio musste nur in einem unbeobachteten Moment die Frauen in den Wagen hieven, fesseln und in die Kiste legen. Die Zugangscodes zu den Hotelparkplätzen hatte Ros natürlich.

»Ich habe mir für diesen Zeitraum jeweils ein Alibi besorgt«, sagte er. »Falls doch etwas schiefgeht.«

Am nächsten Morgen habe er den Wagen abgeholt und zur Finca am Randaberg gebracht, die Opfer mit einem Stromschlag getötet und die Kisten mit den Leichen auf der Insel verteilt.

»Soll das heißen, Sie haben die Frauen überhaupt nicht gesehen?«, fragte Adrian.

»Lebend zumindest nicht«, sagte Ros. »Ich habe sie erst ganz zum Schluss gesehen, wenn ich die Kisten abgelegt habe. Da habe ich dann den Deckel geöffnet.«

»Und warum haben Sie den Deckel geöffnet?«

»Na ja, sie sollten ja gefunden werden, damit die Familien Gewissheit haben. Ich wollte da nicht riskieren, dass Spaziergänger oder sonst jemand einfach an den Kisten vorbeigehen und sie nicht öffnen, weil sie vielleicht denken, sie seien leer.« Ros hustete. »Auf der anderen Seite sollten sie auch nicht zu schnell gefunden werden, deshalb habe ich sie etwas versteckt.«

Das klang ziemlich verrückt, fand Héctor.

Adrian stoppte die Aufnahme. »Wir machen eine Pause.« Sie winkte Héctor aus dem Vernehmungszimmer.

Draußen stand sie mit verschränkten Armen da. »Es passt nicht. Es passt hinten und vorn nicht. Er tötet wie ein Psychopath und öffnet danach die Kisten, damit die Frauen gefunden werden und die Familien Gewissheit haben? So handeln Psychopathen nicht.«

Héctor zuckte die Achseln. Er fand den Mann glaubwürdig. »Aber er kennt sehr viele Details, er hat Täterwissen.«

»Das ist wahr. Komm, wir hören uns den Rest an.«

Sie gingen wieder hinein, Adrian schaltete das Aufnahmegerät ein.

»Sehen Sie, es war ja nichts Persönliches«, sagte Ros. »Ich wollte nicht zusehen, wenn sie starben. Es sollte nur jemand für Rafels Tod bezahlen.«

Er knetete seine Hände, fuhr sich durch den weißen Schopf. Emilio habe nach der dritten Entführung plötzlich Ärger gemacht. »Das war, als er kapiert hat, dass die Frauen sterben. Keine Ahnung, was er dachte, was ich mit ihnen vorhabe.«

Er habe aufhören wollen. Habe sogar angeboten, das Geld zurückzugeben.

»Das war völlig absurd. Die dritte Frau lag schon im Transporter, als er anrief und aussteigen wollte. Er war gerade in sein Apartment zurückgekehrt, er wollte wieder hinfahren und die Frau freilassen.«

Ros habe ihm gesagt, er solle warten.

»Ich hatte ihn für das Gespräch abgeholt. Ich wollte nicht, dass er mit seinem Wagen bei mir aufkreuzt. Wir sind herumgefahren und haben geredet. Sind die Ma-10 hoch, von Port d'Andratx in Richtung Tramuntana.«

Emilio sei immer verzweifelter geworden, habe herumgeschrien, die Autotür aufgerissen.

»Ich habe ihn aussteigen lassen. Und weil ich auch so wütend war, habe ich gedreht, Gas gegeben und ihn umgefahren.«

Héctor hatte die Vernehmung über geschwiegen. Jetzt schaltete er sich ein. »Und dann?«

»Ich bin zurückgefahren, habe den Lieferwagen geholt und dieses Mädchen zur Finca gebracht.«

Héctor notierte sich etwas, Ros sah plötzlich alarmiert aus. »Ich weiß es nicht mehr genau. Ich war sehr erregt und wütend in dieser Nacht. Vielleicht habe ich auch …« Er brach ab und schwieg.

»Und wie haben Sie Joyce Reed, Anna Maria Degenkamp und Bárbara Serra entführt?«, fragte Adrian.

»Ich hatte ja Emilio nicht mehr, um die Mädchen aus den Discos zu locken.«

Er habe sich in eine Seitenstraße in der Nähe der Partymeilen gestellt und einfach abgewartet, bis eine Frau allein vorbeischlenderte.

»Die Tür vom Transporter war schon auf. Ich habe sehr fest mit meiner Taschenlampe zugeschlagen, die Mädchen geknebelt und gefesselt und weggebracht.« Ros hustete noch einmal, dann griff er sich ans Herz und sank im Stuhl zusammen.

Héctor rief den Notarzt, der in wenigen Minuten da war. Ros wurde ins Krankenhaus gebracht, die Klinik gab kurz danach Entwarnung.

»Es war wohl nur eine Panikattacke«, sagte Héctor, der mit dem Krankenhaus telefoniert hatte.

Adrian saß immer noch im Vernehmungsraum und grübelte. »Ich sage es dir, er passt so gar nicht ins Schema.« Sie spulte die Aufnahme zurück und hörte sich eine Passage noch einmal an.

»Sehen Sie, es war ja nichts Persönliches. Ich wollte nicht zusehen, wenn sie starben. Es sollte nur jemand für Rafels Tod bezahlen.«

Adrian starrte auf das Aufnahmegerät. »Ich weiß, was du sagen willst. Es klingt letztlich plausibel.«

So funktioniert Rache, dachte Héctor. Es passiert ein Fehler, ein Unfall, ein Versehen, und jemand soll dafür bezahlen. Die junge Frau, die Rafel die Drogen gab, hatte sicher nicht gewollt, dass er stirbt. Es waren Sommerferien. Sie wollte feiern, ein bisschen high sein, Party machen. Zusammen mit dem hübschen Jungen.

War sie schuld? War Rafel schuld, weil er die Drogen angenommen hatte? War der Dealer schuld, der sie verkaufte? War der Mann schuld, der die Drogen hergestellt hatte? War die Gesellschaft schuld, die Drogen und Drinks als angesagten Lifestyle verherrlicht?

»Wer war verantwortlich? Wer hätte bezahlen müssen?«, fragte sich Héctor und merkte dann erst, dass er laut gesprochen hatte.

Adrian nahm ihre Tasche und stand auf. »Keine Ahnung. Ich weiß nur eines: Ich habe Zweifel, ob Amancio Ros wirklich der Täter ist. Zumindest war er es nicht allein.«

48

Johanna lief unruhig durchs Haus. Ging auf die Terrasse, wo es viel zu heiß war, kehrte ins Wohnzimmer zurück. Gemma war zum Laden gefahren und wollte danach Bárbara im Krankenhaus besuchen.

Sie entschloss sich, Héctor anzurufen, um nach Einzelheiten der Ros-Vernehmung zu fragen. Er drückte ihren Anruf gleich weg.

Oh weh, dachte sie bedrückt. Er ist nicht nur auf Gemma, sondern auch auf mich wütend.

Nach ihrem Alleingang bei Bárbaras Befreiung war Héctor rauchend vor Zorn ins Vernehmungszimmer geplatzt, wo sie mit Gemma gesessen und ihren Kampf mit Ros zu Protokoll gegeben hatte.

»Seid ihr zwei völlig verrückt?«, hatte er gezischt. »Erst kommt Gemma mit dieser völlig schiefgelaufenen Lockvogel-Nummer, dann rennt ihr beide los, um allein einen Serienmörder zu stellen! Habt ihr sie nicht mehr alle?«

»Aber der Arzt hat gesagt, eine Stunde später und Bárbara wäre tot gewesen«, hatte Gemma kläglich gemurmelt.

»Ohne dich wäre sie gar nicht erst in diese Lage geraten«, hatte Héctor wutentbrannt gebrüllt und war aus dem Zimmer gestürzt.

Das war gestern gewesen, seitdem war Funkstille.

Johanna lief wieder auf die Terrasse und von dort in den Garten. Sie umrundete das Haus und ging über die Wiese mit den Mandelbäumen. Anschließend betrat sie erneut das Haus, ging in die Küche, öffnete den Kühlschrank und schloss ihn wieder.

Es stimmte nicht. Etwas stimmte ganz und gar nicht.

Sie wählte Adrians Nummer. »Kannst du mir das Protokoll von der Ros-Vernehmung schicken?«, bat sie.

Adrian sagte zu. »Es ist aber ziemlich erschütternd, ich warne dich.«

Johanna setzte sich an ihren Schreibtisch und öffnete ihre E-Mails, Adrians Mail war schon da. Sie las das Protokoll zweimal, dann rief sie wieder Adrian an.

»Er hat nicht gewusst, dass Emilio Curra erschlagen wurde, bevor ein Auto ihn überfuhr«, sagte sie. »Ich nehme an, das ist euch aufgefallen.«

»Ist es. Allerdings hat er auch gesagt, dass er sehr erregt und wütend war an dem Abend und sich nicht richtig erinnern kann. Es ist alles äußerst zweifelhaft. Worauf willst du hinaus?«

»Ich bin mir nicht sicher«, gab Johanna zu. »Wie hieß noch einmal das Mädchen, das Ruben damals bei der Polizei angezeigt hatte? Wegen der getöteten Katze.«

Sie hörte, wie Adrian auf der Tastatur klapperte. »Carlota Martell. Was hast du vor?«

»Hast du auch eine Adresse?«

»Carrer Gran Via Reina Constanza in Santa Ponça. Ich hoffe nicht, dass du wieder etwas Verrücktes vorhast«, sagte Adrian und legte auf.

Johanna setzte sich in den Wagen und fuhr nach Santa Ponça. Sie parkte an der angegebenen Adresse an einem Kreisverkehr. In dem Viertel befanden sich hauptsächlich Mehrfamilienhäuser.

Mal keine Superreichen-Villa, dachte sie erleichtert.

Sie klingelte bei den Martells. Ein etwa dreizehn Jahre altes Mädchen öffnete.

»Ist Carlota da?«, fragte Johanna.

Das Mädchen verneinte und sagte, ihre Schwester sei bei ihrem Nachmittagsjob, kellnern in der Bar »Santa Ponça« direkt am Strand.

Johanna bedankte sich, fuhr zurück ins Zentrum und suchte nach einem freien Parkplatz.

Santa Ponça war eine ganze Weile in britischer Touristenhand gewesen, doch mittlerweile kamen auch viele deutsche Urlauber hierher. Einige prominente TV-Auswanderer hatten sich in Santa Ponça niedergelassen, die Fernsehblondine Daniela Katzenberger hatte einige Zeit ein Café geführt. Schlagerstar Jürgen Drews zeigte in seinem Kultbistro »König von Mallorca« all seine Goldenen Schallplatten, dazu Bilder und Fotos von Auftritten, den legendären Königsmantel in knallbunter Umgebung, Johanna kannte das Lokal.

Hinter dem Bistro fand sie einen Parkplatz und schlenderte hinunter zum Strand. Der Hauptstrand befand sich nördlich des Zentrums an einer hübschen Bucht mit Strandpromenade und Bars, Geschäften und Imbissen. Die Aussicht war hier eine Sache des Standpunktes, und zwar im wahrsten Sinne des Wortes. Auf der linken Seite wirkte die Bucht recht naturbelassen, rechts reihten sich Häuser und Hotels aneinander.

Einige der Hotels standen leer, wusste Johanna, andere waren seit gewiss zwanzig Jahren nicht mehr renoviert worden. Manchmal wünschte sie, jemand könnte diese ganzen Bausünden vor allem aus den siebziger Jahren, die große Teile der mallorquinischen Küste verschandelten, einfach abreißen. An der Playa geschah das sogar schon. Die alten Betonkästen wichen neuen, architektonisch etwas gelungeneren Gebäuden. Allerdings waren die Preise in den neuen Hotels gleich doppelt so hoch.

Die Balearen lebten vom Tourismus und befanden sich in einer Zwickmühle. 2018 war ein Rekordjahr gewesen, da hatten mehr als sechzehn Millionen Menschen Urlaub auf den Inseln gemacht. Alle stöhnten, die Grenze der Belastbarkeit sei erreicht. Sobald aber die Buchungszahlen nur minimal sanken, gab es gleich die nächsten Schlagzeilen. »Alarm am Ballermann. Immer weniger Deutsche fliegen nach Mallorca«, hieß es dann. Kellner und Zimmermädchen begannen um ihre Jobs zu fürchten. Die Inselregierung hätte lieber hochwertigeren Tourismus ohne die Partytouristen, die meist in den günstigen Hotels wohnten. Aber das ließ sich nicht von oben verordnen. Es war nicht einfach.

Am Strand angekommen, setzte sich Johanna in der Bar an den Tresen. Eine ungefähr zwanzigjährige Frau stand hinter der Theke und polierte Gläser, sie trug ein bauchfreies Stricktop in leuchtendem Blau, das ihre sonnenbraune Haut betonte.

»Was möchten Sie?«, fragte sie freundlich auf Deutsch.

»Wir können gern Spanisch sprechen«, sagte Johanna. »Bist du Carlota?«

Die Frau wirkte misstrauisch. »Ja?«, sagte sie langsam.

»Ich muss dich etwas fragen. Es ist wichtig, und es wäre gut, wenn du dich genau erinnerst. Weißt du noch, wie du vor sieben Jahren Ruben Ros bei der Polizei angezeigt hast, weil er eine Katze getötet hat?«

Carlota ging um die Theke herum und setzte sich zu ihr. »Sind Sie von der Polizei?«

»Nein, ich bin Detektivin. Ich muss einen Fall zu Ende bringen, und dazu muss ich genau wissen, was Ruben für ein Mensch ist. Hilfst du mir?«

Die Frage funktionierte immer. Wer Menschen direkt um Hilfe bittet, dem helfen Menschen in der Regel auch. Auf diese Frage Nein zu sagen schaffte fast niemand.

»Natürlich«, antwortete Carlota. »Was wollen Sie denn wissen, Señora?«

»Wie war das damals genau? Du hast Ruben angezeigt, aber Rafel hat die Tat gestanden, oder?«

»Jaa«, sagte Carlota lang gezogen. »Da hatte ich mich wohl vertan.«

»Hattest du dich vertan?«

Carlota starrte stirnrunzelnd auf ihre Füße. »Nein.« Sie klang nun hart und bestimmt. »Nein, ich hatte mich nicht vertan. Ruben hat die Katze getötet. Er hat immer so einen Mist gemacht, wenn wir auf der Finca waren. Öl in einen Ameisenhaufen gekippt, um zu sehen, wie die Ameisen sterben, aus dem Gebüsch heraus Steine auf Autos geworfen, einmal wollte er Feuer in dem alten Kloster oben legen, aber da haben wir gesagt, dass wir da nicht mitmachen.«

»Wart ihr zu mehreren?«

»Ja, wir sind manchmal übers Wochenende hin, fünf oder sechs Leute aus der Klasse, Ruben hat uns eingeladen. Wenn Rafel mitkam, durften wir auch übernachten, weil er schon achtzehn war.«

»Wer war noch dabei?«

»Na ja, Ruben und Rafel, Antoni Munar, Luca Fuster, manchmal auch Xavier Fuster, der war eine Klasse über uns, Elia Rey und ich.«

»Und wie war das mit der Katze?«

»Da war nur ich dabei. Ich glaube, Ruben wollte mich beeindrucken oder so. Da war ein kleines Kätzchen, das war schon den ganzen Tag ums Haus geschlichen, ich habe es mit Resten vom Mittagessen gefüttert.« Carlota sah Johanna wütend an. »Die Katze trug ein Halsband, sie gehörte jemandem. Und dann fing Ruben sie, knotete ein Seil an das Halsband und sagte: ›Guck mal, ich habe dir eine Katze gefangen‹. Ich war sauer, weil er so ruppig mit dem Tier umging.«

Carlota knüllte eine Papierserviette zusammen, die vor ihr auf der Theke lag.

»Er ging plötzlich zum Schuppen und kam mit einem Kanister zurück. Es ging blitzschnell, ich konnte gar nichts tun. Er goss Benzin über das Kätzchen und zündete es an.« Sie hatte Tränen in den Augen. »Das Tier hat so furchtbar geschrien. Es war schrecklich. Ich habe Papa angerufen, er hat mich abgeholt, und wir sind sofort zur Polizei.«

»Die sind daraufhin aktiv geworden?«, fragte Johanna verwundert. Sie wusste, dass bis 2018 Tiere in Spanien rechtlich als Gegenstände galten, Tierquälerei wurde meistens überhaupt nicht verfolgt.

»Nicht wegen der Katze, sondern wegen des Feuers. Das war im Sommer, und es war streng verboten, am Randa Feuer zu machen. Und später hat sich noch der Besitzer der Katze gemeldet und gesagt, dass das eine teure Rassekatze war. Er wollte Schadenersatz.«

»Und dann?«

»Tja, Papa hat mir erzählt, dass Rafel gesagt hat, er wäre es gewesen. Er hat als Strafe für das Feuermachen im Tierheim arbeiten müssen, und sein Vater hat dem Katzenbesitzer Geld gezahlt.«

Johanna betrachtete die junge Frau. »Die Wahrheit hat vermutlich keinen mehr interessiert. Es ging ja nur um ein Feuerchen und eine tote Katze.«

»So war es. Sogar meine Eltern haben gesagt, vielleicht hätte ich mich ja wirklich vertan, und ich war vierzehn und habe irgendwann nicht mehr widersprochen. Aber ich bin da nie wieder hingefahren zu Ruben und Rafel.«

Johanna bedankte sich und ging zurück zum Auto. Als sie sich umblickte, stand Carlota vor der kleinen Strandbar und blickte aufs Meer, die Hände zu Fäusten geballt.

Sie haben Ruben immer beschützt, dachte Johanna. Sein Bruder nahm seine Taten auf sich, sein Vater wird nun für ihn ins Gefängnis gehen, verurteilt als Mörder.

Als Johanna im Wagen saß, rief sie noch einmal Adrian an. »Entschuldigung, dass ich so viele Umstände mache. Könntest du in die Zeugenliste gucken und nachsehen, wie der Butler Patrice mit Nachnamen heißt?«

Adrian knurrte. »Ich bin nicht die Aushilfskraft, das weißt du, oder?« Sie tippte jedoch bereits. »Patrice Roux. Und jetzt?«

»Guck bitte, ob gegen den Mann etwas vorliegt. Oder vorlag, irgendwann.«

Sie hörte, wie Adrian scharf die Luft einzog. »Hellseherin, was? Er hat Geld gestohlen, ziemlich viel sogar. Er war angestellt in einem Hotel in Marbella, das war vor acht Jahren. Er hat dort in die Kasse gegriffen. Hat Schmuck der Gäste aus dem Hotelsafe geklaut. Ist aber mit einer Bewährungsstrafe davongekommen, weil er alles zurückgezahlt und ein Geständnis abgelegt hat.«

»Soso«, sagte Johanna. »In welchem Hotel war er denn?«

»Im ›Marbella Sun‹, und das gehört …« Adrian brach ab.

»Das gehört zur Ros-Kette, dachte ich mir«, sagte Johanna und legte auf.

»*Ich sammle solche Leute*«, hatte Ros in der Vernehmung über Emilio gesagt. »*Es kann manchmal ganz gut sein, wenn es Menschen gibt, die einem was schulden.*«

Ja, dachte Johanna. Ros hatte bei seiner Vernehmung gelogen, davon war sie überzeugt. Aber vermutlich wird nicht alles gelogen gewesen sein. Patrice wird seine Schulden bei Ros teuer abbezahlt haben.

Sie fuhr zum Anwesen der Ros'. Der Portier öffnete und teilte ihr mit, dass die Herrschaft nicht da sei.

»Ich möchte zu Patrice«, sagte Johanna freundlich.

Der Portier wirkte erstaunt, öffnete jedoch das Tor.

Johanna fuhr die lange Auffahrt entlang und parkte vor der Villa. Patrice kam ihr auf den Stufen zur Eingangshalle entgegen.

»Guten Abend, gnädige Frau. Sie wollen zu mir?« Der Portier hatte offenbar schon im Haus angerufen.

Johanna stieg direkt ein. »Wie kommt es, dass Señor Ros einen verurteilten Dieb als Butler beschäftigt?«

Patrice wurde bleich und hob abwehrend die Hände, sagte aber nichts.

»Ihnen ist klar, dass Sie sich jetzt einen neuen Job suchen können, oder? Ihr Chef sitzt im Knast und wird des mehrfachen Mordes angeklagt. Außer ihm wird niemand einen Dieb im Haus haben wollen.«

Patrice wich einige Schritte vor ihr zurück. »Was wollen Sie?«, keuchte er.

»Die Wahrheit«, sagte Johanna. »Sie können ihn retten, Ihren Chef, und Sie können sich retten.«

Der Butler sank auf den Stufen zusammen. »Was wollen Sie?«, fragte er noch einmal leise.

»Wie war das damals, als Ros für Sie das Geld zurückzahlte, das Sie gestohlen hatten. Was hat er dafür verlangt?«

Patrice sah Johanna lange an, er wirkte elend. »Ich sollte als Butler bei ihm arbeiten.«

»Was hat er von Ihnen verlangt in Bezug auf Ruben?«

Der Mann schluckte. »Er hat gesagt, Ruben sei psychisch instabil. Wir Angestellten«, er wies auf die Pförtnerloge, »also Josep, Angelina und ich, wir sollten nur ihn informieren, wenn Ruben komische Dinge tun sollte. Und aufpassen, dass niemand die Polizei holt oder so.«

»Was für komische Dinge hat Ruben denn getan?«

Patrice verbarg das Gesicht in den Händen. »Oh Gott, schlimme Dinge. Rafel hat einmal drei Ziervögel geschenkt bekommen, zum Geburtstag, von seiner Patentante, denen hat

Ruben die Köpfe abgerissen. Rafel musste seiner Tante sagen, sie seien ihm weggeflogen.«

Umständlich und vorsichtig setzte sich Johanna zu Patrice auf die Stufen. Er zitterte am ganzen Körper, als er fortfuhr.

»Er hat Feuer gelegt, immer wieder. Und einmal war Besuch da, mit einem süßen kleinen Hund. Plötzlich war der Hund weg.« Patrice legte die Hand vor den Mund. »Ich bin wie verrückt herumgelaufen, ich habe das Schlimmste geahnt. Ich habe ihn bei den Garagen gefunden. Ruben stand daneben und hat gelacht, er war irrsinnig! Er hatte dem Hund die Vorderpfoten mit Metalldraht zusammengebunden und ihn unter Strom gesetzt.« Er atmete schwer.

Johanna klopfte ihm beruhigend auf die Schulter.

»Das tote Tier habe ich von der Klippe geworfen, ein Loch in den Zaun geschnitten und behauptet, der Hund sei durch das Loch entwischt. Wir haben tagelang so getan, als würden wir ihn suchen.«

»Señor Ros hat ausgesagt, er sei am 5. August frühmorgens, als der Besuch fort war, mit dem Wagen weggefahren. War das so?«

»Es ist jemand gegen drei Uhr fünfzehn weggefahren, ich habe den Wagen gehört. Aber es war nicht Señor Ros. Er konnte oft nicht schlafen und hat mir beim Abräumen geholfen. Wir haben um die Uhrzeit zusammen die Spülmaschine eingeräumt und noch einen Tee getrunken. Er ist gegen fünf Uhr zu Bett gegangen.«

»Also ist Ruben im Auto weggefahren?«

»Das weiß ich nicht. Ich habe nur den Wagen gehört, ich habe nicht rausgesehen. Josep war schon im Bett, nachts schließt die Herrschaft das Tor selbst auf und zu.«

An ihrem Gehstock hangelte sich Johanna wieder von den Treppenstufen hoch. Ros konnte den Kellner nicht getötet haben. Er hatte die Frauen nicht getötet. Er hatte seinen Sohn beschützt, seinen Sohn, den Teufel.

»Bist du verrückt? Bist du völlig verrückt?«

Robla brüllte wieder.

»Erst geben wir an die Presse, dass dieser tote Kellner der Täter war. Du sagst, der war es nicht. Dann erschießt du einen Obdachlosen, weil du glaubst, dass er der Mörder ist. Jetzt sagst du, der war es auch nicht. Wir nehmen den reichsten Mann der Insel fest, der liefert uns ein Geständnis. Doch *du* sagst, er war es auch nicht. Stattdessen hast du noch einen Mörder im Angebot? Vergiss es, Junge. Vergiss es einfach.« Robla knallte seine Kaffeetasse auf den Tisch.

»Wir haben ein Geständnis. Das dürfte erst einmal reichen.« Er wirkte erschöpft.

Héctor hätte nun alles Mögliche richtigstellen können. Zum Beispiel, dass der Kellner sehr wohl zumindest Mittäter war. Dass er den Obdachlosen nur angeschossen hatte. Und dass der alte Ros ganz sicher Mitwisser, aber vermutlich eben nicht der Mörder war. Er räusperte sich.

»Wir haben Hinweise, dass das Alibi von Ruben Ros Löcher hat. Wir können da ansetzen und weiter nachforschen.«

Robla schüttelte den Kopf. »Nichts dergleichen wirst du tun. Ros hat schon gesagt, dass er uns alle Anwälte der Welt auf den Hals hetzt, wenn wir weiter gegen seinen Sohn ermitteln. Du wirst schön die Beweise finden, die gegen Amancio Ros sprechen, und das war es. Und diese Ortega kannst du auch wieder heimschicken.« Er stand auf, ging zur Tür und hielt sie weit auf. »So, und jetzt ab. Kollegin Alicia Navarro war schon sehr umtriebig mit dem Anschlag an der Playa. Hat da eine Umweltgruppe observiert, die sich verdächtig verhält. Irgendein Manu Sowieso hat da wohl seine Finger drin. Wenn ihr wollt, könnt ihr ja bei ihr mithelfen.«

Héctor blieb hartnäckig. »Aber vielleicht können Johanna und Gemma weiter …«, begann er, doch Robla unterbrach ihn.

»Und das mit deinen Privatdetektivinnen, das kannst du dir abschminken. Ich versuche gerade, Johanna Miebachs Spuren zu folgen. Und soll ich dir was sagen? Ich komme nicht weiter. Musste sogar einen Kollegen in Deutschland um Hilfe bitten. Mal sehen, was der herausfindet.«

Héctor schluckte. Genau so etwas hatte er befürchtet.

Héctor war immer noch wütend auf Gemma, als sie anrief und sich kleinlaut entschuldigte.

»Du hast ja recht«, sagte sie leise. »Oma und ich hätten es der Polizei überlassen sollen, die Finca nach Bárbara zu durchsuchen. Aber du musst zugeben, dass wir ein tolles Timing hatten. Wenn Ros die Streifenwagen gesehen hätte, wäre er sofort geflohen.«

Trotz aller Leichtsinnigkeit war die Sache halbwegs gut ausgegangen, das fand auch Héctor.

»Darüber sprechen wir noch«, knurrte er streng, sagte aber zu, als Gemma ihn bat, mit zum Essen zu kommen.

»Wir fahren auf den Randa«, hatte Johanna beschlossen, denn sie hatte festgestellt, dass Adrian Mallorca und seine Sehenswürdigkeiten kaum kannte. Das alte Kloster Santuari de Cura mit seinem Klosterrestaurant gehörte eindeutig zu den Orten, die Adrian erlebt haben sollte.

Sie quetschten sich in den Fiat 500, und Johanna sauste die Straße in Richtung Algaida entlang, bog dann rechts ab zum Kloster. Der Weg führte in Serpentinen den Berg hinauf, durch lichte Kiefernwälder, vorbei an wildem Salbei und Spargel, duftenden Lavendelsträuchern, karstigem Felsen.

Auf dem Gipfel angekommen, fuhren sie an einem eingezäunten Gelände vorbei. Einige flache Gebäude standen darin, dazu große Antennen, Radarschirme und ein Turm mit einem runden Aufbau, der aussah wie ein riesiger Golfball.

»Ach«, staunte Adrian. »Was ist das denn?«

»Eine Radar- und Telekommunikationsstation.« Johanna fuhr langsamer. Sie hatten das Kloster fast erreicht. »Hier steht eine, und eine gibt es noch auf dem Puig Major.«

»Radarstation, soso. Und wozu wird die benötigt?«

»Damit wird der gesamte Schiffs- und Flugverkehr im westlichen Mittelmeer abgehört«, sagte Johanna gelassen. »Die Reichweite geht sogar bis Afrika hinein. Libyen, Algerien.«

Héctor, Gemma und Adrian betrachteten sie erstaunt.

»Echt jetzt?«, fragte Gemma. »Das hast du mir nie erzählt.«

»Du hast nicht gefragt«, gab Johanna zurück. »Es ist ein Horchposten. Offiziell gehören die beiden Stationen Spanien, aber jeder weiß, dass da auch die Amerikaner drinsitzen und Dienst machen. Zumindest 1991 im Golfkrieg und 1986 bei der US-Strafaktion gegen Libyen waren hier auch die Amis.«

Héctor wagte nicht zu fragen, woher sie das wusste, das übernahm Adrian.

»Stand in der Zeitung«, sagte Johanna vage.

Sie parkte vor der Klostermauer. Ein steinernes Tor führte in einen weiten gepflasterten Innenhof. Rechts schloss der Klostergarten an mit Olivenbäumen, Kräutern und Blumen. Dahinter stand eine kleine, schmucke Kapelle, aus der einige Touristen kamen.

Die vier Ermittler durchquerten den Hof und erreichten das zweite Tor. Es öffnete sich zu einem weiteren Garten und dem Klosterrestaurant mit Terrasse. Von dort tat sich ein grandioser Blick vom Gipfel auf das Zentrum der Insel auf, Es Pla. Die Sicht reichte bis zum Tramuntana.

»Es ist ein spiritueller Ort«, sagte Héctor leise. Er kam oft hierher und fand die Geschichte des Klosters faszinierend. »Der mallorquinische Philosoph und Theologe Ramon Llul hat lange Zeit in diesem Kloster verbracht und auch seine mystischen Jesus-Visionen hier erlebt«, erzählte er Adrian und wies auf die Statue im Innenhof.

Llul hatte sogar eine »Logikmaschine« konstruiert, ein Gerät, das vor allem Gemma höchst faszinierend fand, wie Héctor wusste. Diese Maschine bestand aus sieben um ein Zentrum drehbare Scheiben. Auf jeder Scheibe standen Begriffe wie Mensch, Wissen, Wahrheit, Ruhm, Wohl, Unterschied, Widerspruch, Gleichheit. Durch das Drehen der Scheiben ergaben sich Verknüpfungen, die Schlussformen des syllogistischen Prinzips entsprachen. Gemma schien diese Maschine auf wundersame Weise zu verstehen, während Héctor, wie er zugeben musste, nur Bahnhof verstand.

»Wunderschön«, sagte Adrian, die sich kaum von der Aussicht losreißen konnte.

Sie setzten sich an einen der kleinen Tische im Klostergarten. Gemma und Johanna bestellten sich Gambas in Olivenöl und Knoblauch, dazu Brot und Aioli. Adrian schloss sich an. Héctor nahm einen Salat, was Gemma zu seiner Erleichterung nicht kommentierte.

»Wie geht es Bárbara?«, fragte er.

»Sie liegt noch im Koma«, erwiderte Gemma. »Aber die Ärzte meinten, sie wird es überstehen. Was uns nur Sorgen macht, ist, warum sie nicht aufwacht. Der Chefarzt sagte, es müsste eigentlich jeden Moment so weit sein.«

»Vielleicht erinnert sie sich an etwas. Hat womöglich sogar den Täter gesehen.«

»Wir können nur warten«, sagte Gemma.

Johanna schilderte allen noch einmal ihre Besuche bei Carlota und Patrice.

»Carlota wird sicherlich ihre Aussage auch offiziell bestätigen. Bei Patrice bin ich mir nicht sicher. Er wägt vermutlich ab, was für ihn besser ist – ein Chef im Knast oder ein Chef, dessen Sohn er an die Polizei verraten hat.«

»Wir brauchen Beweise«, sagte Adrian. »Und zwar echte Beweise. Am einfachsten wäre es, eure Freundin Bárbara wacht aus dem Koma auf und identifiziert Ruben als Entführer. Aber solange das nicht der Fall ist …«

»Ich habe die Telefonnummer von Toni Munar«, murmelte Gemma. »Vielleicht sollte ich da mal nachhören. Außerdem verdächtigt die Polizei jetzt meinen Freund Manu, er hätte etwas mit dem Playa-Attentat zu tun. Keine Ahnung, wie sie auf das schmale Brett kommen.«

»Du willst dich doch nicht etwa in die Playa-Ermittlungen einmischen?«, fragte Héctor. »Robla hat uns streng verboten, noch einmal die Familien zu behelligen.«

»Dir hat er es verboten«, sagte Gemma leichthin. »Ich bin nur eine Kommilitonin, die bei einem Mitstudenten anruft.«

Das Essen kam, die drei Frauen waren vollauf damit beschäftigt, das saftige Fleisch aus den Gambaschwänzen zu pulen und das würzige Öl mit knusprigem Weißbrot aufzutunken.

»Gambas sind köstlich, aber immer eine ziemliche Schweinerei«, sagte Adrian und betrachtete ihre öligen Hände.

Nachdem sich alle drei die Hände gewaschen hatten, bestellten sie noch *americanos* und die Spezialität des Hauses, einen lockeren, mit Puderzucker bestäubten Mandelkuchen.

»Das ist ein toller Tipp, dieses Restaurant«, sagte Adrian zufrieden und ließ es sich trotz Protests der anderen nicht nehmen, die Rechnung zu begleichen.

»Ich fahre jetzt zur Uni«, sagte Gemma, als sie zum Wagen gingen. »Ich sehe nach, wie es Manu geht, und suche Toni Munar. Was anderes fällt mir im Moment nicht ein.«

Johanna brachte sie wieder zurück zur Finca, wo die Autos parkten. Gemma fuhr im Pick-up davon.

»Du hast sie ja gar nicht mehr daran hindern wollen, wieder verdeckt zu ermitteln«, sagte Johanna und sah Héctor an.

»Sie hat doch recht. Ich habe ebenfalls nicht die geringste Ahnung, was wir noch tun könnten«, sagte er müde.

51

Gemma fand ihren Freund Manu sofort. Er saß auf einer Wiese vor der Universität und malte an einem Spruchband. Er begrüßte Gemma verhalten und pinselte stur weiter.

Sie blickte sich um. Ungefähr zwanzig Meter von ihnen entfernt saß ein junger Mann auf einer Bank, neben ihm stand ein heller Rucksack. Er trug schwarze Laufschuhe einer nicht sehr angesagten Marke. Ein Stück weiter rechts befanden sich zwei Personen, ein Mann und eine junge Frau, die sich angeregt unterhielten. Sie trugen dieselbe Marke Schuhe. Hinter ihnen sammelte ein Mann in einer Leuchtweste von der Straßenreinigung Müll in eine Tüte. Wieder die gleichen Schuhe.

Der Fall war sonnenklar. Manu wurde observiert. Sie kannte die Schuhe aus der Kleiderkammer der Polizei, Héctor hatte ebenfalls diese Marke.

»Polizisten erkennt man immer an den Schuhen«, hatte er ihr einmal lachend verraten. Das war vollkommen richtig.

Sie wandte sich Manu zu. »Du wirst beobachtet, weißt du das?«

Manu schwieg und malte weiter. Dann sah er auf. »Klar. Deine Kumpels von der Polizei.«

»Weißt du, warum?«

»Na sicher. Weil wir eine Demo gegen die Touristen gemacht haben. Die denken, wir wären diese Aktivisten, die die Bomben an der Playa gezündet haben.«

Gemma zog die Augenbrauen hoch. »Du hast gegen Tourismus demonstriert? Ich dachte, du machst nur so Umweltkram.«

Manu wirkte verärgert. »Was heißt da Umweltkram? Genau wegen dieses Umweltkrams haben wir ja die Demo gemacht. Der Massentourismus zerstört ja die Umwelt auf der Insel. Alles ist zugebaut, überall Straßen, Parkplätze, Hotels. Und unsere grandiose Inselregierung bekommt die einfachsten Sachen nicht hin, zum Beispiel die Abwasserreinigung.«

Er schob ihr ein neues Flugblatt hin. »Mallorca vor dem ökologischen und touristischen Kollaps«, lautete die Headline.

Mit einem farbbesprenkelten Finger tippte Manu auf das Flugblatt. »Das Trinkwasser wird knapp. Es gibt zu wenig Kläranlagen, zu wenig Müllbeseitigung, zu viele stinkende Mietwagen. Es landen zu viele Flugzeuge, zu viele Kreuzfahrtschiffe. Wir verfeuern nur Gas, Öl und Kohle, obwohl fast das ganze Jahr die Sonne scheint. Das ist doch alles Irrsinn.«

Er war fertig mit seinem Schild und hielt es hoch. »Tourist go home«, stand darauf.

»Okay, du hast ja recht. Aber ich kapiere jetzt, warum du in die Fahndung geraten bist«, sagte Gemma mit einem Blick auf das Spruchband und sah sich noch einmal um.

Der Mann mit dem Rucksack tat so, als hantiere er mit seinem Smartphone. Gemma vermutete, dass er in Wahrheit das Spruchband fotografierte, um mehr Material gegen Manu zu sammeln.

»Komm, wir gehen.« Sie nahm ihn an die Hand. »Lass uns die richtigen Täter finden.«

Manu rollte sein Spruchband ein und folgte ihr. Sie zog ihr Smartphone hervor und wählte die Nummer von Toni Munar, die sie vor einigen Tagen, als sie ihn an der Universität getroffen hatte, ausgetauscht hatten.

»Hey, hier ist Gemma«, sagte sie, als Toni den Anruf beantwortete. »Erinnerst du dich an mich? Die mit dem Flugblatt.«

»*Hola*«, sagte Toni. »Wie geht es denn?« Er wirkte bedrückt und gar nicht mehr so forsch wie noch vor einigen Tagen.

»Prima. Bist du heute an der Uni? Wir wollten doch zusammen einen Kaffee trinken.«

»Oh, mir geht es nicht so gut. Ich bin daheim und wollte nicht weg«, sagte Toni schwach.

»Wunderbar, ich komme zu dir«, rief Gemma betont fröhlich. »Ich weiß, wo du wohnst. Du bist doch von den Munars aus Son Vida, oder? Bin schon auf dem Weg.« Bevor er antworten konnte, legte sie auf.

»Da hast du dich ja dreist selbst eingeladen«, sagte Manu.

»Allerdings. Und dich fahre ich jetzt nach Hause, und du bleibst dort. Du bringst dich noch in Teufels Küche mit deinen Plakaten.«

Manu hatte eine kleine Studentenbude in Santa Catalina, dem Szeneviertel Palmas. Sie fand immer, dass diese Ecke von Palma am attraktivsten war. Wenn sie nicht mit Johanna auf der schönen Finca gewohnt hätte, hätte sie sich dort ein Apartment gesucht. Das ehemalige Fischerviertel beherbergte heute stylishe Cafés, Boutiquen und Restaurants mit Küchen aus aller Herren Länder. Rund um die jahrhundertealte Markthalle, in der Lebensmittel aus der Region verkauft wurden, zogen sich begrünte Straßen mit farbenfrohen Häusern und Jugendstilvillen. Sie war häufig mit Héctor hier, und besonders gern gingen sie abends in die Sky-Bar des »Hostal Cuba«. Die Dachterrasse war spektakulär, bot einen großartigen Blick über den Hafen und bis zur Kathedrale.

Gemma setzte Manu ab, schärfte ihm ein, besser daheim zu bleiben, und fuhr weiter nach Son Vida. Es war das Reichenviertel Palmas, eine exklusive Wohngegend mit der größten Dichte an Villen und Pools der ganzen Insel. Ein wenig außerhalb am Hang gelegen, umgeben von Bäumen, mediterraner Vegetation und parkähnlichen Anlagen, war ein Anwesen prächtiger als das nächste. Das Viertel bot herrliche Ausblicke aufs Meer. Gleich nebenan befand sich einer der schönsten Golfplätze Spaniens. Hier wohnten die Prominenten und Würdenträger aus dem In- und Ausland. Die beiden Viertel, Santa Catalina und Son Vida, waren keine zehn Minuten Autofahrt voneinander entfernt, aber zwei völlig unterschiedliche Welten.

Die Villa der Munars war ein topmoderner Traum in Stahl, Marmor und Beton. Links neben der breiten Auffahrt prangte ein großer Pool mit schickem Sonnendeck und schlichten, aber sehr teuer aussehenden Mahagonimöbeln.

Gemma spähte durch den Zaun. Es war niemand zu sehen. Ein Cabrio parkte in der Auffahrt. Das gehörte Toni, wie sie wusste.

Sie schaltete ihr Smartphone auf Liveaufnahme, platzierte es so in der Brusttasche ihres Männerhemds, das sie heute trug, dass es den Bereich vor ihr filmte, und ging ein wenig hin und her. Dann nahm sie das Handy wieder aus der Tasche und checkte die Aufnahme. Es war in Ordnung. Wenn sie Toni, der etwas kleiner war als sie selbst, direkt gegenüberstand oder -saß, wäre er im Bild.

Sie rief Johanna an. »Seid ihr so weit?«, fragte sie.

»Roger!«, rief Johanna, die bei Undercovereinsätzen immer in James-Bond-Sprache verfiel.

Gemma wusste, dass Héctor, Adrian und Johanna vor dem Laptop sitzen und ihr zusehen würden. Adrian hatte gesagt, dass diese Art von Beweisaufnahme sogar vor Gericht gestattet war.

Sie hörte jetzt Héctors Stimme. »Und sei bitte vorsichtig. Ich weiß überhaupt nicht, warum ich so einen Irrsinn genehmige.«

»Ja doch«, sagte Gemma ein bisschen genervt. »Ich besuche nur einen Burschen, der drei Jahre jünger und zwei Köpfe kleiner ist als ich. Da wird schon nichts passieren.«

Sie richtete noch einmal das Handy, anschließend klingelte sie Sturm bei den Munars.

Nach einer Weile klickte das Tor und glitt geräuschlos auf. Gemma fuhr mit ihrem alten Pick-up in die Auffahrt und parkte neben dem Pool. Ein blasser, krank aussehender Toni kam ihr entgegen.

»Du, das ist lieb, dass du mich besuchen kommst. Aber mir geht es wirklich nicht so gut«, sagte er abwehrend.

»Ich möbele dich wieder auf«, rief Gemma gut gelaunt, lief auf ihn zu und begrüßte ihn mit Wangenküsschen. »Nur auf einen Kaffee. Dann gehe ich wieder.«

Toni lächelte kraftlos und führte sie über eine tennisplatz-große Terrasse ins Haus.

Der moderne Bau hatte auf der gesamten Westfront eine riesige Glasscheibe statt einer Wand. Wie bei einem Puppenhaus konnte man von außen in die einzelnen Zimmer im Erdgeschoss, der ersten und zweiten Etage sehen. Ein wenig distanzlos, aber sehr schick, fand Gemma.

Toni führte sie in eine Küche, die mehr wie ein Raumschiff-Cockpit aussah als ein Ort, in dem Menschen etwas kochen konnten.

»Es ist heute niemand da«, sagte er. »Meine Eltern und meine Schwester sind in Barcelona, und die Angestellten haben ihren freien Tag.«

Er stellte zwei Tassen zurecht und drückte den Knopf einer futuristisch aussehenden Kaffeemaschine, die mit einem surrenden Geräusch antwortete.

Der Hauptsitz des Familienkonzerns war in Barcelona, wusste Gemma. Vermutlich flogen die Munars im Privatjet so selbstverständlich morgens in die Firma, wie andere Leute mit der Bahn zur Arbeit fuhren.

»Umso besser, dass du nun Besuch hast«, sagte sie forsch und betrachtete Toni. Er hatte dichte, seidige Wimpern wie ein Mädchen, einen sensiblen Mund und wirkte sehr bedrückt. Wenn einer der vier Jungs einknickt und plaudert, dann er, dachte Gemma.

Sie nahmen ihre Tassen und setzten sich auf die gigantische Terrasse in den Schatten einer großen Palme, die aus dem Beton herauswuchs wie ein Fremdkörper. Gemma grübelte, ob wohl die Palme zuerst da gewesen war und ein behutsamer Architekt die Terrasse um den Baum herum geplant hatte oder ob die Munars die ausgewachsene Palme hier eingepflanzt hatten. Sie hatte sich die Region vorher auf Google angesehen, da stand die Villa noch überhaupt nicht. Links neben der Terrasse entdeckte sie noch einen wunderschönen, uralten Olivenbaum.

Sie ruckelte in dem modernen Terrassenstuhl hin und her und wunderte sich, warum diese ultrahippen und sündhaft teuren Möbel immer so entsetzlich unbequem sein mussten. Sie versuchte, sich so zu platzieren, dass ihr Smartphone weiter Toni im Blick hatte. Es war großes Glück, dass niemand von der Familie daheim war. So hatte sie die einmalige Chance, dem jungen Mann ein paar Aussagen zu entlocken, ohne dass aufmerksame Familienmitglieder oder grauhaarige Anwälte sie daran hinderten.

Fieberhaft überlegte sie, wie sie beginnen sollte. »Kennst du eigentlich Manu? Den von ›Mallorca Verd‹?«, fragte sie.

Toni nippte an seinem Kaffee und hustete. »Ja, ich habe ein paar Seminare mit ihm zusammen.«

»Ich finde seine Gruppe toll. Coole Aktionen.« Sie rührte energisch in ihrer Tasse.

Toni schwieg.

»Aber die Aktion da an der Playa war ja auch krass.«

Jetzt zuckte Toni zusammen. »Was meinst du? Warum erzählst du mir das?«

»Na ja, weil es heißt, ihr wart das. Also du und die Fusters und Ruben. Echt krass. Rauchbomben.«

Toni sah sie misstrauisch an. »Wo hast du das denn gehört? Dass wir das waren?«

Gemma lachte. »Ruben erzählt das rum. Gibt damit an.«

Toni wirkte verunsichert. Offenbar traute er seinem Freund Ruben zu, dass er damit geprahlt hatte.

»Aber Ruben erzählt auch, dass ihr drei das wart mit den Bomben und dem Leuchtfeuer und dass er davon gar nichts angezündet hat«, log Gemma. Sie wollte ihn ein wenig aus der Deckung locken.

Zu ihrem Erstaunen schluchzte Toni plötzlich auf. »Mann, der hat uns reingelegt«, flüsterte er. Ihm standen Tränen in den Augen, er schlug die Hände vor das Gesicht. »Mann, da sind Leute gestorben. Das wollte ich nicht, das wollte ich doch nicht«, brach es aus ihm heraus.

Die Taktik des väterlichen Anwalts ging bei ihm nicht auf – alles leugnen und abwarten, ob die Polizei was beweisen kann. Bei Toni schlug das Gewissen zu, und zwar mit aller Kraft. Gemma konnte praktisch dabei zusehen.

»Womit hat er euch reingelegt?«, fragte sie mit weicher Stimme.

»Hat uns aufgestachelt. Wir sollten dort eine coole Aktion starten, wo die Sauftouristen sind. Die würden sich vor Angst in die Hose machen, hat er gesagt. Und wir waren so blöd, die Idee auch noch toll zu finden.« Er weinte. »Und er hat uns die Rauchbomben und alles in die Hand gedrückt und gesagt: ›Jetzt zünden‹. Er selbst hat tatsächlich keinen einzigen Böller angefasst. Ich habe das gar nicht gemerkt, erst hinterher. Als wir abgehauen sind und er meinte, wir sollten uns die Hände waschen. Wegen diesem Zeug von den Zündungen. Der Idiot ist auch noch in eine Radarfalle gerast, direkt hinter der Playa. Da hatten wir die Masken und alles schon weggeworfen.«

»Ach je«, sagte Gemma einfühlsam. »Wo habt ihr das denn weggeworfen?«

»An dem kleinen Wäldchen am Cami de les Meravelles. Da haben wir alles hinter die Mauer geworfen. Die Masken und die Böller und alles. Und dann sind wir auf die Autobahn und rumgefahren. Ruben hat die ganze Zeit gelacht wie ein Blöder. ›Wie die gelaufen sind‹, hat er gesagt.« Toni schluckte. »Dabei war klar, dass sich da Leute schlimm verletzt haben mussten. Die sind übereinandergestürzt, haben sich niedergetrampelt. So etwas habe ich noch nie gesehen. In meinem ganzen Leben noch nicht.«

»Und darauf seid ihr vorher nicht gekommen? Dass ihr eine Massenpanik auslösen könntet, wenn ihr Böller und Rauchbomben in so einer Menschenmenge zündet?«

Unglücklich sah Toni sie an. »Ich weiß nicht. Nein, irgendwie nicht. Ruben hat die ganze Zeit nur gequatscht, wie cool das ist und wie viel Aufmerksamkeit wir kriegen, wenn wir es da richtig abgehen lassen. Er hat gesagt, damit schaffen wir es sogar in die Abendnachrichten von ganz Spanien, nicht nur ins Regionalprogramm.«

Das war ihnen gelungen, so viel stand fest.

»Und Ruben hat keinen Böller gezündet?«, fragte Gemma noch einmal.

»Nein, sag ich ja. Und hinterher hat er gesagt, dass wir die Klappe halten müssen, weil wir richtig in der Tinte sitzen und er nicht. Er hätte uns in der Hand, hat er gesagt.« Toni räusperte sich. »Er ist verrückt, weißt du? Er hat sogar behauptet, er wolle eine Frau töten. Er wollte losgehen und eine Illegale aufsammeln und sie umbringen. Das haben wir ihm aber nicht geglaubt.«

Gemma stellte ihre Kaffeetasse auf den eleganten Glastisch. Sie hoffte inständig, dass Kamera und Mikrofon ihres Smartphones sie nicht im Stich ließen.

Toni betrachtete seine Schuhe. »Ich kann das nicht. Das für mich behalten. Papa hat gesagt, ich sollte den Mund halten. Aber ich kann das nicht.« Er richtete sich auf. Allerdings wirkte er nun nicht mehr weinerlich, sondern entschlossen. »Vielen Dank, dass du mir zugehört hast. Ich weiß jetzt, was ich mache.«

Er stand auf und geleitete Gemma zu ihrem Wagen. »Bis bald«, sagte er und drückte ihr das Tor auf.

Gemma fuhr den Wagen hinaus, stoppte dahinter und rief Johanna an. »Ist Héctor immer noch da?«, fragte sie. Johanna bejahte.

»Lass ihn sofort eine Streife herschicken. Ich habe ein bisschen Angst um Toni. Ich weiß nicht, was er vorhat – zur Polizei gehen oder sich umbringen.«

»Das war gut«, sagte Héctor, der Johanna das Telefon offenbar aus der Hand genommen hatte. »Die Playa-Attentäter dürften wir damit dingfest haben. Aber immer noch nicht Ruben Ros.«

52

»Wir können ihm die Frauenmorde nicht nachweisen«, sagte
Héctor kopfschüttelnd. Er saß in Johannas Wohnzimmer und
hatte Gemmas Lieblingssessel, ein fleckiges mit Cordstoff über-
zogenes Ding, in Beschlag genommen. »Leute sagen, er habe
von Mord phantasiert. Leute sagen, er habe einen Hund getötet
oder eine Katze. Leute sagen, er habe in den Mordnächten doch
kein Alibi. Aber was wir brauchen, sind handfeste Beweise.
Augenzeugen. Nicht jeder, der zu einem Tatzeitpunkt kein Alibi
hat, ist ein Täter.«

Ein Tablett mit Kaffeetassen balancierend, kam Johanna
herein und stellte es auf dem Wohnzimmertisch ab.

»Und dazu gibt es jemand, der für die Taten ein Geständnis
abgelegt hat. Nur der Sachbeweis schlägt ein Geständnis.«

Adrian half Johanna, die Tassen zu verteilen. »Reicht es denn
für eine Observierung? Wir müssen unbedingt verhindern, dass
er noch einen Mord begeht.«

Héctor seufzte. »Nach allem, was ich in diesem Fall schon
verbockt habe, genehmigt mir Robla das im Leben nicht.«

Adrian grinste. »Sehe ich auch so. Dann guckst du jetzt besser
weg.«

Sie klappte ihren Laptop auf, wählte sich in ein Programm
ein und klickte sich durch die Akten.

»Was machst du da?«, fragte Héctor misstrauisch.

»Willst du gar nicht wissen. Ihr hattet den Jungs doch bei
ihrer Festnahme die Handys abgenommen und die Nummern
notiert, oder?«

Héctor bejahte und rief die Kollegen in Calvià an, die die
vier Männer in der Nacht des Attentats festgenommen hatten.

»Kannst du mir die Telefonnummern der Verdächtigen
durchgeben?«, fragte er, als er mit seinem Kollegen Dario Grec
verbunden war.

»Bekomme ich Ärger, wenn ich dir die Nummern gebe?«,

fragte Grec vorsichtig. »Du bist doch nicht etwa immer noch hinter denen her? Dein Chef hat dir doch auf die Finger gehauen.«

Es spricht sich alles herum, dachte Héctor.

»Wir haben neue Beweise«, sagte er, und Grec gab ihm die Nummern.

Kurze Zeit darauf klappte die Tür, und Gemma war aus Son Vida zurückgekehrt.

»Der Streifenwagen kam sofort«, berichtete sie. »Toni ist bereits dabei, ein umfangreiches Geständnis zum Playa-Attentat abzuliefern. Die Kollegen nehmen alles auf, sagen sie.«

Héctor lächelte sie an. »Gut gemacht. Einen Fall hätten wir jetzt endlich erledigt. Die Playa-Attentäter haben wir.« Er wandte sich wieder Adrian zu. »Was hast du vor?«

»Funkzellenabfrage.«

Sofort drängte sich Gemma zwischen sie. »Von hier aus? Wie machst du das?« Sie verfolgte jeden Mausklick, den Adrian tat.

»Ich habe ein Programm, warte mal …« Adrian rutschte auf dem Sofa ein Stück zur Seite und ließ Gemma neben sich sitzen.

Héctor betrachtete die beiden Frauen stirnrunzelnd, die nun einträchtig nebeneinanderhockten. »Noch mal, was wird das?«

»Wir sehen uns Rubens Handyhistorie an, was denn sonst? Wo er war, wo er jetzt ist.« Gemma sah Héctor an, als wisse sie nicht, wie man so eine dumme Frage stellen konnte.

»Ha!«, machte Adrian. »Er hat eine nagelneue SIM-Karte. Gestern gekauft. Er will um jeden Preis verhindern, dass jemand ein Bewegungsprofil der letzten Wochen erstellt.«

Gemma nickte dazu. »Aber wir können sehen, wo er sich jetzt befindet.«

Adrian wandte sich zu Héctor um. »So, ich brauche auch die PIN. Mit viel Glück hat er seine vorherige PIN wiedergewählt. Machen die meisten Leute, sie wollen sich nicht ständig neue Nummern merken.«

Héctor rief noch einmal Grec an, aber der Kollege sagte, dass sie die PIN-Nummern nicht aufgenommen hatten. »Die Jungs waren ja gerade erst bei uns in Gewahrsam. Und sie waren schneller wieder weg, als man gucken konnte.«

Gemma wollte wissen, ob Adrian sich auch mit ihrem Dienstlaptop in die Akten klicken könne. Das konnte sie.

»Sieh doch mal den Todestag der verstorbenen Mutter nach. Antònia Ros.«

Sie gab das Datum als PIN ein. Falsch.

»Und den Todestag des Bruders?«, fragte Gemma.

Adrian suchte auch dieses Datum heraus und gab es ein. Ebenfalls falsch.

»Es wird doch nicht so einfach sein?«, murmelte Gemma.

»Aber es würde passen.« Adrian hatte sie verstanden. Wortlos klickte sie sich wieder durch die Akten und gab ein drittes Mal eine Ziffernkombination ein. Dieses Mal entsperrte sich die SIM-Karte.

»Was für ein Datum war es denn?«, fragte Johanna atemlos.

»Sein eigener Geburtstag. Hätte ich mir denken können. Ein Psychopath denkt eigentlich immer nur an sich und nicht an verstorbene Mütter oder Brüder.« Adrian war bereits dabei, Ruben zu orten.

»So ein Mist«, rief sie. »Er ist am Flughafen!«

»Er wird abhauen, und wir sehen ihn nie wieder«, sagte Gemma. Ihr Handy klingelte. Sie nahm ab, hörte zu und legte wieder auf.

»Das war Maria, Bárbaras Mutter. Bárbara wacht auf. Vielleicht kann sie ihn identifizieren.«

Héctor sprang auf. »Adrian und ich fahren zum Flughafen und halten ihn irgendwie auf. Ihr zwei fahrt mit dem Foto von Ruben zu Bárbara. Das ist unsere letzte Chance, ihn noch zu kriegen.«

53

Mit quietschenden Reifen hielt Héctor am Flughafen im Abflugbereich, warf das Polizeischild schwungvoll aufs Armaturenbrett seines Dienstwagens und sprang heraus. Er spurtete in die Abflughalle. Adrian war ebenfalls ausgestiegen und rannte ihm hinterher. Sie trug ihren Laptop mit der Handyortung wie ein Tablett vor sich her und wäre beinahe über einen Kinderbuggy gestolpert, den eine junge Frau gerade mühsam zusammenklappen wollte. Die Frau schimpfte hinter ihr her.

»Wo ist er?«, fragte Héctor.

Adrian klickte auf »aktualisieren«. »Schwer zu sagen. Es gibt hier mehrere Ebenen. Lass uns in den Bereich hinter dem Security-Check gehen.«

Sie sahen sich nach der Flughafenpolizei um. Ihnen war klar, dass sie trotz ihrer Polizeimarken niemals mit Waffen in den Innenbereich des Flughafens kamen, zumindest nicht ohne das Okay der Flughafenkollegen.

Als Erster erblickte Héctor einen jungen Mann, dessen Uniform ihn als Mitglied der Policía Nacional auswies. Er rannte auf ihn zu und zeigte seine Marke.

»Ich bin Héctor Ballester, Inspector der Policía Nacional. Das ist Kollegin Ortega aus Madrid. Wir verfolgen einen Tatverdächtigen. Schleust du uns in den Sicherheitsbereich?«

Der junge Mann betrachtete die beiden hingehaltenen Marken. »Da muss ich aber erst einmal telefonieren«, sagte er zögernd.

Adrian aktualisierte noch einmal und schrie auf. »Er bewegt sich. Bestimmt geht er jetzt zum Boarding. Gleich ist er weg.«

»Dann telefoniere!«, rief Héctor nervös. »Sofort! Unser Verdächtiger ist sonst über alle Berge.«

Der junge Mann wirkte verärgert, zog sein Telefon hervor und wählte bedächtig. Nach einiger Zeit schien endlich jemand seinen Anruf zu beantworten.

»Okay, Garcia hier. Also, vor mir stehen zwei Kollegen. Ein Hugo Baller und eine Adriana Ortiz. Oder so ähnlich. Die sagen, sie müssten in den Sicherheitsbereich. Ja. Da wäre ein Verdächtiger. Nein. Keine Ahnung. Ich frage sie.« Er ließ das Smartphone sinken. »Habt ihr einen Haftbefehl für den Mann?«

»¡*Dios!*«, schrie Héctor. »Das darf doch wohl nicht wahr sein. Nein, haben wir nicht. Sonst hätten wir ihn schon längst festgenommen. Aber er darf uns nicht abhauen!«

Der Kollege sah ihn mürrisch an und nahm wieder das Telefon auf. »Nein. Kein Haftbefehl. Ob sie was haben? Ich frage.«

Er wandte sich wieder an Héctor und Adrian. »Habt ihr einen Antrag ausgefüllt? Dass ihr mit Waffen in den Flughafen dürft?«

Adrian hatte auf ihrem Smartphone herumgedrückt und war dabei, sich aus ihrem Waffenholster zu winden. Sie drückte es dem verdatterten Kollegen in die Hand.

»Nein. Aber du darfst auf unsere Waffen und unsere Handschellen aufpassen.«

Sie gab ihm auch die Handschellen, hieß Héctor, das Gleiche zu tun, und spurtete los.

Héctor rannte hinterher.

»Wie willst du denn durch die Security kommen?«, keuchte er im Laufen.

»Ich habe uns zwei Tickets nach Barcelona gekauft. Mit Fast Lane. Ich hoffe, du hast Spesenbudget.«

Im Eiltempo passierten sie die Security. Adrian hatte immer noch ihren Laptop in der Hand. »Er ist irgendwo bei Abschnitt A!«

»Da sind die Nicht-EU- und Nicht-Schengen-Flüge!«, rief Héctor.

Sie rannten die Gates entlang. Plötzlich hielt Adrian Héctor am Ärmel fest. An Gate A03 stand Ruben Ros. Er hatte einen kleinen Trolley bei sich und wartete bereits in der Schlange. Das Boarding hatte begonnen. Das Schild am Schalter wies die Destination Nador aus.

»Er nimmt einen Direktflug nach Marokko. Was um Himmels willen machen wir jetzt?«, fragte Adrian leise.

Héctor schüttelte den Kopf. »Zusehen. Gemma hat sich immer noch nicht gemeldet. Bárbara war unsere letzte Hoffnung. Wir können nichts machen.«

Sie beobachteten, wie Ruben Ros mit den anderen Erste-Klasse-Passagieren zuerst den Schalter passierte und im Gang verschwand, der zu dem Transportfinger am Flugzeug führte.

Das Boarding war schon beendet, als Héctors Handy klingelte.

»Bárbara hat ihn identifiziert, Héctor. Schnapp ihn dir!«, schrie Gemma in den Hörer.

Sie hielten sich nicht mehr mit Erklärungen auf. Die beiden Stewardessen erschraken fast zu Tode, als sie auf sie zustürmten, die Ausweise in den Händen.

»Policía Nacional!«, brüllte Héctor. »Wir müssen sofort in dieses Flugzeug!«

Er rannte den Gang entlang in den Finger, der zur Maschine führte. Dort waren die Sicherheitsmitarbeiter des Flughafens schon dabei, den Zugang abzudocken. Eine Stewardess wollte gerade die Außentür schließen, es war bereits ein metergroßer Spalt zu sehen zwischen Flugzeug und Finger.

»Polizei, Tür offen lassen!«, rief Héctor im Laufen.

Er machte einen großen Satz in das Flugzeug. Vorn in der zweiten Reihe saß Ruben Ros und starrte ihn entsetzt an.

Langsam ging Héctor auf ihn zu. »Ruben Ros, ich verhafte Sie wegen des Verdachts der Ermordung von Irina Andrejew, Laura Hofstetter, Joyce Reed, Emilio Curra und einer noch nicht identifizierten Person. Ich verhafte Sie wegen des Verdachts der Entführung und versuchten Ermordung von Bárbara Serra und Anna Maria Degenkamp. Und ich verhafte Sie wegen Anstiftung zu einem terroristischen Anschlag.«

Ruben Ros wehrte sich nicht, und er sagte kein Wort. Sein Grinsen, als nun auch die Flughafenpolizei kam und ihm Handschellen anlegte, würde Héctor nie vergessen.

Nach Amancio Ros legte auch Ruben ein volles Geständnis ab. Er habe nicht gewollt, »dass Vater den ganzen Ruhm für sich einheimst«, lautete seine Begründung.

Der Prozess war allerdings noch in weiter Ferne, da erst einmal geklärt werden musste, wer nun angeklagt wurde und wofür. Polizei und Staatsanwaltschaft hatten alle Hände voll damit zu tun, die Spurenlage noch einmal auszuwerten, um die Schuld des einen oder des anderen zweifelsfrei nachzuweisen.

Die Zeitungen überschlugen sich mit Schlagzeilen und Hintergrundberichten. Ein Reporter war bei Rubens Festnahme am Flughafen gewesen. Er hatte eigentlich die langen Schlangen an den Check-in-Schaltern für einen weiteren Artikel über die Touristenflut auf Mallorca dokumentieren wollen und genau in dem Augenblick auf den Auslöser gedrückt, als Héctor den mit Handschellen gefesselten Ruben Ros aus dem Security-Bereich zerrte.

Auf dem Foto hatte der erschöpfte Héctor einen grimmigen Gesichtsausdruck statt seines sonst so freundlichen Lächelns. Seine dunklen Locken hingen ihm durch die Lauferei wild in die Stirn, zudem war er durch den ganzen Stress der Ermittlungen nicht zum Rasieren gekommen und trug einen verwegenen Dreitagebart.

Alle Zeitungen und Fernsehsender hatten das Foto gebracht. Jemand in der Jefatura hatte sogar einen Artikel mit dem Bild ausgeschnitten und ans Schwarze Brett gehängt, die Schlagzeile lautete »Der Held, der den Teufel schnappte«. Seine Kolleginnen, die ihn sonst oft ignorierten, strahlten ihn plötzlich sehr wohlwollend an.

Am Tag nach der Festnahme begegnete er Arnau im Flur, der ihn strahlend begrüßte. »Héctor! Du hast ihn festgenommen, du Held.«

Héctor nickte müde. »Danke dir. Ich bin gespannt, was Robla dazu sagt. Er wird mich vermutlich wieder für irgendetwas beschimpfen und zum Golfen gehen.«

Arnau legte die Stirn kraus. »Ach. So schlimm ist er gar nicht. Mama sagt immer, das kommt von diesem alten Fall, den er nicht lösen konnte.«

Héctor kam aus dem Staunen nicht heraus. »Wovon sprichst du? Wieso deine Mutter?«

Arnau sah Héctor verängstigt an. »Wusstest du das nicht? Robla ist mein Onkel. Der Bruder meiner Mutter.«

Das war Héctor gänzlich neu. »Aber ... warum beschimpft er dich denn immer so?« Er wusste, dass Arnau sehr unter Robla zu leiden hatte.

»Damit keiner denkt, er mache Vetternwirtschaft. Deshalb ist er zu mir besonders streng.«

»Und was war das für ein alter Fall?«

»Ach«, sagte Arnau. »Das muss schon sehr lange her sein, als Onkel José noch Inspector in Palma war. Bestimmt vor zwanzig Jahren oder mehr. Es ging um Mord. Mama sagt, er habe den Täter aufgespürt, konnte ihn aber nicht festnehmen. Oder es wurde jemand festgenommen, der war aber der Falsche. Ich weiß es auch nicht so genau.« Er zuckte die Schultern. »Die Beweise waren wohl irreführend. Irgendetwas in der Richtung. Und Mama sagt, seitdem wäre er ein bisschen komisch und er würde heute noch versuchen, den Fall zu lösen. Also immer dann, wenn er sagt, er geht zum Golfen. Weil sie ihm damals verboten haben, weiterzuermitteln.«

Héctor starrte Arnau betroffen an. Robla erschien ihm plötzlich in einem ganz anderen Licht. Manchmal täuschte man sich in Menschen. Sobald man mehr über sie wusste, änderte sich das ganze Bild.

55

Johanna stand im Wartebereich des Centro Penitenciario de Mallorca, dem Gefängnis der Insel. Sie hatte sich angemeldet, um Amancio Ros besuchen zu dürfen. Als sie in den Besucherraum kam, erschrak sie. Ros saß bereits zusammengesunken auf einem der unbequemen Stühle. Der Mann wirkte zehn Jahre älter, verhärmt, blass und krank.

Sie begrüßte ihn freundlich.

Amancio Ros blickte auf, er riss sich sichtlich zusammen und lächelte höflich.

»Señora Johanna. Schön, Sie wiederzusehen. Wenn auch diesmal in einem gänzlich anderen Rahmen.« Er breitete die Arme aus, als gehöre dies alles ihm. Der fahle gelbe Linoleumboden des Besucherzimmers, die fleckigen Wände, die flackernden Neonröhren, das ganze Elend.

Johanna beschloss, gleich zur Sache zu kommen. »Amancio. Sie können ihn nicht mehr beschützen. Die Polizei wird ihm die Taten nachweisen. Und er hat gestanden, ihm wird man auch mehr glauben. Er hat mehr Täterwissen als Sie, er prahlt damit.«

Amancio sah aus, als habe sie ihn geschlagen. »Ich weiß«, flüsterte er.

Er ist besiegt. Ein Mann, der erbittert gekämpft hat, um nun zu sehen, wie alles vor seinen Augen in Schutt und Asche fällt, dachte Johanna.

Sie legte ihre faltige Hand auf seine immer noch sonnengebräunte Hand. Amancio zuckte, nahm aber die Hand nicht weg.

»Er wird immer weitermachen, wenn wir ihn nicht stoppen«, sagte sie leise. »Und das wissen Sie.« Dann atmete sie tief ein. »Amancio. Du bist nicht schuld daran. Du kannst nichts dafür. Er ist einfach so.«

Nun liefen die Tränen über Amancio Ros' eingefallene

Wangen. »Antònia hat es gewusst, weißt du? Meine Frau.« Er schluckte. »Sie hat die Tiere gesehen, die er gequält und getötet hat, schon als Kind. Sie hat es nicht ausgehalten, ein Monster als Sohn zu haben. Einen Teufel.«

Johanna nickte verständnisvoll. Als Adrian ihnen aus den Akten vorgelesen hatte, dass Rubens Mutter sich selbst getötet hatte, hatte sie sich so etwas bereits gedacht.

»Rafel und ich haben ihn immer beschützt, als Antònia tot war. Damit er keine Akte bekommt, hat Rafel behauptet, er sei es gewesen. Wir dachten, wenn er ins Jugendgefängnis kommt, zu den ganzen Verbrechern, ist es endgültig aus mit ihm.«

Johanna nickte wieder. Amancio Ros räusperte sich.

»Er hat es mir erzählt. An dem Tag, als du mich in der alten Finca aufgehalten hast. Als ich diese junge Frau töten wollte, Bárbara Serra.«

»Du wolltest sie töten?«

»Ja. Ruben hat mir alles erzählt. Von den toten Frauen, von Emilio Curra, von dem Anschlag an der Playa. Er hat angegeben damit. Und er hat gesagt, die Frau in der Finca sei noch nicht ganz tot. Er habe sie nur halb tot gemacht, damit es länger dauert.«

Johanna erschauerte. Ros fuhr fort.

»Ich hatte es schon längst geahnt, dass er für all das verantwortlich ist. Er ist nachts immer wieder weggefahren. Und nun hatte ich die Bestätigung, in allen Einzelheiten. Ich wollte das Mädchen töten, damit wir keine Zeugen haben, und ihn dann wegschicken. Irgendwohin, wo er keinen Schaden anrichten könnte.«

»Wo hätte das denn sein sollen?«, fragte Johanna ungläubig.

Amancio zuckte die Achseln. »Ich weiß doch auch nicht. Irgendwo. Ich habe noch nicht nachgedacht.«

»Hat er dir gesagt, warum er das getan hat? Warum er die Frauen töten wollte? Wollte er seinen Bruder rächen?«

Amancio starrte auf den schäbigen Resopaltisch, der zwischen ihnen stand. »Weißt du, das war das Schlimmste, als er mir alles erzählt hat. Er hatte gar keinen Grund. Ihm waren doch alle egal. Seine Mutter. Sein Bruder, der die Schuld auf sich nahm, weil er ihn beschützen wollte. Er wollte einfach nur Macht haben über Leben und Tod, und dafür schienen ihm die jungen Frauen am geeignetsten.« Er ballte die Hände zu Fäusten. »Versteh doch. Sie waren alle weg. Antònia. Rafel. Mein wunderbarer Rafel. Und Ruben ein Monster. Ich war so allein.«

Johanna nahm noch einmal seine Hand, stand auf und ging. Der Konzernchef. Einer der reichsten Männer der Insel. Mit Privatjet, Villen, Geld, Erfolg. Er war in der Hölle.

56

»Ich wusste, dass du kommst und mich rettest.« Bárbara lächelte schwach.

Am Krankenbett saß Gemma und hielt die Hand der Freundin fest umklammert. »Das konntest du gar nicht wissen. Wenn Oma nicht so klug gewesen wäre und herausgefunden hätte, wo die Finca ist, wärst du gestorben.« Sie machte sich immer noch Vorwürfe, Bárbara durch ihre Lockvogel-Aktion in Gefahr gebracht zu haben.

»Ich war doch selbst schuld«, sagte Bárbara. »Warum bin ich dir auch hinterhergefahren?«

In diesem Moment kam Maria herein, Bárbaras Mutter. Sie küsste ihre Tochter und begrüßte Gemma deutlich kühler. Sie hatte ihr noch nicht verziehen, dass sie Bárbara in ihre »Detektivmachenschaften«, wie sie es nannte, hineingezogen hatte.

»Wie geht es dir?«, fragte Gemma. »Was sagen die Ärzte?«

Beide, Bárbara und Maria, lächelten. »Entwarnung. Da ist ein Tumor, aber gutartig.«

»Das ist gut.« Gemma freute sich. Sie verabschiedete sich und machte sich auf zum Strand. Sie hatte noch etwas zu erledigen.

Sie fand Manu und seine fröhliche Gruppe bei den Dünen von Es Trenc. Sie hatten Mülltüten in den Händen und waren dabei, die Reste einer Party aufzusammeln, die illegal in dem Naturschutzgebiet stattgefunden hatte.

»Hey, du machst dein Versprechen wahr«, sagte Manu erfreut, als Gemma auf ihn zukam.

»Klar.« Sie zog ein T-Shirt von »Mallorca Verd« über, griff nach einer Mülltüte und begann, leere Bierdosen und umherfliegende Plastikverpackungen aufzusammeln.

»Übrigens«, sagte Manu, »wir machen heute noch eine Demo in der Innenstadt. Gegen das ungeklärte Abwasser, das ins Meer fließt.«

»Aber hoffentlich nicht irgendwas mit Bomben?«, fragte Gemma.

»Nein, natürlich nicht. Wir wollen nur mehr Aufmerksamkeit schaffen für die fragile Umwelt auf der kleinen Insel. Wir Menschen sollten achtsamer mit uns und der Welt sein und weniger zerstörerisch. Kommst du mit?«

»Das unterschreibe ich sofort«, sagte Gemma. »Ich bin dabei.«

57

Ein bisschen humpelte Beni noch, als er das Krankenhaus verließ. Die Hüfte tat weh, auch das linke Bein. Aber es ging ihm viel besser, auch im Kopf. Mama und Papa waren gekommen, um ihn abzuholen. Er hatte lange mit den Ärzten gesprochen, und sie hatten ihm Medikamente gegeben.

Beni hatte verstanden, dass Dinge manchmal einfach passierten. Dass auch Unfälle manchmal einfach passierten. Er war nicht schuld am Tod von Ona. Er war schlicht und ergreifend nicht schuld gewesen. Sie hatte einen unbekannten Herzfehler gehabt, seit ihrer Kindheit, hatte damals der Arzt festgestellt. Deshalb war ihr Herz einfach stehen geblieben, als sie aus dem Boot ins kalte Wasser gesprungen war. Jetzt erst hatte Beni begriffen, was das hieß. Er war nicht schuld.

Die Medikamente halfen gegen den Quark im Kopf, gegen all die Watte. Er konnte wieder klarer denken. Seine Eltern waren überglücklich. Sie hatten ihren Sohn gesucht, als er nach dem Unfall einfach auf Mallorca geblieben und nicht mehr zurückgekommen war. Sie hatten ihn auch gefunden, aber er wollte nicht heim. Die Polizei hatte damals gesagt, man könne ihn nicht zwingen, er sei schließlich erwachsen. Vierundzwanzig Jahre alt.

Beni humpelte zum Taxi, das alle drei zum Flughafen bringen sollte. Im Flugzeug hatte er einen Sitz am Fenster. Die Maschine zog nach dem Start nach rechts, und Beni warf einen letzten Blick auf den Strand, an dem er so lange um Ona getrauert hatte.

»*Adios*«, sagte er leise und zog den kleinen glitzernden Ring aus der Hosentasche, der der toten Frau gehört hatte.

Die Polizei hatte herausgefunden, wer sie war. Nirina Hernández aus El Salvador. Sie hatte illegal hier gelebt. Ruben Ros hatte sie unter dem Vorwand zu sich gelockt, sie als Hausmädchen anstellen zu wollen. Und er hatte sie bestialisch getötet.

Ihre Familie hatte sie gesucht, stellte sich heraus. Nirinas

Bruder war nach Mallorca geflogen und hatte überall herumge-
fragt. Die ganze Familie hatte für seinen Flug gesammelt, damit
er die Schwester heimbringt. Doch er hatte sie nicht gefunden
und nicht gewagt, die Polizei einzuschalten, aus Angst, er könne
Nirina dadurch in Schwierigkeiten bringen.

Sie war die Erste gewesen, die Ruben umgebracht hatte.

Beni betrachtete den Ring. Wenn es ihm noch etwas besser
ging, nahm er sich vor, würde er nach El Salvador fliegen und
der Familie den Ring bringen. Und ihnen erzählen, dass er über
sie gewacht hatte. Und dass die Polizei ihren Mörder gefangen
hatte.

Johanna saß in der »Chicaria« in Port d'Andratx. Sie lehnte in einem der bequemen Korbsessel und studierte die Speisekarte. Sie hoffte, dass die bajuwarisch-mallorquinischen Tapas genauso hervorragend und außergewöhnlich schmeckten, wie sie klangen. Blaukrautsoufflé mit Krokant aus Mandeln, Kruste vom Schwarzen Schwein in Olivenmarinade, Krautsalat mit Feigen, Rohrnudeln mit einer Soße aus Sóller-Orangen und Thunfischstrudel mit Zitronensorbet. Es klang hochinteressant.

Während sie noch auswählte, kam eine ältere Dame mit Gehstock an ihren Tisch. »Sind Sie die Privatdetektivin?«, fragte sie.

Johanna bejahte und stellte sich vor.

»Ich bin Elfriede Fischer. Amado hat mir verraten, wer Sie sind.« Die Dame wies auf den kleinen Kellner.

»Setzen Sie sich doch«, sagte Johanna freundlich.

Elfriede nahm das Angebot sofort an. »Ich habe Ihre Enkelin kennengelernt. So ein nettes Mädchen. Sie arbeiten zusammen, hat sie mir erzählt.«

Voller Stolz lächelte Johanna. »Wir sind ein wirklich gutes Team.«

»Und ihr habt mit der Polizei zusammen herausgefunden, dass Emilio diese armen Frauen entführt hat.« Elfriede sah bedrückt aus.

Amado kam, um die Bestellung aufzunehmen. Auch Elfriede bestellte etwas. »Sie müssen unbedingt zum Nachtisch die Rohrnudeln nehmen«, empfahl sie Johanna. »Werden ein bisschen wie *ensaïmadas* gemacht, wissen Sie? Mit einem speziellen Sauerteig, nicht mit Hefeteig. Ganz hervorragend.«

Johanna bestellte Miniknödel in Orangensoße, den Krustenbraten und aus Neugier den Thunfischstrudel mit Zitronensorbet.

Als der Kellner gegangen war, gesellte sich Sabine Ungrad

zu ihnen. Sie berichtete Johanna, sie habe Lina tatsächlich als Kellnerin eingestellt und sei sehr zufrieden.

Sie hielt einen Scheck in der Hand, doch Johanna winkte ab. »Lassen Sie mal. Letztlich haben nicht Gemma und ich Emilio gefunden, sondern die Polizei von Port d'Andratx. Und da war er tot.«

Sabine Ungrad schüttelte den Kopf. »Aber dank Ihnen habe ich eine neue Kellnerin, also nehmen Sie nur. Sie sind natürlich eingeladen.« Sie fuhr sich mit der Hand über die Stirn. »Ich hätte auf Petros hören sollen, meinen Kollegen aus Salzburg. Er rief mich an und warnte mich, dass der Kerl nicht ganz sauber ist. Aber er war doch ein so guter Kellner. Und er ...« Sie brach ab.

»Und er war so hübsch«, ergänzte Elfriede trocken.

»Es ist erstaunlich, wie sehr wir uns von Äußerlichkeiten leiten lassen«, sagte Johanna. »Dem hübschen jungen Mann hat niemand etwas Böses zugetraut. Auch die Frauen nicht.«

Ungrad wirkte traurig. »Ich werde in Zukunft besser aufpassen«, sagte sie und eilte davon zum nächsten Tisch.

»Stimmt es eigentlich, dass Ruben Ros im Gefängnis ein Buch schreiben will?«, fragte Elfriede neugierig.

Davon hatte auch Johanna gehört. Héctor hatte ihr aufgebracht berichtet, dass ein spanischer Verlag, der für seine Skandalliteratur bekannt war, Interesse geäußert habe. »Ich war der Teufel von Mallorca« wollte Ruben seine literarische Beichte nennen. Untertitel: »Aus dem Kopf eines Psychopathen«.

Dass es Menschen gab, die ihm für seine Widerwärtigkeiten auch noch Aufmerksamkeit spendeten, fand Johanna schlimm. Sie würde sich nicht wundern, wenn die Filmrechte bereits verhandelt wurden.

Die Faszination des Grauens. Johanna war überzeugt davon, dass es weniger solcher Taten gäbe, wenn die Medien nicht hinterher so einen Tanz um die Täter aufführten. Die Zeitungen waren voll mit Informationen über Ruben Ros. Seine Kindheit, seine Jugend, sein Reichtum. Über die Opfer sprach kein Mensch mehr. Die Familien trauerten leise und voller Verzweiflung. Die Andrejews in Russland. Die Hofstetters in

Deutschland. Die Reeds in Großbritannien. Die Familie von Nirina Hernández in El Salvador. Pilar Sánchez' kleine Tochter. Und wahrscheinlich trauerte auch irgendwo jemand um Emilio Curra.

Amado brachte die Tapas, die tatsächlich so köstlich mundeten, wie sie beschrieben waren. Der Braten hatte eine krosse Kruste, war würzig mit Knoblauch gespickt und herrlich zart. Die Orangensoße überzeugte mit einem Hauch Zimt, doch am erstaunlichsten fand Johanna den Thunfisch. Sie hätte niemals gedacht, dass Fisch und Zitronensorbet dermaßen gut zusammenpassen könnten. Die leichte Schärfe des Sorbets stammte von dem Klecks Wasabi, den der Koch hinzugefügt hatte.

Schweigend genossen Johanna und Elfriede ihre Mahlzeit. Schließlich fragte Elfriede: »Wie hat dieser Ruben eigentlich Emilio dazu gebracht, für ihn die Frauen zu entführen? In den Zeitungen stand nichts dazu.«

Johanna hatte das Vernehmungsprotokoll dazu gesehen. Es schadete sicher nicht, wenn sie es Elfriede erzählte.

»Amancio Ros hat Emilio Curra tatsächlich in Port d'Andratx wiedererkannt. Er kannte ihn von der illegalen Glücksspielgruppe aus Salzburg und wusste, dass Emilio vor den Schulden geflohen war, die er da aufgehäuft hatte. Er hatte vor, Emilio als weiteren Butler einzustellen, der auf Ruben aufpassen sollte. Noch jemand, der Rubens Taten vertuscht und verheimlicht hätte, so wie alle Hausangestellten. Sie alle waren nicht nur Dienstboten, sondern schuldeten Amancio Ros etwas, Geld oder ihren guten Ruf.«

Johanna bestellte noch einen *cortado* und die gepriesenen Rohrnudeln auf mallorquinische Art.

»Doch Ruben hat alles mitbekommen und kam seinem Vater zuvor. Er setzte Emilio unter Druck, er werde seinen Gläubigern verraten, wo er zu finden sei. Vielleicht hat Emilio auch deshalb versucht, eine Pistole im Darknet zu kaufen. Ruben hat ihm viel Geld gegeben, und Emilio hat ihm eine Frau besorgt. Hat Irina aus der Disco entführt.«

Elfriede schüttelte den Kopf, sie wirkte entsetzt.

»Und er hat auch Laura Hofstetter entführt. Doch dann schlug sein Gewissen zu. Er ahnte vermutlich, dass Ruben die Frauen tötete. Und er wollte aussteigen. Hat sich nachts mit Ruben getroffen, der ihn dann getötet hat.«

Elfriede hieb auf den Tisch. »Da sehen sie aus wie nette junge Männer, dabei sind es solche Teufel.«

Nachdenklich rührte Johanna in ihrem *cortado*. »Man sieht anderen leider nicht an, wer sie in Wahrheit sind.«

59

Héctor hatte sich fest vorgenommen, ein ernstes Wort mit Gemma zu reden. Dass er sie nie wieder auffordern würde, mit ihm zu ermitteln, wenn sie sich dabei immer in solche Gefahr brachte. Das bereitete ihm schlaflose Nächte.

Johanna und Gemma hatten ihn gefragt, ob er zum Abendessen käme, diesmal wollte Johanna kochen. Sie hatte etwas von Fisch mit Zitroneneis geredet, es klang grauenhaft.

Er rollte mit dem Dienstwagen über die kleinen Nebenstraßen zur Finca der beiden. Es dämmerte. Die Grillen zirpten in der warmen Sommernacht, die schmale Sichel des Mondes stand über dem Galdent.

Héctor begrüßte Johanna in der Küche und fragte, wo Gemma sei.

»Sie inspiziert die Mandeln«, sagte Johanna.

Héctor ging hinters Haus, wo vierzehn Mandelbäume standen. Prall hingen die Früchte an den Ästen, sie waren fast reif für die Ernte.

Gemma stand dort, groß, schlank und blond, in einem dünnen Top und den üblichen ausgebeulten Hosen. Sie stemmte die Hände in die Hüften und schien angestrengt nachzudenken.

Héctors Herz klopfte. Er liebte sie wirklich sehr, trotzdem sie manchmal ruppig und abweisend war. Vielleicht sogar genau deswegen. Er könnte es nicht ertragen, wenn ihr etwas zustieße.

»Liebes«, sagte er leise.

Sie wandte sich um. »Ich weiß genau, was du willst«, sagte sie und grinste ihn an. »Du willst schimpfen, weil Oma und ich immer so gefährliche Dinge tun.«

Er nickte.

Sie wurde ernst, nahm seine Hände und sah ihm in die Augen. »Wir kennen uns doch schon eine ganze Weile …«

»Anderthalb Jahre«, bestätigte Héctor.

»Genauer gesagt fünfhundertsechsundsechzig Tage, fünf

Stunden und dreiunddreißig Minuten«, spezifizierte Gemma ungerührt.

Héctor lächelte überrascht und amüsiert, weil sie das so genau wusste. Manchmal war Gemma ja doch eine Romantikerin, auch wenn die Romantik ziemlich zahlenbasiert daherkam.

»Das heißt, du kennst mich schon recht gut. Dann weißt du doch, dass ich eben so bin, wie ich bin. Vielleicht hast du dich genau deshalb in mich verliebt.«

Er sah sie an. Es war etwas Wahres daran. Er liebte ihre manchmal intelligente, manchmal sehr tatkräftige Art, die Dinge anzugehen. Ihren Wagemut.

»Und warum liebst du mich?«, fragte er langsam und bereute es gleich wieder. Zu viel Romantik sollte er nun doch nicht erwarten. Hier im Mondschein zu stehen und Liebesschwüre auszutauschen passte nicht zu Gemma.

»Weil du so ein gutes Herz hast.« Sie ließ seine Hand los, drehte sich um und ging zurück zum Haus. »Ich helfe Oma ein bisschen mit dem Essen«, rief sie über die Schulter.

Héctor ging zögernd hinterher. Ein gutes Herz. War das ein Kompliment, das er hören wollte? Die Zeitungen nannten ihn einen Helden, und seine Freundin rühmte sein gutes Herz?

Er beschloss, dass es schlechtere Gründe gab, jemanden zu lieben, schlenderte um das Haus herum und wollte gerade zur Terrasse gehen, als sein Telefon klingelte. Robla.

Wesentlich wohlgesonnener als sonst nahm er den Anruf seines Chefs entgegen.

»Hola, Jefe«, rief er fröhlich in den Hörer. »Wie geht es dir?«

»Wie es mir geht, fragst du?«, brüllte Robla sofort los. »Wie es mir geht? Wie soll es mir gehen?«

Die freundliche Ansprache hatte ihn offenbar irritiert. Er schnaubte in den Hörer. »Pass mal gut auf. Ich habe noch mal versucht, deine Ermittlerinnen zu überprüfen. Und soll ich dir was sagen? Deine angebliche Johanna Miebach hat einen Sperrvermerk in den Akten. Habe extra einen Kollegen aus Deutschland drangesetzt. Einen Sperrvermerk! Weißt du, was das heißt?«

Héctor war kalt geworden in der lauen Sommernacht.

»Nein«, sagte er. »Ehrlich gesagt weiß ich das nicht.«

»Genau!«, brüllte Robla wieder. »Ich weiß es nämlich auch nicht und der Kollege in Deutschland ebenso wenig. Es könnte sein, dass dieser Name, Johanna Miebach, nur eine Tarnidentität ist.«

»Eine Tarnidentität?«, fragte Héctor fassungslos.

»Es könnte sein«, zischte Robla. »Hat dir deine Freundin Gemma nie etwas gesagt?«

»Ich glaube nicht, dass Gemma etwas davon weiß«, stammelte Héctor.

»Ach, du glaubst?« Robla lachte verächtlich. »So, du glaubst. Ernsthaft? Ich dachte, ihr seid ein Paar.« Er legte auf.

Héctor blickte zur hell erleuchteten Terrasse. Da saßen Gemma und Johanna am Tisch und sahen sich etwas in einem Buch an. Sie blätterten und lachten zusammen.

Wann kennen wir jemand wirklich, fragte er sich. Wenn wir seinen Namen kennen? Seine Herkunft? Seine Geschichte? Seine Gedanken?

Er würde diesen beiden Frauen jederzeit sein Leben anvertrauen. Aber er hatte keine Ahnung, wer sie wirklich waren.

Danksagung

Ich bedanke mich bei meiner lieben Freundin C., in deren schöne Finca am Fuße des Galdent-Höhenzugs ich Johanna und Gemma habe einziehen lassen. Vielen Dank, C., dass ich dich dort immer wieder besuchen darf, um meine Ermittlerinnen mit neuen Details aus dem Finca-Leben wie Mandelernte, fehlenden Briefkästen oder Palmkäferplagen versorgen zu können.

Dank auch an meinen Mann Thomas Schildmann, der nicht nur als Erstleser fungiert, sondern auch die Informationen zur praktischen Polizeiarbeit und authentische Einzelheiten aus dem Polizistenalltag liefert.

Und ich bedanke mich beim Emons Verlag und Stefanie Rahnfeld, bei meiner Lektorin Susann Säuberlich und natürlich bei meiner wunderbaren Agentin Lianne Kolf.

CHRISTINA GRUBER
MANDELBLÜTENMORD
Mallorca Krimi

emons:

Christina Gruber
MANDELBLÜTENMORD
Broschur, 224 Seiten
ISBN 978-3-7408-0289-9

Die Mandelblüte verzaubert Mallorca – da versetzen zwei Morde am helllichten Tag das Städtchen Llucmajor in Angst. Eine Großmutter mit Geheimnissen, ein verliebter Polizist und ein seltsames Mädchen ermitteln und geraten selbst in tödliche Gefahr. Und der Mörder ist bereits auf dem Weg zu seinem dritten Opfer …

»Ein originelles Ermittlerpaar, ein charmanter Polizeiinspektor mit einem Händchen für gute Küche, zwei Mordfälle – und ganz viel Mallorca.« Mallorca Magazin

www.emons-verlag.de